가족소설

家族小說

가족소설

"시작과 끝이 가족이었던 날들"

이능표

“시작과 끝이 가족이었던 날들”

목차

미루별 이야기

어린이용 에디션의 제목은 '엄마 가슴에 꽃이 피었어요'입니다.

1

진돗개 백구가 마침내 새끼를 낳았습니다. 나는 마루 끝에 엎드려 예쁜 강아지들과 어머니 그리고 힘에 겨운 듯 혓바닥을 길게 내밀고 연신 새끼들을 핥고 있는 백구를 번갈아 바라보았습니다. 백구를 닮아 눈처럼 하얀 여섯 마리의 귀여운 강아지를 바라보면서 엄마는 웬일로 아까부터 근심스러운 표정을 짓고 계십니다. 종일 누워만 있다 보니 심심하기 그지없었는데 모처럼 신이 났습니다. 새 친구가 한꺼번에 여섯이나 생겼으니까요. 그런데 엄마는 참 이상하죠? 한숨까지 내쉬고 계시니 말이에요. 백구는 아무래도 힘이 든 모양입니다. 윤기 잃은 털과 바싹 마른 몸이 오늘따라 더 늘어져 보입니다. 1년 전하고는 많이 다른 모습이지요. 지금부터 1년 전, 생후 2개월이 막 지난 백구는 토실토실하고 털 빛깔도 매우 고왔습니다.

"이야! 강아지다!"

엄마가 장에 가서 강아지를 사 오시던 날 너무 신이 나서 하늘이라도 차고 오를 것 같았습니다.

"우리 미루 심심했지? 누나가 돈을 부쳐 왔단다. 편지에 썼더구나. 강아지 사 주려고 그동안 용돈을 모았다고…"

누나… 누나라는 말에 가슴이 저렸습니다. 보고 싶어! 나도 모르게 그 말이 입에서 튀어나올 뻔했습니다. 그러나 꾹 참고 입을 다물었습니다. 짧은 순간이었지만 누나 얘기를 하면서 엄마 얼굴에 또 어두운 그림자가 스치고 지나갔기 때문입니다. 누나 얘기만 나오면 늘 그러십니다.

누나는 2년 전에 서울 부잣집으로 갔습니다. 엄마는 그 집에 아이가 없어서 당분간 딸 노릇을 해 주기로 했다고 말씀하셨습니다. 하지만 나는 알고 있습니다. 뒤뜰 장독대에 앉아 엉엉 울면서 안 간다고 떼를 쓰는 누나를 달래면서 엄마가 하시던 말씀을 우연히 엿들었거든요.

"동생을 생각해야지 네가 이러면 되겠니? 하늘에 계신 아버지께서 뭐라고 하시겠니?"

"엄마, 제가 미루 잘 돌볼게요. 엄마 일 나가면 미루 혼자 남잖아요? 저 학교 안 가도 돼요. 미루 돌보면서 엄마랑…"

"학교에 안 가다니? 장차 뭐가 되려고?"

"전 필요 없어요. 아무것도 안 돼도 좋아요. 엄마랑 미루랑 같이 살기만 하면 돼요."

"철없는 것… 고개 들고 엄마 얼굴 똑바로 봐라. 눈물이 나지? 꼭 이래야만 하겠니? 어미 눈에서 눈물을 뽑아야 하겠니? 네 학교도 학교고… 아픈 동생도 생각해야지. 저렇게 시름시름 앓다가 죽게 내버려 둘 거니? 약 한 번 못 쓰고 말이다. 서울 네 새엄마 될 분이 수술비를 내기로 했다… 나리야, 제발!"

"엉엉!"

나리 누나도 울고 엄마도 울고 나도 몰래 울었습니다.

☆

미루 아빠, 백구가 새끼를 낳았어요. 모두 여섯 마리나 되는데 제 어미를 닮아 눈처럼 하얀 어린것들이 얼마나 귀여운지 몰라요. 배가 불러오면서부터 눈이 빠지게 오늘을 기다려온 미루는 얼마나 신이 났던지 온종일 싱글벙글 입이 다물어지질 않았어요. 모처럼 밝은 미루 얼굴을 보면서 당신 생각이 더욱 간절했어요. 넓고 흰 이마며 크고 새카만 눈동자, 갈수록 아이는 당신을 닮아가요. 온종일 방안에만 틀어박혀 있어서 다소 창백하기는 하지만 의사 선생님 말씀이 염려할 정도는 아니래요. 문제는 저항력인데, 좋은 공기 마시면서 계속 약을 쓰면 나아질 수 있대요.

그나저나 걱정거리가 또 늘었네요. 미루 녀석은 좋아하지만 당장 녀석들 먹일 일이 걱정이에요. 식구가 한꺼번에 여섯이나 늘었으니 말이에요. 읍내 식당에 나갈 때만 해도 백구 먹을거리 걱정은 없었어요. 음식 찌꺼기를 얻어다 먹였거든요. 그런데 요즘은 장사가 안되는지 일을 주지 않는군요. 그런 터에 사람도 아니고 개밥 얻으러 나서기도 뭣하고 말이에요.

한동안 이웃 포도 농장에서 잡초 뽑는 일을 했어요. 농장주인 딸이 있는데 우리 나리만 하답니다. 가방을 둘러메고 깡충깡충 뛰면서 학교에서 돌아오는 모습을 볼 때마다 우리 나리 생각이 나요. 우리 나리, 초등학교 3학년이면 아무것도 모르고 어리광이나 피울 나인데 새엄마 새아빠 밑에서 눈칫밥이나 얻어먹는 건 아닌지…

"엄마, 제가 미루 잘 돌볼게요. 엄마 일 나가면 미루 혼자 남잖아요? 저 학교 안 가도 돼요. 미루 돌보면서 엄마랑 살게 해 주세요…"

지금도 그날 일을 떠올릴 때마다 가슴이 찢어질 듯해요. 어린 것 마음이 어땠겠어요. 그런데도 동생을 위해 마음을 고쳐먹는 모습을 보면서 가슴이 미어터질 것만 같았지요.

"나리야, 미안하다. 엄마가 반드시 네 동생 낫게 할게. 미루 건강해지면 그때 다시 모여 살자."

"정말이지? 미루 나을 거지? 내가 서울 가면 병원에 갈 수 있고, 그럼 우리 미루 죽지 않는 거지? 우리 세 식구 다시 함께 살 수 있는 거지?"

"그럼. 그렇고말고."

"엄마!"

"그래. 착하구나, 우리 나리."

말은 안 하지만 미루가 백구를 끔찍하게 생각하는 것도 나리 때문인 것 같아요. 그 녀석인들 어찌 눈치가 없겠어요. 나리 서울 보내고 한동안 병원에 가지 않겠다고 얼마나 떼를 쓰던지… 나리 누나 데려오라고 막무가내 소리를 쳐대는데 어찌나 고집이 세던지 달래느라 정말 힘이 들었어요.

"정말? 엄마 정말?"

"그럼, 정말이지 않고."

누나가 강아지 사 주라고 용돈을 모아 보내줬다고 얘기해 주자 미루는 다짐이라도 하듯 몇 번이고 되물었어요.

"누나! 나리 누나… 나리 누나가? 정말이지?"

그렇게 얻은 강아지가 자라서 어미가 되었으니 지금 미루 심정이 어떻겠어요. 어린 강아지들을 바라보는 미루 눈에 나리 모습이 어른거리는 것 같아 이래저래 착잡하기도 해요. 어쨌든 지금 미루와 나리를 연결해주는 건 백구와 어린 강아지들뿐이니 말이에요.

제가 나리와 미루한테 한 약속, 언젠가 다시 모여 함께 살자고 한 그 약속을 지킬 수 있을지… 미루 아빠, 격려해 주실 거죠?

2

엄마는 일을 나가시고 오늘은 종일 비가 옵니다. 백구는 처마 밑에서 강아지들에게 젖을 물리고 있고요. 강아지들은 자꾸만 낑낑거립니다. 젖이 부족한 모양이에요. 백구는 며칠째 하루 한 끼만 먹고 있어요. 어머니가 읍내 식당에 나가실 때만 해도 백구 걱정은 없었는데 요즘엔 이웃 포도 농장 일을 하시거든요.

"안 되겠다. 사람 먹을 것도 부족한데 개까지 먹일 수는 없고… 아무래도 읍내엘 한번 다녀와야겠다."

음식 찌꺼기를 구하기 위해서죠. 하지만 아무래도 오늘은 틀린 것 같아요. 이렇게 비가 오니 말이에요. 읍내까지는 십 리가 넘는데 이 비를 맞으면서 그렇게 먼 길을 갈 수는 없는 일이잖아요?

끼잉, 낑!

배고픈 강아지들은 더 소란을 피우지만 백구는 마른 젖을 물린 채 눈만 끔뻑거립니다. 부엌에 나가 보고 싶지만 그럴 수 없어요. 걷지를 못하거든요. 수술을 받기 전엔 그 정도는 아니었는데… 그래도 의사 선생님 말씀이 매우 다행이래요. 제때 수술을 받지 못했으면 걷는 건 고사하고 자리에서 일어나지도 못했을 거래요. 의사 선생님 말씀대로 방과 마루 정도는 마음대로 기어 다닐 수 있으니 다행이지 뭐예요. 그런데… 그냥 보고만 있자니 백구와 어린 강아지들이 너무 불쌍해요. 아무래도 내가 양보를 해야겠죠?

종아리를 열 대나 맞았어요. 다리에 감각이 없어서 조금도 아프지 않았는데 엄마가 자꾸 우시는 바람에 나중에는 나도 악을 쓰고 울었어요.

"나쁜 녀석! 저 먹으라고 차려놓은 밥상이지 누가 백구 주라고 했니, 이 망할 녀석!"

철썩, 철썩!

오후 내내 배가 조금 고프긴 했지만 백구가 내 밥을 먹고 기운을 차려서 강아지들에게 젖 물릴 걸 생각하니 기분이 좋았어요. 게다가 엄마가 아무리 때려도 전혀 아프지 않아서 눈만 말똥말똥 뜨고 있었죠.

철썩, 철…

종아리를 치다 말고 어머니는 매를 내려놓고 방바닥에 털썩 주저앉으셨어요. 그리고는 제 종아리를 붙잡고 우시기 시작한 거예요.

"엄마, 잘못했어요."

"……!"

엄마 눈은 시냇물 같아요. 아빠가 살아 계실 때 나리 누나와 엄마, 우리 가족 모두 함께 놀러 갔던 그 시내 말이에요. 문득, 그런 생각이 들었어요. 아빠……. 그래요! 내가 운 것은 어쩌면 아빠 때문인 것 같아요. 갑자기 돌아가신 아빠 생각이 났거든요. 아빠가 계시면 엄마를 달래줄 텐데… 아빠…….

☆

미루 아빠, 용서해요. 매를 들고 말았어요. 그 착하고 가엾은 녀석한테 말이에요. 도대체 무슨 심사였는지 모르겠어요. 제가 잠시 정신이 나갔던 모양이에요.

오늘은 종일 비가 왔어요. 혹시나 하고 농장으로 가 보았지만 일을 주지 않았지요. 쌀통은 비어가고, 미루 약값도 아직 준비 못 했는데 어쩌면 좋아요. 추적추적한 들길을 걸어 읍내로 나갔어요. 식당에 혹시 일이 있지 않을까 해서 말이에요.

"미루 엄마, 보다시피 사정이 이렇구먼. 어쩌지?"

혼자 식당을 지키고 앉아 있던 주인아주머니가 흠뻑 젖은 제 모습이 안됐던지 따끈한 차라도 한잔하겠냐고 했지만 그럴 정신이 어디 있겠어요. 시장통이라도 한 번 둘러보려고 문을 나서는데 아주머니가 불러 세우더군요.

"저기… 어찌 생각할지 모르지만…"

귀가 번쩍 뜨이더군요.

"있잖아… 요 위에 찻집 말이야. 요즘 경기가 괜찮은 것 같아. 일전 마담이 점심을 하러 와서 사람을 물색하던데… 처지가 처진데 궂은일 갠 일 따질 것 있어? 일단 한 번 가서 만나 보기나…"

찻집이라는 말에 뒤도 돌아보지 않고 식당 문을 박차고 나왔어요. 그냥 그런 찻집이 아니라 사내들을 상대로 여자들이 웃음을 파는 곳이라는 걸 읍내 사람 모두 잘 알거든요. 그런 줄 뻔히 알면서도 오는 비를 흠뻑 맞으며 집으로 돌아오다가 냇가에 이르러 다시 발길을 돌렸어요.

밥은 굶기지 말아야 할 텐데… 약값은 또 어떻게 하나… 무섭게 불어난 냇물을 바라보면서 아무리 궁리해 봐도 마땅한 대책이 떠오르질 않았던 거예요.

'그래, 일단 만나 보기나 하자. 누가 알아? 주방 일이라도 있을지.'

하지만 그건 제 생각일 뿐이었어요.

"애가 있다? 인물도 그만하고, 몸매도 아직은 괜찮은 것 같기는 한데…"

제 모습을 위아래로 살피면서 마담 아줌마가 그랬어요. 우시장에 팔려 나온 소가 된 기분이었지요.

"들어가서 옷 좀 갈아입고 나와 보게. 옷장 열면 몇 벌 있을 거야. 치수도 대략 맞을 거고…"

"저… 그게 아니라…"

"……?"

"혹시, 주방 일이나 잡일 같은 거라도 있을까 해서…"

"……?"

빤히 내 얼굴을 바라보던 마담 아줌마는 이내 어이가 없다는 표정을 지으며 냉소가 섞인 어조로 말했어요.

"흥! 등 따신 소리 하고 있네! 누군 이 장사 좋아서 하는 줄 알아? 다 목구멍이 포도청이라서 이러는 거야. 내 자네보다 연배니까 충고 한마디 하지. 여자 혼자 밥 벌어 먹고살기 쉬운 세상 아니야. 호락호락하지 않다고. 병시중해야 할 아이까지 있다며? 눈 질끈 감아. 까짓 죽으면 썩어 문드러질 몸뚱이야. 마음 단단히 먹으라고."

"죄송해요. 아무래도 전…"

"알았어. 말 안 해도 알아. 일단 돌아가서 좀 더 생각해 보라고. 과부 팔자 과부가 안다고 자넬 생각해서 한 말이니 내 얘기 너무 고깝게 듣지는 말고."

"네, 고마워요."

"쯧쯧, 그나저나 애까지 그렇다니 원…"

찻집 문을 열고 나오는데 눈물이 왈칵 쏟아졌어요. 아니, 눈물은 둘째치고 눈앞이 캄캄했어요. 어쩌나, 이제 어쩌나… 바닥이 드러난 쌀통과 몇 봉지 남지 않은 미루 약 봉투가 눈앞에서 자꾸만 어른거렸어요. 시장통을 벗어나 읍사무소 앞을 지나고 있을 때였죠.

"……!"

그래요. 우체국이었어요. 아시죠? 읍사무소 옆 그 우체국 말이에요. 무조건 문을 밀치고 들어갔지요. 그러고는 망설이지 않고 전화를 걸었어요. 나리 새엄마… 이제 기댈 곳이라곤 거기밖에 없었으니까요.

“나리 엄마, 사정이 딱한 건 이해를 하지만 이러시면 안 돼요. 미루 수술비로 나간 돈만도 작은 게 아니에요. 처음 우리 부부가 나리를 맡겠다고 나섰을 때만 해도 사실 말이지 수술비 얘기는 없었잖아요? 지금 와서 이런 말 하긴 뭣하지만 나리 데려올 때, 사내아이도 아니고 계집애라 남편 설득하느라 적잖이 힘이 들었어요. 게다가 적은 돈도 아니었고… 미루 수술비 말이에요. 돈도 돈이지만, 어떻든 이렇게 서로 연락하는 것 자체가 좀 그렇다고 생각해요. 어차피 갓난아이를 데려온 것도 아니고, 나리가 이따금 제 엄마나 동생 생각하는 건 말릴 수 없지만 어른들은 좀 달라야 하지 않겠어요?”

“…….”

“나리 엄마, 듣고 계세요?”

“네.”

“알았어요. 오죽하면 제게 전화할 생각을 했겠어요. 남편하고 상의해 볼게요. 하지만 다시는 이런 전화 안 하겠다고 약속을 하셔야 해요. 아시겠죠, 제 말?”

“네. 정말 죄송합니다.”

“아 참, 그리고 말이 나서 말인데요. 요번에 나리 이름을 바꾸려고 해요. 아무래도 그편이 나리한테도 좋을 것 같기도 하고.”

“네…”

“수일 내로 기별을 할게요. 너무 크게 기대하지는 마시고요.”

가난 앞에는 부끄러움도 파렴치도 없는가 봅니다. 자식을 두 번 팔아먹는구나 하는 생각보다는 쌀과 미루 약값을 마련하겠구나 하는 생각이 앞섰으니까 말이에요.

집에 돌아왔을 때 미루는 잠이 들어 있었어요. 저녁 준비를 하기 위해 설거지를 하려는데 이상하더군요. 아침에 차려놓고 나간 밥상이 깨끗한 거예요. 밥그릇은 물론 반찬 그릇까지 말끔하게 비어 있었던 거죠.

'깨작깨작하던 녀석이 밑반찬까지 하나도 남기지 않고 다 먹어 치우다니… 배가 고팠나?'

하지만 저녁을 안치고 부엌문을 나서며 우연히 백구 밥그릇을 보고는 어찌 된 일인지 눈치를 챘지요.

"이 녀석, 바른대로 말 못 해?"

"……."

자다 깬 아이는 부스스 눈을 비비면서 무슨 일인가 했어요.

"밥 말이다, 밥!"

"……."

내 표정이 얼마나 험악했던지 미루는 겁에 질린 눈으로 어쩔 줄 몰라 했어요. 크고 새카만 눈에 금세 눈물이 가득 고이면서 말이에요.

"나쁜 녀석! 저 먹으라고 차려놓은 밥상이지 누가 백구 주라고 했니, 이 망할 녀석!"

"……."

아이는 이해를 못 하는 눈치였어요.

"약은?"

"아니."

"안 먹었어?"

"응, 엄마. 나 이제 안 아파. 배도 안 고파."

전 너무나 화가 난 나머지 제정신이 아니었어요. 회초리를 찾아 들었지요. 이를 악물고 매를 내려치는데 이미 신경이 마비되어 핏기라고는 전혀 찾아볼 길 없는 앙상한 종아리가 눈에 들어왔어요. 엉덩이를 향하던 회초리가 순간적으로 그 종아리를 향했지요. 아무리 회초리를 쳐도 아프지 않을 거라는 걸 뻔히 알면서도 왠지 자꾸만 그쪽으로 매가 갔어요. 그렇게 자꾸 내려치다 보면 마비된 신경이 다시 살아나기라도 할 것처럼 말이에요.

회초리를 들었을 때 겁을 먹었던 미루도 이내 그런 내가 이상했던지 방바닥에 엎드려 눈을 말똥말똥 뜨고 나를 바라보고 있었어요. 가슴이 무너져 내리면서 눈물이 쏟아지기 시작했어요. 눈물을 보이고 싶지 않았지만, 도저히 어쩔 수가 없었어요.

"엄마, 잘못했어요."

"……!"

상처 난 종아리를 끌어안고 눈물을 그치지 못하자 울먹울먹하던 미루도 마침내 엉엉 울기 시작했어요.

미안해요, 미루 아빠. 오늘은 정말 힘든 하루였어요. 울다 지친 미루는 잠이 들고, 어느새 비가 그치고 하늘엔 별들이 총총해요. 천사처럼 맑은 미루 얼굴을 보면서 당신 생각을 하고 있어요. 미루 아빠, 언젠가 고백했듯이 지금도 당신은 내 인생의 가장 빛나는 별이에요. 험한 세상에 날 혼자 버려두고 먼저 하늘로 올라간 당신이지만 원망하지 않아요. 이 세상에서 가장 아름다운 보석, 미루와 나리를 제게 주셨으니까요. 내 목숨이 다하는 그날까지 이 보석들을 갈고 닦을 거예요. 우리 가족 모두 당신 옆에서 나란히 반짝이는 빛나는 별이 될 수 있도록 말이에요.

3

햇볕이 참 달콤하다고 생각지 않으세요? 우리 집 처마 밑으로 찾아드는 햇볕은 참 달콤해요. 맑은 유리 막대 같기도 하고 어떨 땐 설탕처럼 하얗게 부서지면서 풀풀 아카시아 향기를 풍기기도 하지요. 그렇게, 온종일 마루에 누워서 해바라기를 했어요. 백구와 강아지들은 댓돌 옆에 말려 놓은 가마니 위에서 쿨쿨 자고 있고요. 너무 행복한 표정이에요. 엄마 개 백구도 어린 강아지들도.

종아리를 친 다음 날 엄마는 이른 새벽에 읍내엘 나갔다 오셨어요. 음식 찌꺼기를 한 양동이 가득하게 이고 오셨지요. 백구는 그날 모처럼 포식을 했답니다. 허겁지겁 얼마나 먹어 치우던지 그 모습을 물끄러미 바라보며 엄마가 그러셨어요.

“그래, 자식 키우는 맘 짐승이나 사람이나 한 가지지…”

무슨 소리인지 몰라도 엄마 입가에 가늘게 미소가 떠오르는 거로 보아 좋은 말인 거 같았어요.

어느 틈에 깜빡 잠이 들었던 것 같아요. 백구가 처마 밑을 바라보며 컹컹 짖어대는 소리에 잠이 깼어요. 무슨 일이지? 눈을 비비면서 처마 밑을 살폈지만, 아무것도 보이지 않았어요. 그런데 백구는 여섯 마리의 어린 강아지들을 네 다리 아래 모아둔 채 쉬지 않고 사납게 짖어대는 거예요. 백구의 그런 모습을 보기는 처음이지요. 평소엔 잘 짖지도 않았거든요. 오죽하면 제가 '순둥이'라는 별명을 다 붙였겠어요.

"왜 그래? 무슨 일인데?"

컹, 컹!

나는 다시 한번 처마 밑을 살펴보았어요.

"도대체 무엇을 보았길래?"

바스락!

"……?"

컹!

휙!

컹!

컹!

"……!"

고양이였어요. 누렁 고양이! 배가 잔뜩 부른 거로 보아 고양이도 곧 새끼를 낳을 모양이에요. 음식 냄새를 맡고 왔나 봐요. 엄마가 백구 주려고 가져온 음식 찌꺼기가 아직 남아 있거든요. 하지만 걱정할 필요는 없어요. 뚜껑을 꼭 덮어 부엌문 옆에 단단히 간수해 두었으니 말이에요.

누렁 고양이는 날렵하게 처마 밑을 빠져나와 어느 틈에 지붕 위로 사라져 버렸어요. 하지만 백구는 안심이 안 되는지 안절부절못하고 킁킁거리며 마당을 빙빙 돌다가 '컹컹!'하며 크게 짖어대기를 멈추지 않았어요. 아마도 겁을 주기 위해서겠지요. 저녁에 엄마한테 낮에 있었던 얘기를 하니 이렇게 말씀하셨어요.

"쯧쯧, 고양이도 배가 고팠던 게지."

"고양이는 쥐를 잡아먹으면 되잖아요?"

"요즘 고양이들이 어디 쥐를 잡는다니? 거저 얻어먹으려고 하지."

"그럼 신식 고양인가?"

내 말에 엄마는 모처럼 환하게 웃으셨습니다.

미루 아빠, 서울 나리 새엄마가 돈을 부쳐 주었어요. 쌀 한 말 팔고 미루 한 달 치 약값 치르고 나니 한 푼도 남지 않았지만 그래도 얼마나 뿌듯한지 모르겠어요.

병원에 간 김에 정 박사님을 만나 뵙고 인사를 드렸어요. 박사님은 여전하셨어요. 인자한 미소를 지으며 격려의 말씀도 잊지 않으셨고요.

"미루 어머니, 고생 많으시죠? 제가 좀 더 힘이 돼 드려야 하는데… 마음 아프고 힘드시겠지만, 희망을 잃지 말고 조금만 더 기다려 보세요. 제가 서울 친구들하고 몇몇 기관에 부탁해 놨어요. 워낙 희귀한 병이라 쉽지는 않겠지만 기도하는 마음으로 좀 더 기다려 보시자고요."

참 고마우신 분이에요. 그분이 아니었다면 미루가 어찌 되었을지 다시 생각해도 아찔해요. 처음 미루가 아프다고 했을 때는 무릎 근처에 생긴 푸르죽죽한 멍 자국을 보고 어디서 넘어졌거나 부딪친 거라고 쉽게 생각했지요. 그런데 그게 그렇게 몹쓸 병이었다니! 그러고 보면 미루가 정 박사님에게 발견이 된 것은 정말 하늘의 뜻이었던 것 같아요. 그때 일이 마음에 걸리기는 여전하지만요.

그날, 나리와 함께 시냇가에 나가 놀던 미루가 갑자기 쓰러져 무릎을 움켜쥐고 비명을 지르고 있을 때 전 그곳에 없었어요. 아이에게 내가 필요할 때 그 곁에 내가 없었다는 것… 마음에 걸리는 정도가 아니라 소름이 끼치고 두렵기까지 해요. 전 그때 일을 계기로 하늘에 대고 맹세했어요. 다시는 내 아이를 혼자 내버려두지 않겠다고 말이에요.

그래요. 이제 다시는 미루 혼자 아파하는 일 없을 거예요. 어디를 가든, 무슨 일이 생기든 항상 제가 그 아이 곁을 지킬 테니까요.

그날 휴일을 맞아 냇가로 수석을 채취하러 나왔던 정 박사님에게 발견이 되어 미루가 병원으로 옮겨졌을 때 전 뒤늦게 소식을 전해 듣고 허겁지겁 병원으로 달려갔어요. 그때, 낯선 병실에서 여러 가지 검사를 받는 동안 고통에 찬 신음을 삼키면서 미루가 제게 물었지요.

"엄마, 어디 있었어? 무서워. 너무 아파. 나… 죽는 거야?"

겁에 질린 아이의 눈빛이 그 아이가 겪고 있는 고통보다 더 가슴 아프게 애간장을 도려냈어요.

"잘못했어! 나 때문이야. 내가 냇가에 가자고 했어. 우리 미루, 어떡해!"

나리는 눈물을 펑펑 쏟으면서 병상에 매달려 미루 손을 꼭 잡고 놓지 않았어요. 나는 심장이 아리고 목구멍이 터질 듯했지만 끝내 눈물을 참아냈어요. 전 그 아이의 유일한 믿음, 절대 무너질 수 없는 기둥, 바로 '엄마'였으니까요.

"미루, 우리 미루… 괜찮아. 엄마가 옆에 있잖아. 엄마가 옆에 있잖아."

그래요. 옆에 있어 주는 것, 그것 외에 제가 할 수 있는 일은 아무것도 없었어요. 하지만 그것이 아이에게는 다른 무엇보다 큰 힘이 된다는 것을 깨달았어요.

얼마나 고통이 심한지 미루는 몇 번씩 정신을 잃었다가는 겨우 눈을 떴고, 그때마다 저를 확인했어요. 그 눈빛, 고통과 공포와 애원이 뒤범벅된 채 가슴을 파고들던 그 눈빛을 어떻게 설명해야 할지!

"그래, 미루. 참 용감하구나. 다섯 살이랬지? 아주 잘 참고 있다. 이제 조금만, 조금만 더 참아라. 곧 아프지 않게 해 줄 테니 조금만 더…"

견디기 어려운 고통에 몸부림치는 미루 모습이 얼마나 애처로웠던지 진통제를 주사하며 아이를 달래던 정 박사님 눈에도 눈물이 맺혔어요.

날이 개면서부터 전 다시 포도 농장에 나가고 있어요. 그러던 어느 날 찻집 마담 아줌마가 집까지 찾아왔는데 예전 일은 없었던 거로 하자면서 분명하게 제 뜻을 밝혔어요.

"정 그렇담 할 수 없고……."

마담 아줌마는 내심 실망하는 기색이면서도 선물까지 주더군요.

"분이야. 치장 좀 해. 어쨌든, 여자잖아. 어려운 일 생기면 연락하고…"

깊이 알고 나면 세상에 나쁜 사람은 없는 것 같아요. 언덕길을 내려가는 마담 아줌마의 쓸쓸한 뒷모습을 바라보면서 그런 생각이 들었어요.

미루는 요즘 백구와 강아지한테 흠뻑 빠져 있어요. 게다가 길고양이 한 마리가 이사를 왔는데 여간 즐거워하는 게 아니에요. 어쨌든 가족이 또 늘었으니까요. 친구 하나 없는 미루가 안쓰럽기도 하고…….

4

나리 누나한테 편지가 왔습니다. 그런데, 편지를 읽고 난 엄마 얼굴이 어두웠습니다.

"……."

"……?"

말똥말똥 바라보고 있는 나를 보고 엄마는 깜빡 잊고 있었다는 듯 다시 편지를 집어 들었습니다.

"그래… 여기 있구나. …그리고 미루야, 잘 지내고 있니? 누나는 아주 잘 지내고 있단다. 누나는 3학년이 되었고, 친구들도 많이 생겼단다. 너도 어서 건강해져서 학교에 가야지? 그러려면 엄마 말씀 잘 듣고 약도 빼지 말고 잘 먹어야 해. 우리 집에 남자는 너 하나잖니? 네가 어서 건강해져야 우리 가족이 다시 함께 살 수 있단다. 그럼 안녕. …이게 끝이다. 인제 그만 자도록 하렴."

하지만 나는 잘 수 없었습니다. 엄마를 졸라서 누나 편지를 다섯 번이나 더 읽은 뒤에야 비로소 잠이 들었고, 그날 밤새도록 나리 누나와 함께 장독대 옆 채소밭에서 무꽃을 따며 뛰어노는 꿈을 꾸었습니다.

다음 날.

엄마는 아침 일찍 일어나 백구와 어린 강아지들을 차례로 목욕시켰습니다. 나는 목욕을 마친 강아지를 엄마가 마루에 옮겨 놓으면 마른 수건으로 닦아주는 일을 했습니다.

얼마나 예쁜지!

눈처럼 하얀 털과 부드러우면서도 따뜻한 감촉, 마루 여기저기 천방지축 뛰어다니다가 찍 미끄러지곤 하는 귀여운 강아지들을 보면서 내 입은 함지박만 해졌습니다.

"아무래도 서울엘 다녀와야 할 것 같다. 올라가면 오늘 중으론 못 내려올 테니 밤에 강아지들과 함께 자도록 해라. 괜찮겠지?"

엄마가 걱정스러운 눈으로 나를 바라보셨습니다.

"……?"

"나리 누나 새아빠가 교통사고를 당해 병원에 입원하셨다고 하는구나. 나리를 키워주고 계신 분인데 찾아뵙고 문병을 하는 것이 도리 아니겠니?"

"……?"

"왜? 혼자 있기가 무섭니?"

"아니!"

난 힘차게 고개를 저었습니다. 난 이제 어린아이가 아니거든요. 나리 누나 말대로 우리 집의 유일한 남자고, 밤에 화장실에 가는 게 좀 문제지만 그래도 백구와 여섯 마리의 호위병들이 있으니 괜찮아요.

하지만, 아무래도 걱정이 되는지 엄마는 쉽사리 대문을 나서지 못하셨습니다.

"엄마, 걱정하지 말고 어서 다녀오세요. 안 그럼 저도 데리고 가시던지…"

시치미를 뚝 떼면서 내가 그렇게 말할 때까지 말이에요.

그날, 엄마가 없어서 조금 무섭긴 했지만 너무나 즐거웠습니다. 강아지들은 내 배를 타고 넘거나 귀를 간지럽히면서 쉴 새 없이 장난을 걸어 왔습니다. 백구는 마루 밑에서 걱정스러운 눈으로 그런 새끼들을 지켜보다가 젖 먹일 시간이 되자 슬금슬금 마루 위로 기어 올라왔습니다. 나는 백구 옆에 바짝 붙어 정신없이 젖을 빨아대는 새끼들을 바라보며 시간 가는 줄 몰랐습니다.

"……?"

아무래도 엄마가 이상합니다. 서울 다녀오신 후로 말씀도 별로 없으시고 가끔 내 눈치를 살피는 기색이 역력합니다. 전에 없이 백구와 강아지들을 잘 돌봐주는 것도 그렇고 말이에요.

"엄마."

"……."

"엄마!"

그제야 엄마는 고개를 돌리십니다.

그런데, 시내처럼 맑은 엄마 눈에 왠지 수심이 가득해요. 뭔가 걱정거리가 있는 것이 분명합니다.

"저 오늘 강아지들 이름 지었어요. 들어보실래요?"

"……."

"엄마!"

"그래, 응. 뭐라고 했지? 강아지가 어쨌다고?"

"이름을 지었다고요. 강아지들 말이에요!"

"그랬구나, 우리 미루가… 강아지 이름을…"

"여섯 마리잖아요. 엄마 개가 백구고… 그래서 일구, 이구, 삼구, 사구, 오구, 육구 그렇게요."

말해놓고 보니 내가 생각해도 우스웠기 때문에 나는 배꼽을 잡고 웃었습니다. 엄마는 하나도 우습지 않은 모양입니다. 빙그레 웃는 듯하더니 이내 표정이 굳어지셨습니다.

'엄마한테 무슨 일이 있는 건가? 아니면… 서울 나리 누나한테?'

☆

미루 아빠, 갑자기 옛 생각이 나요. 아주 오래전, 보육원에서 처음 당신을 만났을 때 말이에요. 부모가 누군지 얼굴 한 번 못 보고 자란 저와는 달리 당신은 아버지 이름과 얼굴을 똑똑하게 기억하고 계셨어요.

"난 너희들하고 달라. 김, 성, 민… 우리 아빠 이름이야. 외국으로 돈 벌러 갔는데 꼭 돌아온다고 하셨어. 반드시!"

"바보, 정말 그 말을 믿는 거니? 그렇담 여기 있을 놈 하나도 없겠다. 새끼야, 넌 버림받은 거야. 네 아버지가 널 버린 거라고.”

“맞아, 찌질이 상식이 새끼 좀 봐. 저 새낀 엄마가 맡기고 갔어. 돈 벌면 다시 찾으러 온다고… 그래서 맨날 찔찔거리는 거야. 엄마 안 온다고… 어른들 얘기는 다 똑같아. 돈 벌면 찾으러 오겠다. 조금만 기다려라… 하지만 약속을 지키는 어른은 한 명도 없어.”

“그렇지 않아! 우리 아빠는 달라! 절대로 나를 버리실 분이 아니야!”

“바보 같으니… 그래, 그럼 한번 기다려 봐. 대신 찔찔대지는 말고, 히히히.”

“낄낄낄.”

하지만 당신은 조금도 위축되지 않았어요. 언제나 당당했고, 자신감이 넘치고, 밝았지요. 수녀님이 유난히 당신을 예뻐했던 것도 아마 그래서였을 거예요. 나도 그런 당신이 좋았어요. 당신을 보면 왠지 마음이 든든해지고 가슴이 화끈거렸어요. 아홉 살 난 조숙한 계집아이는 아마 그때부터 당신을 사랑하기 시작한 것 같아요. 결정적인 계기가 된 것은 그날 ‘소풍 사건’이지요. 기억하세요……?

소풍을 나갔어요. 부활절 구호 물품이 도착한 바로 그 주였을 거예요. 수녀님께서 모처럼 바깥바람을 쏘이게 해 주신 거죠. 설레는 마음에 잠을 설친 아이들이었지만 이른 아침부터 하나같이 밝은 표정이었어요. 잠시 후에 일어날 끔찍한 일을 전혀 모르는 채 말이에요.

"자, 여기다!"

우리가 도착한 곳은 저만치 철조망 너머로 미군 막사가 한눈에 내려다보이는 언덕 위의 큰 나무 그늘이었지요. 햇볕은 투명했고 바람은 아주 부드러워서 소풍하기에는 안성맞춤인 그런 날이었어요.

"자리 깔고… 거기, 여자아이들은 어서 식탁 차릴 준비 해야지? 그렇지. 옳지, 모두 잘하는구나."

다들 까불고 재잘대면서도 부지런히 자기가 맡은 일을 하고 있었지요.

미군이 키우고 있는 경비견이 나타난 것은 자리 위에 식탁을 마련하고 둘러앉은 바로 그때였어요. 어디선가 몸집이 황소만 하고 온몸이 시커멓게 번들거리는 경비견 한 마리가 나타나 침을 흘리면서 허연 송곳니를 드러내고 우리를 향해 다가왔어요.

"도망쳐!"

놀란 수녀님이 외쳤지만 이미 때는 늦어서 여기저기 아이들이 울부짖는 소리가 들렸어요.

"나무… 나무 위로!"

몇몇 아이들을 품에 보듬어 안은 채 수녀님이 소리를 치셨어요. 경비견이 그런 수녀님을 향해 달려들었고 비명을 지르면서 뒤로 넘어졌지만, 수녀님은 아이들을 품 안에 감춘 채 계속해서 소리를 치셨어요.

"어서! 떨어지지 말고!"

정신을 차린 아이들이 하나, 둘 나무 위로 기어오르기 시작했어요. 몇몇은 위험 지역을 벗어나 저 멀리 언덕 아래 들판을 가로질러 뛰고 있었고요.

전 한 발자국도 떼지 못했어요. 아이들을 품고 바닥에 엎드린 채 미친 듯 달려드는 경비견을 맨손으로 막아내고 있는 수녀님을 멀거니 바라보면서 말이에요.

"어서!"

수녀님과 눈길이 마주쳤어요. 아주 잠깐이었지만 평생 그분의 눈길을 잊지 못할 거예요.

"엄… 마!"

그래요. 아마 그랬던 것 같아요. 긴 어둠을 뚫고 나는 어느 틈에 내가 모르는 어떤 장소에 가 있었어요. 그곳은 매우 밝았고, 너무 밝아서 눈이 잘 떠지지 않았지만 누군가가 나를 내려다보고 있다는 것을 알 수 있었어요.

나는 울기 시작했어요. 무서워서가 아니었어요. 그 눈길, 섬광처럼 짧았지만 내가 분명하게 느낀 바로 그 눈길 때문이었어요. 그 눈길은… 맨손으로 경비견을 막아내고 있는 수녀님의 눈길을 닮아 있었어요.

"어서!"

내 손길을 잡아끈 것은 바로 당신이었지요. 나무에서 내려온 당신이 다급하게 내 손을 잡아끌었지만 나는 그 자리에 붙박인 채 꼼짝도 하지 않았어요. 이미 두려움 같은 것은 남아 있지 않았어요. 다만 주체할 수 없이 눈물이 흘러내리고 있었어요.

"안 돼!"

비명 같기도 하고 절규 같기도 한 당신의 목소리가 그런 나를 깨웠어요. 동시에 나무 위로 피신한 아이들도 울음 섞인 목소리로 일제히 소리를 지르기 시작했어요.

안 돼!

흘러내리는 눈물 사이로 나뭇가지를 움켜쥐고 경비견을 향해 달려드는 당신 모습이 보였어요. 말리는 듯 손을 내젓고 있는 수녀님의 공포에 찬 눈길도요.

불시에 등을 한 대 얻어맞은 경비견은 고개를 돌려 당신을 향해 다가왔고, 뒷걸음질 치던 당신이 내 앞에 도착했을 때 나무 위에 피신해 있던 아이들이 '안 돼, 안 돼!' 울음 섞인 비명을 지르면서 하나둘씩 내려오기 시작했어요. 그리고는 누가 먼저랄 것도 없이 으르렁대는 경비견을 향해 음식이며 그릇들을 내던지기 시작했어요.

겁에 질린 아이들은 더러는 울고 더러는 악을 쓰면서 한데 꼭 붙어선 채 수녀님 곁으로 한 발자국, 한 발자국 걸음을 옮겼어요. 당신은 손에 나뭇가지를 움켜쥔 채 분노에 찬 눈길로 경비견을 노려보고 있었고 말이에요.

여러 사람이 다쳤지만 결국 싸움은 우리의 승리로 끝났어요. 수녀님을 빙 둘러싼 채 울며불며 소리를 질러대는 우리와 경비견 사이에 잠깐 팽팽한 대치가 이뤄졌지만, 경비견은 이내 꼬리를 내리고 어슬렁어슬렁 부대 쪽으로 사라졌어요.

미루 아빠, 그 사건은 내게 두 가지 소중한 것을 가져다주었어요. 세상에 태어나 단 한 번도 본 적이 없는 엄마의 영상을 내 가슴 깊이 새겨주었고, 바로 당신을 사랑하게 한 것이에요. 수녀님의 눈에서 나는 엄마의 모습을 보았어요. 게다가 내 앞을 가로막고 선 당신 등은 또 얼마나 넓고 든든해 보이던지……!

서울에 다녀왔어요. 나리 새아빠가 교통사고를 당했다고 하기에 문병차 갔던 거지요.

나리 새엄마는 달가워하지 않는 기색이 역력했어요.

"웬일로?"

"얼마나 심려가 크시겠습니까? 상세는 좀…"

"미루 어머니! 제 말을 못 알아들으시는 것 같군요. 일전에 제가 전화상으로 말씀을 드리지 않았던가요? 어떻든 서로 연락하고, 이유가 뭐든 관계를 맺으면서 사는 거 전 원치 않아요. 분명히 말씀을 드린 것 같은데요?"

"네… 전 다만…"

"망할 것! 공연히 편지질은 해서…"

"……?"

"아니, 와 주신 것은 감사해요. 하지만 앞으로는 저희 일에 신경 쓰시는 일 없도록 해 주셨으면 좋겠어요. 경사든 흉사든 우리 집안일이에요. 제 말 무슨 뜻인지 잘 알아들으셨으리라 믿고 전 이만…"

병실에는 들어가 보지도 못했어요. 병실 밖 의자에 앉아 밤을 꼬박 새웠지요. 나리가 병실 안에 없는 것만은 확실했어요. 하지만 이렇게 기다리다 보면 혹시 나리가 오지 않을까, 어떻게든 얼굴이라도 한번 볼 수 있지 않을까…….

"아니, 아직 안 가셨어요?"

"네, 저…"

이튿날 아침 병실 문을 열고 잠깐 얼굴을 내비친 나리 새엄마가 새삼 놀란 듯한 표정을 짓더군요.

"나리 기다리시는 모양인데… 내려가세요. 아무리 기다려도 나리는 오지 않을 거예요. 아빠 입원해 있는 동안 이모네 집에 가 있으라고 했어요. 학교도 거기서 곧바로 갈 거고… 나리 엄마, 이러시면 안 되지요. 그 심정 모르는 바는 아니지만 이래서 어쩌겠어요? 나리 얼굴 본다고 이제 와 서로한테 좋을 게 뭐가 있겠어요? 어렵겠지만… 잊어버리세요. 나리는 제가 잘 키울 테니 미루 병시중이나 잘하시고 말이에요."

"……."

"미루 엄마, 제발!"

"죄송해요."

하지만 눈물이 떨어지는 걸 어쩔 수가 없었어요.

"혹시…?"

"……."

"돈이 필요하세요?"

심장을 비수로 도려내는 것 같았어요. 전 변변히 인사도 못 하고 허겁지겁 병원 문을 나오고 말았답니다.

미루 아빠, 나리를 포기한 건 용서 못 할 짓이었지요? 아무리 어려워도 그래선 안 되는 일이었지요? 방법이 없을까요? 나리를 찾아올 방법 말이에요. 아무래도 나리를 저렇게 두고는 살 수 없을 것 같아요.

그래요. 문제는 돈이었어요. 돈… 옛날 그 사건 때, 미군들도 그랬잖아요.

“매우 뜻밖이고 위험한 사고였습니다. 우리 미군은 이번 사고에 대해 매우 애석하게 생각하며, 수녀님과 부상한 어린이들이 속히 완쾌하기를 바랍니다. 아울러…”

그러면서 미군 측에서 우리에게 건네준 건 통조림 몇 상자와 얄팍한 돈 봉투였으니까요.

미루 아빠, 돈만 있으면 나리를 내주지 않았을 것이고 찾아올 수도 있어요. 미루도 좀 더 큰 병원에 데리고 가서 치료받게 할 수 있고 말이에요. 돈을 벌어야겠어요. 그것도 아주 많이… 마담 아줌마 말이 맞는지도 몰라요. 세상은 절대 호락호락하지 않아요. 여자 혼자 이 험한 세상을 헤쳐 나가려면 마음을 독하게 먹어야 해요.

미루 아빠, 무슨 짓을 하든 절 이해해 주실 거죠? 전 당신을 믿어요. 그리고… 절 믿어 주세요. 반드시, 나리를 되찾고 말겠어요.

5

세상에, 이런 일이 일어나다니! 길고양이 말이에요. 그 누렁 고양이가 글쎄 새끼를 낳았지 뭐예요? 그것도 바로 우리 집 처마 속에 말이에요.

누구보다 백구가 바빠졌어요. 새끼들 챙기랴 밥그릇 챙기랴 온종일 안절부절못하고 마당을 빙빙 돌면서 처마 밑을 감시하는데, 어쩌다 누렁 고양이하고 얼굴을 마주치기라도 하는 날엔 온 집안이 떠들썩하게 짖어대면서 난리를 치는 거예요.

"그러지 마, 백구!"

아무리 달래도 소용이 없어요.

"구역 싸움을 하는 거란다."

"구역이 뭔데?"

"그러니까… 사람으로 치자면 자기 집을 지키려는 거지."

알 듯도 하지만 이해하기 힘들어요. 남의 음식을 탐내는 건 나쁜 일이지만 그래도 함께 잘 살면 안 될까요? 엄마 말씀이 또 고양이는 많이 먹지도 않는대요. 게다가 이제 막 새끼까지 낳았는데 쫓아내면 어디로 가겠어요. 어쨌든 누렁 고양이는 들판보다는 우리 집 처마 속이 더 안전하다고 생각하고 거기서 새끼를 낳기로 마음먹은 게 아닐까요?

"바보! 네가 참아 백구!"

하지만 백구는 참을 기색이 아닙니다.

컹컹! 컹!

백구는 온종일 분주하고 긴장하지만 강아지들은 무사태평입니다. 며칠 새 부쩍 자란 강아지들은 이제 마당을 마음껏 뛰며 온갖 개구쟁이 짓을 다 합니다.

"이 녀석들!"

한 번은 엄마가 해놓은 빨래를 엉망으로 만들었다가 빨랫방망이 세례를 받을 뻔했지요. 그래서 그런지 백구는 요즘 그 분주한 가운데도 가끔 시간을 내서 새끼들을 자기 집 안으로 내몰곤 합니다.

'말썽 그만 피우고 얌전하게 방 안에서 놀라는 얘긴가?'

그런데 그런 게 아니었습니다. 백구는 어쩌면 미리 알고 있었는지도 모르겠습니다. 엄마의 계획을 말이에요.

"미루야, 엄마랑 얘기 좀 하지 않으련?"

"……?"

마당을 뛰노는 강아지들, 온종일 빙빙 돌며 어쩔 줄 몰라 하는 백구, 그리고 이따금 처마 밑에서 들려오는 새끼 고양이들 울음소리를 듣고 있었지요.

"왜 지난번에 서울 다녀오지 않았니? 나리 누나 새아빠 퇴원

하실 때가 다 되었구나. 그래서 얘긴데…"

"전 괜찮아요. 무섭지 않아요. 강아지들하고 함께 자면 되죠, 뭐. 전 걱정하시지 말고 다녀오세요."

"아니, 그게 아니고…"

"……?"

엄마는 마당을 뛰노는 강아지들을 한 번 돌아본 뒤에 어렵게 말을 꺼내셨습니다.

"강아지들 말이다…"

"……?"

"아무래도… 내다… 팔아야 할 것 같다."

갑자기 심장이 딱 멈추는 것 같았습니다. 귀가 멍하고 눈앞이 캄캄해지면서 아무 소리도 들리지 않고 아무것도 보이지 않았습니다.

"안 돼!"

"미루야…"

"안 돼! 엄마 나빠! 안 돼, 내 강아지야! 안 돼!"

나는 입에서 나오는 대로 마구 고함을 질렀습니다. 나도 모르게 눈물이 흐르기 시작했고, 그 눈물 사이로 언뜻 백구의 축 늘어진 젖꼭지가 보였습니다.

"생각해 보렴. 누나를 키워주시는 분이잖니? 수술비를 보태주셨고… 어려운 일 당하셨는데 작은 정성이라도…"

"몰라! 난 몰라! 그런 것 난 모른단 말이야!"

"이 녀석! 그럼 어떻게 해? 가진 건 없고… 있다고 해도 그렇지. 여섯 마리나 되는 놈들을 어떻게 키우느냔 말이야! 미루야…
제발 그러지 말고…"

하지만 아무 소리도 귀에 들어오지 않았습니다. 나는 울고 또 울었습니다. 악을 쓰다가, 아무것도 모르고 마당에서 뛰놀고 있는 강아지들을 바라보다가, 가엾은 백구의 처진 젖꼭지를 바라보다가…….

이제 강아지들은 집에 없습니다. 마당은 텅 비고 백구는 끙끙거리며 새끼들을 찾아다닙니다. 벌써 며칠째인지 모릅니다. 장에 나갔다 돌아오며 엄마가 음식 찌꺼기를 많이 얻어 왔고, 밥그릇이 넘치도록 부어 줬지만 입도 대지 않습니다. 며칠 전 어미가 된 누렁 고양이는 아예 얼굴도 내비치지 않습니다. 공연히 백구 신경을 건드리지 않는 게 좋다는 생각이겠지요. 그렇지 않아도 백구는 누렁 고양이를 의심하고 있는 것 같습니다. 이따금 처마 속을 올려다보는 눈빛이 예사롭지 않거든요.

"바보, 백구… 가엾은 백구…"

엄마하고는 말도 하지 않습니다.

"……."

어쩌다가 엄마가 뭐라고 얘기를 걸 것 같은 눈치라도 보이면 눈을 질끈 감아 버립니다. 엄마의 한숨 소리가 길게 이어집니다. 하지만 나는 죽을 때까지 입을 열지 않겠다고 다짐합니다.

"언젠가는 헤어져야 하잖니? 엄만 누나를 위해…"

그 말에 나는 참지 못하고 버럭 소리를 질렀습니다.

"나빠, 엄마 나빠! 엄마가 다 갖다줬어. 강아지들도, 나리 누나도!"

그리고… 그날 밤 내내 나는 엄마의 울음소리를 들었습니다. 왜 그런지 나도 눈물이 났습니다. 이번엔 강아지 때문이 아니라 엄마 때문이었습니다. 그리고 누나 때문에…….

미루 아빠, 다신 그러지 말자고 몇 번이나 다짐했는데 오늘 또 미루 앞에서 눈물을 보이고 말았답니다. 강아지, 아니 결국 또 돈 때문이지요. 서울 다녀오고 며칠 뒤에 마담 아줌마를 찾아갔어요.

"일을… 하겠어요. 시켜주신다면…"

"……?"

마담 아줌마는 매우 놀라는 눈치였어요.

"돈이 필요해요."

"……."

한참 동안 나를 바라보던 마담 아줌마가 한숨을 내쉬면서 고개를 저었어요.

"아줌마…"

"안 돼!"

마담 아줌마의 어조는 매우 단호했어요.

"……?"

집까지 찾아올 때는 언제고 막상 나서니까 안 된다는 건 또 무슨 일인지…….

“내가 사람 보는 눈 하나는 남다르다고 자부하고 있어. 이 장사가 원래 그렇잖아? 하지만 말이야, 남들 손가락질을 받아 가면서 이렇게 먹고는 살지만 나 그렇게 막 가는 사람은 아니야. 자넨 이 장사 못 해. 못 할 짓을 시키는 건 도리도 아니고…”

“아줌마…”

“글쎄, 안 된다면 안 되는 줄 알아!”

“…….”

“자넬 생각해서가 아니야. 이 장사는 내가 알아. 이미 알고 있겠지만 이건 계집장사에다 사내들 장사야. 무슨 뜻인지 알지? 얼굴 반반하면 뭐 해, 계집 냄새가 나야지. 자넨 아니야. 다 제 길이 있는 거야.”

“노력할게요, 아줌마.”

“노력? 그래서 될 일이 따로 있자 이게 어디 노력해서 될 일인가?”

“그럼, 어떻게 해요. 전…”

“돌아가 썩! 다신 이 근처에 얼씬거리지 말고. 다 자넬 생각해서 하는 소리야. 알아들어?”

“……!”

하도 호되게 밀어내는 바람에 더는 말도 못 부치고 돌아섰는데 그 이틀 후 마담 아줌마가 집으로 찾아왔어요.

“아무래도 마음에 걸려서 말이야…”

"……."

"좌판을 하나 봐뒀거든. 시장통에 말이야. 장사를 해 보는 게 어때?"

"말씀은 고맙지만…"

"알아. 그러잖아도 권리금 얘기를 하더군. 자잘하게 건어물을 팔던 자린데 옆에 큰 상회가 생겨 문을 닫아야 할 형편인 것 같더라고. 그러니 제값에 흥정하진 못할 거야. 자네 형편 모르는 바 아니고, 내 일단 터는 얻어줄 테니 한번 해 봐. 아무렴 식당이나 농장 일보다 못하기야 하겠어?"

"하지만…"

"왜?"

"경험도 없고… 무슨 장사를 해야 할지도…"

"사람하곤… 그것도 좀 생각해 봤는데 말이야. 옷 장사 어때? 깨끗하고… 서울 조카가 시장에서 옷 도매를 하는데 꽤 짭짤한 모양이더라고. 물건 좀 떼 줄 수 있겠느냐고 넌지시 물어보았더니 그러마 하더군."

"하지만…"

아무리 그래도 한 푼도 없이 당장 끼니 걱정을 해야 하는 마당에 어떻게 선뜻 나설 수가 있겠어요.

"일단 좌판 권리금하고 물건 떼올 돈은 빌려줄 테니 장사를 하면서 갚아. 일수를 찍던지…"

"아주머니!"

"그래. 어차피 돕고 사는 거 아니겠어? 이자 받으니 난 나대로 좋은 거고."

마담 아주머니는 사람 좋아 보이는 미소를 지으며 내 손을 꼭 잡아주었어요.

그렇게, 저는 옷가게 주인이 되었어요. 가게라고 해야 한 평 남짓한 좌판이 전부지만 난생처음 내 가게를 갖게 되었으니 제 기쁨이 어땠겠어요.

좌판을 새로 단장하고 난생처음 장사할 물건을 떼기 위해 서울 올라가기 전날, 미루를 불러 마루에 앉혀 놓고 오랫동안 망설이던 얘기를 꺼냈지요.

"강아지들 말이다…"

"……?"

"아무래도… 내다… 팔아야 할 것 같다."

미루한테는 나리 새아빠 핑계를 댔지만 사실 그게 다는 아니었어요. 마담 아줌마가 좌판 권리금과 물건 뗄 돈을 빌려주긴 했지만 충분치 못했던 거죠. 게다가 서울 오르내리려면 아무래도 여비는 있어야 할 것 같아서…….

울고불고 난리가 났어요. 백구와 어린 강아지들이 미루에게 어떤 의미인지 잘 아는 나도 마음이 아프긴 마찬가지였지만 이를 악물 수밖에 없었어요.

미루 아빠, 저 참 모질죠?

백구를 집 밖으로 내보내고 대문을 걸어 잠근 다음 울며 매달리는 미루를 뿌리치고 강아지 여섯 마리를 광주리에 담았어요.

"엄마, 그럼 한 마리만!"

미루가 통 사정했지만 못 들은 척했어요. 그리고는 광주리를 머리에 이고 시장통으로 달려가 강아지들을 넘기고 돌아서는데 발길이 떨어지지 않더군요. 하지만 손에 쥔 돈을 더욱 꼭 쥐면서 마음을 다잡았어요.

그래, 이 돈이면…

마음 변하기 전에 먼저 한약방으로 달려가 나리 새아빠 보약을 한 재 지었어요.

이튿날, 새벽 첫차로 서울로 올라갔어요. 시장에 들러 물건을 찾은 다음 머리에 이고 병원으로 갔지요. 한 손에는 나리 새아빠 보약을 들고 말이에요. 병원부터 들를까 하다가 나리가 아직 학교에 있으리란 생각이 들어 나름대로 시간을 맞춘 거죠. 병원 앞 가게에서 갖가지 과자가 들어 있는 선물 세트도 하나 샀어요. 어쨌든 우리 나리한테 전해질 거라는 생각이 들어서였죠.

가게 아줌마에게 짐을 맡기고 병실로 올라갔어요.

"또 웬일로?"

나리 새엄마는 마뜩잖은 기색이 역력하더군요.

"저, 이거…"

보약과 과자 선물 세트를 내밀었지요.

"미루 엄마! 정말 자꾸 왜 이러세요!"

"……."

"언제 이런 거 달라고 했어요? 그렇게 돈이 많으세요? 도대체 어쩌자고 이러세요?"

"전…"

"가세요, 제발…! 저도 요즘 신경이 예민해져서 죽을 지경이라고요!"

뿌리치는 손길에 약봉지와 과자 선물 세트가 병원 복도에 내던져졌어요.

"……!"

그때였어요. 웬 젊은 아낙의 손에 이끌려 병원 복도로 들어서던 나리가 그 광경을 보았지요.

"엄마!"

"나리? 나리야!"

……!

미루 아빠, 우리 나리 얼마나 예쁘게 자랐는지 아세요? 두 갈래로 길게 땋아 내린 머리에 나비 댕기를 달고 개나리처럼 노란 가방을 둘러맨 우리 나리… 너무 눈이 부셔서 자꾸만 눈물이 났어요.

"나리 엄마… 그만 하세요. 나리야, 어서 아빠한테 가 봐야지?"

끌어안고 떨어질 줄 모르는 우리 모녀를 떼어놓으며 나리 새엄마도 끝내는 눈물을 훔치더군요.

나리를 안아보다니! 정말 꿈만 같은 하루였어요. 집으로 내려오는 버스 안에서 내내 나리 생각을 했어요. 그 붉고 연한 뺨과 칠흑처럼 새카만 머리카락, 눈물을 가득 담고 애써 울음을 참아

내던 초롱초롱한 눈망울……. 가슴 한구석에서 뜨거운 것이 치밀고 올라왔어요. 그것이 가슴을 저리게 했지만 마냥 아프기만 한 것은 아니었어요. 그래요. 아직은 작고 보잘것없지만 내 안에서 나를 이 세상에 살아 있게 하는 힘으로 변화하고 있었지요.

읍에 도착해서 집으로 가는 길에 책방에 들러 동화책을 한 권 샀어요. 벌써 며칠째 저하고 말도 안 하는 미루를 달래주기 위해서 말이에요.

"누구나 마찬가지야. 만나면 헤어지기 마련이란다. 강아지도 그래. 언젠가는 헤어져야 하는 거 아니겠니? 엄만 네 누나를 위해…"

하지만 미루는 화가 풀리지 않았는지 제게 소리쳤어요.

"나빠, 엄마 나빠! 엄마가 다 갖다줬어. 강아지들도, 나리 누나도!"

그 말이 비수가 되어 곧바로 심장으로 파고들었어요. 사실이니까요. 강아지도, 나리도… 다 제가 갖다주었으니까요. 미루가 아무리 어리고 철이 없다고 해도, 사리 분별은 분명하니까요. 눈물이 나왔어요. 부끄럽고, 무능한 자신에게 화가 났어요. 낮에 잠깐 품었던 나리의 여린 어깨가 가늘게 떨리고 있었을 때, 내가 딛고 있는 땅은 무너질 듯 흔들렸지요.

'엄마가 다 갖다줬어. 강아지들도, 나리 누나도!'

미루의 그 말은 한 자루 날카로운 비수가 되어 내 고막을 헤집고 가슴으로 파고들어 갈기갈기 살점을 도려내고 있어요. 밤새워 뒤척이지만 아무리 울어도 눈물은 마르지 않아요. 미루 아빠,

오늘따라 당신의 팔베개가 사무치게 그리워요.

6

빗소리에 잠이 깼습니다. 아니, 자지러질 듯한 엄마의 비명 때문이었지요. 나는 엉금엉금 마루로 기어나갔습니다.

"이런! 이걸 어쩌지! 이런!"

처마 밑 댓돌 위에 고양이 새끼들이 떨어져 비를 맞고 있었습니다. 모두 다섯 마리나 되었는데, 두 마리는 가늘게 울고 있었고 다른 세 마리는 죽은 듯 꼼짝도 하지 않았습니다.

"어쩌지? 이걸 어쩌지?"

엄마가 그렇게 당황해하는 모습은 처음 보았습니다.

"어서요 엄마!"

"……."

엄마는 떨리는 손으로 고양이 새끼들을 주워 마루 위로 옮겼습니다. 그리고 마른 수건을 가져와 비에 젖은 고양이들을 한 마리 한 마리 정성스레 닦아주었습니다. 다행스럽게도 아직 눈도 뜨지 못한 어린 고양이들은 숨이 붙어 있었습니다.

위를 올려다보니 처마 밑을 댄 판자에 구멍이 뚫려 있었습니다. 나무가 너무 오래되고 낡은 탓에 고양이들 무게를 이기지 못

하고 그만 부서져 내린 모양입니다.

"사람 손이 탄 걸 알면 물어 죽인다던데…"

"……?"

"고양이 말이다."

"자기 새끼들을?"

"어른들 말에 그렇다고 하더구나."

"정말?"

"글쎄… 난들 알겠니. 그렇다는 얘기지."

"그럼 어떻게 해? 불쌍해, 고양이!"

"……."

"엄마…"

"안 돼! 절대 키울 수 없어!"

"왜? 어미 고양이가 얘들 다 물어 죽이면 어쩌려고…?"

"올려놔야지, 감쪽같이."

"……?"

"어미 고양이가 오기 전에 말이다."

엄마는 사다리를 가져와 고양이들을 한 마리씩 처마 밑 터진 구멍 속으로 밀어 넣었습니다. 그런 다음 다시 널빤지를 구해 와 터진 구멍을 가리고 못질을 했습니다.

"괜찮을까?"

"……."

단숨에 일을 마친 엄마는 숨이 차신 듯 이마의 땀을 훔치며 헉헉거렸습니다.

"어미 고양이가 속아 줄까 엄마?"

조바심이 나서 안절부절못하는 나를 보며 엄마가 고개를 저었습니다.

"글쎄다… 어쨌든 너나 나나 할 일을 했잖니?"

"눈치 못 채야 할 텐데……."

그날 이후 엄마나 나나 고양이 울음소리를 확인하는 것이 중요한 일과가 되었습니다. 고양이의 울음소리가 들린다는 것은 어미 고양이가 새끼들을 물어 죽이지 않고 잘 돌보고 있다는 뜻이니까요. 해서, 고양이 울음소리가 들리면 엄마와 나는 서로 의미 있는 웃음을 주고받으며 가슴을 쓸어내렸습니다.

야옹, 야옹!

앙증맞은 어린 고양이들의 모습이 눈에 선했습니다. 어린 고양이 울음소리가 들릴 때마다 한 마리쯤 숨겨두고 돌려보내지 말 걸 하고 후회하기도 했지만, 아직도 새끼들을 찾아 마당을 빙빙 도는 백구를 보며 마음을 고쳐먹었습니다.

"그래, 내가 아무리 잘 대해 줘도 자기 엄마보다야 못할 거야. 어미 고양이도 그렇고…"

중얼거리는 나를 보며 엄마가 모처럼 얼굴을 활짝 피셨습니다.

"우리 미루, 이제 다 컸구나. 그런 생각을 다 한다니…"

일주일쯤 지나서였습니다. 문득 어린 고양이들 울음소리가 뚝 그쳤습니다.

"어디 이사 간 게지."

엄마가 나를 달랬지만 불안했습니다.

"물어 죽일 것 같으면 벌써 일이 났겠지 일주일씩이나 젖을 먹였겠니? 아마 새끼들 눈 뜨길 기다렸다가 다들 데리고 좀 더 안전한 곳을 찾아간 모양이다."

"정말 그럴까? 정말 그럴까 엄마?"

"그럼! 아마 나라도 그랬을걸."

"정말이지?"

"정말이지 않고."

엄마가 정색하셨습니다. 나는 엄마 말을 믿기로 했습니다.

미루 아빠, 요즘 미루는 고양이한테 정신이 빠져 있어요. 어느 날인가 길고양이 한 마리가 찾아들더니 처마 밑에다 새끼를 낳았거든요. 없는 집에 웬 손이 그리 많은지!

하지만 지난번 강아지들을 잃고 많이 상심하던 미루를 생각하면 여간 다행한 일이 아니에요. 게다가 새끼 고양이들과 특별한 인연을 맺기까지 했으니 말이에요. 결국, 모두 떠나가고 말았지만…….

그럭저럭 시장통에 좌판을 펼치고 장사를 시작한 지 며칠 지나지 않아서였죠. 길고양이가 새끼를 낳고 일주일쯤 되던 날이었어요. 새벽부터 빗줄기가 심했어요. 일찍 일어나 마루 문을 열고 나서는데 처마 밑에 새끼 고양이들이 떨어져 있는 게 아니겠어요? 모두 다섯 마리… 두 마리는 처마 밑 댓돌 위에, 세 마리는 화단에 떨어져 있었는데 다들 흠뻑 젖어 있었어요. 얼마나 놀랐던지!

"어서요 엄마!"

내 비명에 잠에서 깬 미루가 마루로 기어 나와 어린 고양이들을 발견하고 소리를 질렀어요. 어린 고양이들은 아직 눈도 못 뜬 상태였어요. 한 주먹도 되지 않았지요. 주위를 둘러봤는데 어미 고양이는 보이지 않았어요. 두근거리는 가슴을 애써 진정하고 고양이들을 수습해서 마루로 옮기고 한 마리 한 마리 마른 수건으로 닦아 준 다음 수저로 뜨거운 물을 한 모금씩 떠먹여 주었어요.

"……!"

마음이 여린 미루는 어느새 눈에 눈물을 가득 담고 어쩔 줄 몰라 했어요.

"쯧쯧! 괜찮아. 괜찮을 거야."

"정말 괜찮을까?"

"옳지. 그래, 잘 먹는구나. 미루야, 예쁘지?"

"예뻐, 너무 예뻐! 괜찮겠지 엄마?"

"암, 괜찮고말고. 봐라, 쌔근쌔근 숨을 쉬고 있잖니? 만져 봐. 느껴지지?"

"응. 따뜻해!"

"녀석…"

비에 젖은 채 가늘게 숨을 할딱이면서 생사를 넘나들고 있는 어린 고양이들을 보고 있자니 문득 옛날 생각이 나더군요.

골수이형성증후군…

정 박사님이 어렵게 병명을 꺼낼 때만 해도 그저 그런가 보다 했어요. 뼈나 근육에 염증이 생긴 것쯤으로 말이에요.

"그러니까 그게… 말하자면… 흔히들 골수암이라고 하는데… 백혈병으로 갈 수도…"

"……!"

그다음부터는 아무 소리도 들리지 않았어요.

"아이들한테는 희귀한 병이지요. 아마… 많이 고통스러울 겁니다. 어른도 견디기 힘든데…"

세상에 온통 당신뿐이었어요. 당신 모습 외엔 아무것도 보이는 게 없고, 그 옛날 나를 편안하게 해 주던 당신 목소리 외에 아무 소리도 들리지 않았어요. 나는 당신 살아생전처럼 당신 손을 잡은 양 두 손에 힘을 주었어요. 그러자 당신이 느껴졌고, 당신 목소리가 더 또렷하게 들려왔어요.

기운 내, 정신 차려… 자, 다리에 힘을 주고… 일어서. 미루를 생각해. 그리고 우리 나리…

당신이 그렇게 말했고, 내 손을 잡아끌었어요. 나는 그 힘에 이끌려 조금 전까지만 해도 곧 무너져 내릴 것만 같았던 의자에서 벌떡 일어났고, 휑하니 정 박사님 방을 나와 미루가 누워있는 병실로 갔어요. 병실로 향하는 내 발걸음을 옮기고 있는 사람은 내가 아니었어요. 전쟁터를 향해 돌진하는 병사처럼 기운차게 병실로 달려간 나는 주섬주섬 옷을 갈아입히고 아이를 품에 안았어요. 미루는 영문도 모른 채 눈을 동그랗게 떴고, 그런 아이를 누가 훔쳐 가기라도 할 듯 가슴에 꼭 품고 병실 문을 나서는 내 뒤를 나리가 따랐어요.

아이는 새털처럼 가벼웠어요. 가벼워서, 너무 가벼워서 눈물이 났어요. 이제 다섯 살인데… 이렇게 가벼운데…

"엄마, 같이 가! 미루야…!"

나리는 눈에 눈물이 가득했고 잔뜩 겁에 질린 듯 바들바들 떨고 있었어요.

졸졸졸.

언젠가 소풍을 나왔던 바로 그 시냇가, 미루가 처음 발병하던 날 정 박사님에게 발견되었던 곳이지요. 나는 쪼그리고 앉아 두리번거리면서 품 안의 미루를 힘껏 보듬어 안았어요. 그 옛날, 아이들을 품고 바닥에 엎드린 채 미친 듯 달려드는 경비견을 맨손으로 막아내던 수녀님처럼, 바람에 날아갈까, 냇물에 실려 갈까… 나리가 품 안으로 달려들고, 이제 한 덩어리가 되어 드넓은 하늘 아래 자그마한 점으로 변한 우리 세 식구를 당신이 내려다보고 있었지요.

"안 돼! 포기하면 안 돼!"

어린 시절, 맨손으로 경비견을 상대했던 그날처럼 연신 소리를 지르면서 말이에요.

7

고양이들이 이사 간 다음 날은 또 비가 왔습니다. 엄마는 읍에 나가시고 나는 빗소리에 파묻혀 혼자 배를 깔고 마루에서 동화책을 뒤적이고 있었습니다.

끙!

"어? 백구! 무슨 일이야?"

아침부터 보이지 않던 백구가 비에 흠뻑 젖은 채 고개를 푹 꺾고 마당으로 들어섰습니다.

"어딜 갔다 온 거야? 백구… 어, 싸웠니?"

끙!

온몸에 흙칠 범벅을 하고 군데군데 털 뽑힌 자국이 역력했습니다. 백구는 눈물이 그렁그렁한 눈으로 나를 힐끔 돌아본 뒤에 다시 고개를 숙이고 자기 집으로 들어가 몸을 잔뜩 웅크린 채 꼼짝도 하지 않았습니다.

"도대체 무슨 일이야? 무슨 일이냐고?"

빗줄기가 거세지면서 흙탕물이 튀어 올랐지만 백구는 전혀 피할 생각이 없는 듯했습니다. 생각에 잠긴 듯한 멍한 눈에는 눈물이 가득 담겨 있었고요.

"왜? 새끼들 때문에?"

…….

백구는 말이 없습니다. 움직일 생각도, 먹을 생각도 다 버린 듯합니다. 웅크린 채 하염없이 빗줄기를 바라봅니다. 그러다가 문득 고개를 들고 귀를 쫑긋거리지만 이내 다시 고개를 꺾습니다. 그런 백구 모습이 엄마 모습과 비슷하다는 생각이 들었습니다. 일하다 말고 갑자기 허공을 바라보며 한숨을 내쉬는 우리 엄마 말이에요.

백구에게 무슨 일이 있었던 것인지는 시장에서 장사를 마치고 엄마가 집에 돌아오신 다음에야 비로소 알았습니다.

"냇물 건너 창수 있지? 왜 전에 한번 놀러 왔잖아?"

"알아. 창수… 나하고 동갑이래."

"그래. 창수 말이다. 백구가 글쎄 그 집 살구하고 싸웠다고 하는구나!"

"살구?"

"그 집 개 말이다. 백구하고 비슷하게 새끼를 낳았거든. 아마 백구가 살구 새끼들을 건드린 모양이야. 두 놈이 죽기 살기로 싸움질을 해대는데 창수 엄마가 뜯어말리느냐 혼났대. 원, 별일도 다 있지. 그 멀리까지 가서…"

"그래서? 그래서 어떻게 됐는데?"

"어찌 되긴… 백구 녀석 나다니지 못하게 묶어 놔야 하는 거 아닌지 모르겠다."

"안 돼!"

"안 되다니?"

"엄마도 알잖아. 우리 백구… 새끼들 찾으러 나갔던 거야. 불쌍한 백구… 얼마나 보고 싶었으면!"

"……."

"엄마, 이다음에 백구 새끼들이 다 크면 걔들이 백구를 찾아올 수 있을까? 그때 백구가 자기 새끼들을 알아볼까?"

"글쎄다."

"왜? 못 알아봐?"

"종자마다 다르다고 하더라만…"

"종자?"

"우리 백구는 진돗개잖니? 새끼들도 당연히 그렇고… 진돗개는 매우 영리해서 평생 자기 주인을 잊지 않는다고 하더라. 그러니 새끼들도 그렇고 어미 개도 그렇고 자기 가족을 잊어버리는 일은 없겠지?"

"정말이지?"

"녀석… 왜?"

"그럼 됐어. 우리 백구, 언젠가는 자기 새끼들을 만날 거야. 새끼들도 언젠가는 자기 엄마를 만날 거고… 세상에 완전히 없어지는 건 없어. 잊어먹지만 않으면 말이야."

"정말 그렇게 생각하니?"

"그럼! 아빠도 그렇고 나리 누나도 그래. 내가 잊어먹지만 않으면 아빠도 그렇고 나리 누나도 그렇고 나한테서 완전히 없어지는 게 아니야. 언젠가는 다시 만나게 되는 거야."

"……!"

엄마는 아무 말씀도 없이 고개를 끄덕이며 내 얼굴을 무릎에 끌어다 누이고 볼을 어루만졌습니다. 엄마 품에 안겨 가슴 깊이 엄마 냄새를 들이마시자 갑자기 눈물을 났습니다. 왜 눈물이 나는지 알 수 없지만, 마음이 아파서는 아니었습니다. 엄마는 아주 오랫동안 나를 안아주었고, 그날 나는 다른 어느 때보다 깊이 잠이 들었습니다.

미루 아빠, 생각나세요? 우리들의 혼인 여행, 그때 그 바닷가, 하늘 가득 봉숭아 물을 들인 듯 낙조가 아름답던 서쪽 바다, 대천 말이에요. 당신은 스물여섯, 나는 스물넷. 너무 행복해서 겁이 났어요. 누군가 뾰족한 창끝을 내밀고 등을 찌를 듯 바짝 뒤쫓고 있는 것 같아 자꾸 뒤를 돌아보지만 아무도 없었어요. 떨림과 두려움 속에서 눈을 떴을 때는 이미 바다에 도착해 있었지요. 그렇게, 몇 번씩이나 버스를 갈아타고 마침내 바다에 도착했을 때 하늘에 걸린 낙조가 불꽃처럼 환하게 타오르고 있었어요. 타오르는 낙조만큼이나 내 얼굴은 붉어지고 가슴은 두근거리고…….

낙조에 잠긴 마을의 첫인상은 납작하다는 것이었어요. 마치 여러 개의 성냥갑을 포개놓은 듯 자그마한 집들이며 좁다란 골목길들, 귓전을 때리는 파도 소리, 청명한 바닷바람에 실려 오는 비릿한 소금 냄새… 그 바닷가 마을의 갖가지 풍경들은 우리 두 사람을 결혼이라는 새로운 환경에 금방 익숙해질 수 있도록 도와주었어요. 아시죠? 누군가의 넓고 따뜻한 품 안에 얼굴을 묻고 안겨 있는 듯한 기분……. 왠지 안심되고, 이 세상 그 누구도 날 건드릴 수 없다는 그런 느낌 말이에요. 자라면서 전 항상 그런 느낌을 그리워했어요. 그런 기분을 소중하게 여겼어요. 부모 얼굴 한 번 못 보고 자란 어린 시절, 제겐 무엇보다 그게 필요했으니까요.

대천에 도착해서 그런 감정을 느낀 것은 풍경도 풍경이지만 아마도 당신이 옆에 있었기 때문일 거예요. 그래요. 그 아름다운 풍경 중에서도 당신이 가장 아름다웠어요. 넓고 흰 이마, 어린아이처럼 맑고 투명한 눈, 끊임없이 무엇인가를 배려하고 있는 당신의 표정에서 나는 세상에 태어나 가장 완전한 기쁨을 맛보았어요. 누군가의 사랑을 받는 것, 누군가의 배려를 받는 것만큼 사람을 완전하게 하는 게 있을까? 그런 생각을 하면서 당신 말에 귀를 기울였지요.

"세상에는 여러 가지 빛깔의 사랑이 있다고 생각해. 사람들은 그중에서 마음에 드는 빛깔 하나를 선택하게 되고 그것을 모든 사랑으로 여기며 살아가지. 바보처럼 생각될지 모르지만 나 역시 그래. 당신한테 이 세상 모든 빛깔의 사랑을 다 주지는 못해. 하지만 내가 말하고 싶은 것은… 내 사랑의 빛깔이 바로 당신이라는 거야. 약속해. 살아가면서 당신이 어떤 색이 되든 나는 당신을 사랑할 거야."

그렇게… 당신은 불길처럼 뜨거운 노을 속에, 그리고 나는 당신에게 안겨 있었어요. 그리고 오늘은 또 그렇게… 미루가 내 품에 안겨 있답니다. 우리 미루, 이 아이는 바로 그날의 그 노을 같아요. 내게 모든 것이면서 아무리 품어도 품어지지 않는 아이, 노을 같은… 우리 아이…….

세상에 완전히 없어지는 건 없어. 잊어먹지만 않으면…

정말 그렇게 생각하니?

그럼! 아빠도 그렇고 나리 누나도 그래. 내가 잊어먹지만 않으면 아빠도 그렇고 나리 누나도 그렇고 나한테서 완전히 없어지는 게 아니야. 언젠가는 다시 만나게 되는 거야.

미루 얘기를 들으며 전 고개를 끄덕였어요. 처음엔 그저, 나중엔 확신에 차서.

장사는 그만그만해요. 약값까지는 아니어도 그럭저럭 양식 걱정은 덜 수 있을 정도랍니다. 당장 큰돈을 벌 수 있으리라 생각한 것은 아니지만 지난번 나리 새엄마가 보내준 돈으로 타온 미루 약봉지가 줄어들수록 내심 걱정이 돼요. 게다가 그동안은 정 박사님께서 음으로 양으로 도와주셔서 진료비 일부만 내고 약을 구했는데 요즘은 구호 단체 지원이 많이 줄어든 눈치예요.

내색은 안 하시지만, 사비를 보태 약을 타 주시는 것 같아 뵐 낯이 없답니다. 그러다 보니 한 달에 한 번 약을 타러 갈 때 외에는 발길도 뜸해지고 말이에요.

정 박사님은 미루 걱정이 대단하세요. 오늘 모처럼 박사님을 찾아뵈었죠.

"잘 견뎌줘야 하는데…"

"약 잘 먹고 있어요. 별로 아파하는 기색도 없고요. 우리 미루, 나아지고 있는 거죠? 걱정하지 않아도 되는 거죠, 박사님?"

"감염이나 출혈 증세를 보이지 않는 것으로 보아 일단 안심은 되지만 늘 대비를 해야 합니다. 근간 날 좋을 때 데리고 나오세요. 한 번 더 정밀검사를 해 봅시다."

"……."

"가장 좋은 건 골수를 이식하는 건데… 기다려 볼 밖에. 녀석, 대견하기도 하지. 벌써 2년인데… 그동안 잘 버텨주었는데… 아, 참! 장사 시작하셨다는 말씀 들었습니다. 제 처가 전하더군요. 장에서 뵈었다고."

"은혜를 어떻게 갚을지… 미루 치료 문제도 그렇고, 사모님까지 나서서 이토록 도와주시니…"

"허허, 은혜라니요. 남을 위해 생명까지 바친 미루 아버님을 생각하면 저희야 아무것도 아니지요. 걱정하지 마세요. 미루, 반드시 나을 겁니다. 믿음을 가집시다."

"……."

세상에 절로 얻어지는 것은 없어요. 당신은 비록 이 땅을 떠나고 없지만, 이 땅에 남아 있는 당신의 온기는 아직도 우리 가족과 이웃들을 따뜻하게 감싸고 있답니다. 그래요. 미루 말이 맞아요. 우리가 잊어먹지 않는 한 완전히 없어지는 것은 없어요. 언젠가는 다시 만나게 돼요.

8

백구가 슬퍼하고 있습니다. 고개를 꺾고 마당을 빙빙 돌다가 가끔 하늘을 바라보며 자꾸만 끙끙거립니다. 저러다가 병이라도 드는 게 아닐까, 정말 걱정입니다. 백구를 도와주고 싶은데 그저 바라볼 수밖에 없습니다. 내가 건강하다면 백구를 데리고 시냇가나 장터에 나가볼 수 있을 텐데……. 아니, 나가본들 소용이 없겠지요. 시장에 내다 판 새끼들이 다시 어디로 팔려나갔는지 알 수 없으니 말이에요.

“할 수 없어 백구. 기다려야 해. 네가 잊어먹지만 않으면 언제든 새끼들을 다시 만날 수 있어. 모두 잘 있을 거야. 나리 누나처럼… 나리 누나…”

백구는 내 말을 이해하지 못하는 눈치입니다. 자기 집으로 들어가 앞다리에 얼굴을 파묻고 자꾸만 끙끙거립니다. 나는 마루에 누워 눈을 감습니다. 누나… 나리 누나가 뒤뜰 장독대 옆 채소밭에 쪼그리고 앉아 꽃을 따고 있습니다. ‘누나’하고 부르면 고개를 돌리고 싱긋 웃습니다. 손에 무꽃을 한 다발 들고 말이에요. 그런데 햇빛이 반사되어 누나 얼굴이 잘 보이지 않습니다.

눈을 가늘게 떠보지만 보이지 않습니다. 갑자기 눈물이 납니다. 끙! 백구는 마당에서 울고 나는 마루에 누워 눈물을 흘립니다. 이렇게 아주 한참 동안 울고 나면 잠이 들겠지요. 그러면 누나를 만날 수 있습니다. 아빠도 만날 수 있습니다. 잠이 들면 꿈을 꾸니까요.

"엄마… 별 떴어?"

"왜?"

"보고 싶어… 아빠별."

"……."

"왜? 구름 꼈어?"

"아니. 자, 보렴. 모처럼 하늘이 참 맑구나. 그리고 저기, 별들이 세상 구경을 나온 모양이다. 별들이 참 많기도 하지? 그리고 저기, 보이지? 아빠별… 반짝반짝, 아빠는 잘 계시는 것 같구나. 저렇게 밝은 걸 보니…"

뒤뜰로 난 마루 문을 열면 누워서도 하늘이 아주 잘 보입니다. 나는 엄마 무릎을 베고 오랫동안 별구경을 했습니다. 엄마도 별을 보셨습니다. 가끔 한숨을 내쉬면서 말이에요. 나는 그런 엄마 눈치를 살피다가 끝내 참지 못하고 말을 꺼냈습니다.

"나리 누나… 보고 싶어. 누나 새엄마한테 잘 얘기하고 집에 놀러 오라고 하면 안 될까? 딱 하루만…"

"……."

"누나라는 건 알겠는데… 볼 수가 없어. 그래서 그래."

"무슨 소린데?"

"꿈속에서… 누나랑 노는데 이상해. 얼굴 말이야. 누나 얼굴을 볼 수가 없어. 보긴 보는데 볼 수가 없어."

"……!"

"안 될까? 아빠는 너무 멀리 계셔서 안 될 테고… 누나 얼굴 한 번만 보면 다시 안 잊어먹을 텐데……."

오늘따라 나리 생각이 간절해요. 우리 나리, 당신을 마지막으로 배웅한 아이, 당신이 이 세상에서 마지막으로 본 얼굴도 바로 나리겠죠?

벌써 3년인가요? 그런데 아직도 가끔 착각하곤 해요. 당신이 여전히 살아 있고, 지금쯤 도시락 가방을 매단 채 자전거를 타고 머리카락을 날리며 들판을 달려오고 있으려니 하는 생각 말이에요. 공연히 마음이 바빠지는 거 있죠? 어서 밥 지어야지. 부엌으로 나서다 말고 거울 앞에서 옷매무새를 고치다가… 그러다가 문득 깨닫죠. 아냐, 내가 왜 이래? 정신 차려. 이제 그이는 없어. 혼자야. 이 세상 어딜 가도, 세월이 아무리 흘러도 다시 함께할 수 없어. 그렇게 마음을 다잡고 방문을 나서는데 도무지 믿기지 않는 거예요. 그래요. 믿을 수 없어요. 무섭고 겁이 나서 견딜 수가 없어요. 당신이 없는 세상… 다시 마음을 추스르죠. 아니야. 조금 긴 여행을 떠난 거야. 곧 돌아올 거야. 그러다가 또 깜짝 놀라 방안을 살피고 마루로 뛰어나가 건넌방 문을 열고 안을 확인해요.

천장의 꽃무늬를 세며 창백하게 누워있는 아이, 우리 미루… 그런데 당연히 그 아이 머리맡을 지키고 있어야 할 나리가 보이지 않아요. 어디 갔지? 도대체 얘가 어딜 간 거지?

당신이 가던 날, 나리가 마중을 나갔어요. 일곱 살짜리 계집아이가 그날 일을 이해하기는 힘이 들었을 거예요.

"아빠가 자전거에서 내렸어… 건널목 차단기가 내려지고 기차가 오면서 뿌웅 했는데 승리는 모르고 있었어. 걘 듣지 못하잖아. 내가 승리를 불렀어. 내가 부르니까 아빠가 승리를 본 거야. 그래서 아빠가 철도로 뛰어갔는데 기차가 멈추지 않았어… 엄마, 내가 잘못했어. 다 내 책임이야. 내가 승리를 불러서 그런 거야. 무서워. 우리 아빠… 어떡해!"

삶과 죽음은 그렇게 한순간에 결정이 되더군요. 그날, 바들바들 떨고 있는 나리를 품에 안고 전 아무 말도 하지 않았어요. 충격에서 헤어나지 못하고 있는 그 어린것에게 네 잘못이 아니라고 한마디쯤 해 줬어야 했는데 하지 못했어요. 그 일이 늘 마음에 걸려요. 어린것이 얼마나 상처가 컸을까? 어른도 견디기 힘든 참혹한 사고 현장을 목격한 충격은 또 얼마나 컸을까?

변명하자면… 경황이 없었어요. 아니, 믿기지 않았어요. 이상한 일이죠? 너무 큰일을 당하니까 현실감이 없어지는 거예요. 내 일이라고 생각되지 않는 거예요.

"어떻게 하시겠습니까? 상부에 보고해서 도립묘지에 모실 수도 있는데…"

군청에서 나온 담당 공무원의 말을 듣고 나서야 내가 처한 현실을 이해하기 시작했어요. 이를 악물었죠.

"아니요. 화장하겠어요!"

나리가 이상하다는 것을 깨달은 것은 장례를 치르고 한참이 지나서였어요. 문득 생각해 보니 나리 목소리를 들어본 지가 오래된 거예요. 그런가 했는데 살펴보니 온종일 잠시도 미루 곁을 떠나지 않고 붙어 다니더군요. 처음엔 어린 동생을 돌봐주는 모습이 기특하다 싶었어요.

"착하구나, 우리 나리. 동생하고 잘 놀아주고… 하지만 온종일 집에만 있으면 심심하지 않니? 이제 엄마 일 다 끝났으니 나가서 놀 테면 나가 놀아라."

"안 돼! 누가 데려가면 어쩌려고!"

"데려가다니?"

"안 돼!"

나리는 미루를 꼭 끌어안고 계속해서 소리를 질렀어요.

"안 된단 말이야!"

"나리야…?"

그러면서, 참으로 오랜만에 나리와 눈을 맞췄어요.

그런데 그 눈!

심장이 멈춰버릴 것만 같았어요.

그 아이의 눈, 그 눈은 일곱 살짜리 계집아이의 눈이 아니었어요. 언뜻 겁에 질려 있는 듯했지만, 그보다 더 깊고 강렬한 어떤 빛이 내 가슴을 철렁하게 했어요. 공포와 분노, 증오, 원망… 아니, 뭐랄지… 그래요. 깊은 상실감과 공허감… 알 것 같았어요, 그 느낌. 참새처럼 자그마한 나리의 가슴을 짓누르고 있는 그 느낌, 제가 바로 그랬으니까요. 나리의 눈을 통해 그 느낌을 확인한 순간 나는 와르르 무너져 내렸고, 참고 참았던 눈물이 주체할 수 없이 마구 쏟아져 나왔어요. 당신을 잃고 떠나보내면서 수없이 삼켰던 울음이 한꺼번에 터져 나왔던 거예요.

"잘못했다 나리야. 엄마가 잘못했어!"

그것은 또한, 당신 없는 우리 세 식구를 처음으로 받아들이는 순간이기도 했어요. 품으로 달려들며 나리가 울어대고, 엄마와 누나 품을 번갈아 오가며 울먹울먹하던 미루도 마침내 악을 쓰며 엉엉 울어대기 시작했어요.

우리 미루, 제 누이가 보고 싶은 모양이에요.

꿈속에서… 누나랑 노는데 이상해. 얼굴 말이야. 누나 얼굴을 볼 수가 없어. 보긴 보는데 볼 수가 없어. 안 될까? 아빠는 너무 멀리 계셔서 안 될 테고… 누나 얼굴 한 번만 보면 다신 안 잊어먹을 텐데…….

그렇게 말하는 미루는 불안한 기색이 역력했어요. 잊어버린다는 것, 기억에서 사라진다는 것, 그렇게 영원히 지워진다는 것… 그 상실의 아픔을 알아가고 있는 미루를 어찌해야 할지! 당신을 잃고, 나리를 보낸 내 가슴이 이렇게 찢어질 듯한데…….

9

낮에 마루에 엎드려 동화책을 읽고 있는데 갑자기 다리가 아프기 시작했습니다. 너무 많이 아파서 더럭 겁이 났습니다. 아니, 아파서가 아니라 혼자라서 겁이 났습니다. 이렇게 많이 아픈 걸 보면 죽을지도 모르는데 엄마가 옆에 없어서 너무 무서웠습니다. 나도 모르게 비명을 질렀습니다. 얼마나 크게 소리를 질러 댔는지 놀란 백구가 마루 밑을 서성거리며 걱정스러운 눈으로 나를 바라보았습니다. 잠이 들면 안 될 것 같은데 너무 아프니까 자꾸만 잠이 왔습니다. 그래서 이게 바로 죽는 거구나 생각했습니다. 엄마한테 뭐라고 얘기를 하고 싶은데 엄마가 옆에 없어서 너무 겁이 나고 슬펐습니다.

…….

한참 후에 깨어나서 정말 다행이라는 생각을 했습니다. 어두워지기 시작했으니 이제 조금만 더 기다리면 엄마가 오실 시간이었기 때문입니다. 다리도 아까만큼은 아프지는 않았습니다. 마루 앞에 웅크리고 있던 백구가 내 기척을 듣고 일어나 근심이 가득한 눈으로 나를 바라보았습니다.

"괜찮아 백구. 이젠 괜찮아. 걱정할 거 없어. 곧 엄마 오실 시간이야."

하지만 백구는 아무래도 안심이 되지 않는 모양입니다. 마루 앞을 오락가락하다가 이따금 대문 쪽을 바라다보면서 무어라 끙끙거립니다.

살구와 싸운 뒤로 백구는 대문 밖으로 나가지 못합니다. 엄마는 줄로 묶어두려고 했지만 제가 말려서 그것만은 피할 수 있었습니다. 대신 대문과 뒤뜰로 통하는 쪽문을 걸어두었고, 백구는 앞마당에서만 지내게 되었습니다.

백구는 대문과 나를 번갈아 바라보면서 자꾸만 끙끙거립니다. 무어라 얘기하고 있는 게 분명합니다. 그리고 무슨 얘긴지도 알 것 같습니다.

"문 열어달라고? 엄마 데려오려고? 괜찮아. 곧 돌아오실 시간이야. 게다가 난 지금 꼼짝할 힘도 없어."

끙!

그러다가 다시 깜빡 잠이 들었고 백구가 컹컹거리는 소리에 어렴풋이 정신이 들었습니다.

컹! 컹컹컹!

"왜 그래 백구, 놓지 못해!"

백구가 대문으로 들어서는 엄마 치마를 잡아끌었습니다.

"그만, 백구! 저리 가지 못해! 아니… 미루야!"

"엄마…!"

엄마 목소리를 듣자 나도 모르게 눈물이 났습니다. 엄마 얼굴을 보려고 하는데 자꾸만 눈이 감겼습니다.

병원에서 온종일 검사를 받았습니다.

검사 다 받고 엄마 등에 업혀 집으로 돌아오는 길에 엄마한테 말했습니다.

"엄마…"

"……."

"내가 죽을 때 말이야… 옆에 있어 줄 거지?"

"죽다니?"

"그러니까 만약에…"

"못써! 불효자식이나 그런 말 하는 거야."

"불효?"

"그래, 불효자식… 자식 중에서 제일 나쁜 자식이지…"

"……."

"왜? 많이 아파?"

"아니, 그런 건 아니고…"

"그런데?"

"그냥 그런 생각이 들었어. 죽으면 아주 오랫동안 만나지 못하잖아. 그러니까 죽기 전에 얘기를 많이 해야지. 그리고 또 죽을 때 많이 아플 거잖아. 그러니까 엄마가 있어야지. 그래야 무섭지 않지."

"……."

결국, 엄마는 저와 약속했습니다. 언제 어디서나 항상 옆에 있어 주겠다고 말입니다.

“그런데 말이다. 미루보다는 엄마가 먼저 죽을걸.”

“……?”

“나이가 들면 다 죽는 거야. 엄마가 미루보다 나이가 많잖니? 그러니 먼저 죽는 게 당연하지.”

“엄마도 죽어?”

“그럼, 나중에…”

“엄마도?”

“미루도 약속할 거지? 항상 엄마 옆에 있겠다고.”

“……!”

더럭 겁이 났습니다. 나는 엄마 등에 얼굴을 파묻고 두 팔로 꼭 껴안았습니다. 엄마는 내 엉덩이를 받친 손에 힘을 주면서 내게 말했습니다.

“걱정할 것 없다. 이다음에, 아주아주 이다음에, 우리 미루가 어른이 되고 엄마보다 더 크고 더 많이 나이를 먹고 난 다음이니까.”

“정말?”

“그럼.”

“정말이지? 거짓말 아니지?”

“그럼!”

“아빠는 안 그랬잖아. 하늘나라에 일찍 가셨잖아.”

“그건, 사고가 나서 그런 거고… 그 대신 저기 저 하늘에서 매일 우리를 보고 계시잖니?”

"그래도 싫어! 이렇게, 만질 수 없잖아. 아빠 말이야."

"녀석… 아빠 보고 싶니? 아빠 생각이 나?"

"보고 싶어. 아니, 그냥 그래. 그런데…"

"그런데?"

"어쩌다 보면 한참 동안 아빠 생각을 안 했거든. 그래서 슬퍼. 내가 아빠 생각을 안 하고 있을 때 아빠가 내 생각을 하고 있었으면 아빠가 슬펐을 거 아냐? 그걸 생각하면 나도 슬퍼져."

"……."

"엄마…"

"왜."

"내가 아빠 생각을 안 하고 있을 때도 엄마는 아빠 생각을 해야 해. 그럴 거지?"

"그래. 우리 미루, 참 착하구나. 하지만 너무 걱정하지 마. 아빤 미루 마음 다 알고 계실 테니까."

엄마는 아주 오랫동안 아빠 얘기를 해 주셨습니다. 아빠 엄마 어렸을 때 얘기, 결혼할 때 얘기, 나리 누나와 나를 낳았을 때 얘기…

그날 밤 저는 잠들지 못했습니다. 엄마가 아픈 다리를 주물러 주고 계셔서 조금 있다가 곧 잠이 든 척했지만, 사실은 잠을 잘 수가 없었습니다. 눈을 감고 아빠 생각을 했습니다. 그러다 문득 언젠가는 엄마하고도 헤어져야 한다고 생각하니 겁이 나고 자꾸만 눈물이 났습니다. 엄마가 없는 그다음은 아무것도 생각이 나지를 않습니다. 생각하려고 아무리 애를 써도 사방이 캄캄하기만 합니다. 그 생각이 무서워서 몰래 울었습니다.

☆

가슴이 철렁했어요. 다리가 후들거리고 귀가 멍해서 정신을 차릴 수가 없었어요. 아이를 둘러업고 미친 사람처럼 밤길을 달려 병원에 도착했을 때 다들 놀라더군요. 아이도 아이지만 눈물로 범벅이 된 제 얼굴과 맨발을 보면서 간호사들은 혀를 찼어요.

"정신 차리세요, 미루 어머니!"

"박사님, 박사님 좀… 우리 미루 좀…"

"연락드렸어요. 출발하셨으니 곧 도착하실 거예요. 미루 걱정은 마시고, 자, 이리 좀 앉으세요."

"출혈은 보이지 않고 아직 감염 징후도 없고… 날이 밝는 대로 정밀검사를 해 봐야 정확한 걸 알 수 있겠지만 통증이 멈춘 거로 봐서 일단은 안심해도 될 것 같습니다. 좀 더 지켜봅시다."

"……."

"죄송합니다. 늘 같은 말밖에 할 수 없으니 이거야 원!"

"아니에요, 박사님. 전 믿어요. 우리 미루, 절대 아무 일도 없을 거예요. 이겨낼 거예요. 이겨낼 수 있어요. 꼭…"

정 박사님께서 설령 절망적인 말씀을 하셨어도 전 믿지 않았을 거예요. 도대체 무슨 일이 어떻게 일어날 수가 있겠어요? 아니, 세상 모든 병마가 한꺼번에 달려든다 해도 전 싸워 이길 자신이 있어요. 지켜낼 자신이 있어요. 이 아이는 바로 미루, 우리 미루니까요.

"일단 눈을 좀 붙이도록 하세요. 어머니께서 건강하셔야 미루가 기운을 내지요. 내일은 바쁠 테니 어서…"

병상 옆에 웅크리고 밤새도록 미루를 지켰어요. 숨소리 하나 놓치지 않았어요. 파르르 떠는 눈꺼풀, 분홍빛 입술 사이로 흘러나오는 옅은 한숨, 이따금 가늘게 뒤척이는 몸짓 하나하나… 그럴 수만 있다면 꿈속까지 따라가 곁에 있고 싶었어요.

"엄마…"

잠투정하면서 엄마를 찾을 때마다 멀미하는 것처럼 가슴이 두근거렸어요. 아파… 하며 신음할 때마다 내 심장은 갈기갈기 찢어지고 있었어요. 그렇게 꼬박 밤을 지새우고 아침에 일어났을 때 아이는 내 손을 꼭 잡고 입가에 미소를 지었어요. 그 미소가 너무나 고마워서 눈물이 났어요. 눈물을 보이지 않으려고 했지만 어쩔 수가 없었어요.

"엄마, 미안해. 잘못했어. 울지 마."

"괜찮아?"

"응, 괜찮아. 아무렇지도 않아."

"……!"

"미안해."

"녀석, 미안하긴…"

"나 또… 수술해?"

"아니. 수술은…"

"그럼 빨리 집에 가."

"왜? 병원이 싫어?"

"아니… 백구 혼자 있잖아. 심심하잖아."

"그렇구나. 백구가 심심하겠구나. 하지만 조금만 더 있다가 가자. 검사받고… 그 정도는 괜찮겠지?"

검사를 마치고 집으로 돌아오는 길에 등에 업힌 미루가 말했어요.

"내가 죽을 때 말이야… 옆에 있어 줄 거지?"

갑자기 눈앞이 캄캄하고 발밑이 천 길 낭떠러지를 밟은 듯 휘청거렸어요. 종잇장처럼 가벼운 아이, 미루가 내 등을 빠져나가 어디론가 날아가 버릴 것만 같은 생각에 아이를 업은 손에 힘을 주었어요. 미루가 내 곁에 없는 삶… 아시죠? 전 단 한 번도 그런 생각을 해 본 적이 없어요. 미루의 몹쓸 병을 알고 나서도 전 어느 한순간도 미루를 잃는다고 생각해 본 적 없어요. 아시잖아요, 당신. 그 아이는 저의 모든 것 그 이상이라는 것.

"그냥 그런 생각이 들었어. 죽으면 아주 오랫동안 만나지 못하잖아. 그러니까 죽기 전에 얘기를 많이 해야지. 그리고 또 죽을 때 많이 아플 거잖아. 그러니까 엄마가 있어야지. 그래야 무섭지 않지."

그렇게 말하는 미루는 힘이 없었어요. 울컥 눈물이 솟고 가슴이 저렸지만 이를 악물고 참아냈어요. 무언가… 무언가 얘기를 해 줘야 했어요. 하지만 아무 생각도 떠오르지 않았어요. 도대체 무슨 말을 할 수 있겠어요. 몸과 마음이 공기 속으로 증발하는 그런 느낌이었어요. 쉴 새 없이 눈물이 흐르고 있었지만 울고 있다는 생각조차 들지 않았어요. 한 걸음 한 걸음 발자국을 옮기고 있었지만 걷고 있다는 생각도, 어디로 가고 있다는 생각도 들지 않았어요. 그저 내 등에 업힌 아이, 그 아이가 지금 나와 함께 있다는 것, 그것만이 느껴졌고, 내 기운이 다하면 누군가 이 아이를 가져갈지도 모른다는 생각에 팔에 더욱 힘을 줄 뿐이었어요.

10

나쁜 일이 지나고 나면 좋은 일이 찾아옵니다. 슬펐던 시간이 지나고 나면 기쁜 일이 생겨 마음이 즐거워집니다. 온종일 나쁘고 온종일 슬픈 날은 없습니다. 잠시 슬프고 잠시 나쁘지만 참고 기다리면 좋은 일이 생깁니다.

어두운 들판을 밝히며 아침 해가 떠오르는 것과 같습니다. 지루했던 장맛비가 그치고 햇볕이 쨍쨍 내리쬐는 것과 같습니다. 그러니 너무 무서워할 필요 없습니다. 축축했던 공기는 금방 맑아지고 세상은 전보다 더 반짝거립니다. 온종일 기다리던 엄마가 대문을 열고 들어서며 다정하게 이름을 불러주실 때처럼 환한 세상이 나를 기다리고 있습니다.

보세요, 정말 그렇잖아요? 병원에서 검사받고 돌아온 지 며칠 지난 어느 날, 고양이 가족이 돌아왔습니다. 아침부터 어디선가 나직한 고양이 울음소리가 들려왔습니다. 혹시 하다가 뒤쪽 마루 문을 열고 뒤뜰에서 뛰어놀고 있는 고양이 가족들을 발견하고 너무 기뻐서 소리를 질렀습니다.

"엄마! 저기, 고양이… 고양이들이 돌아왔어! 한 마리도 빠지지 않고, 다! 고양이 가족 모두!"

얼마나 기쁜지 눈물이 날 지경이었습니다.

"그래? 어디… 그렇구나! 참 대견하기도 하지… 정말 잘 키웠구나. 새끼들 모두 건강해 보이고…"

엄마 얼굴에도 꽃 같은 미소가 피어올랐습니다.

"귀여워! 너무 예뻐! 폴짝폴짝… 살금살금… 저것 좀 봐!"

"녀석…"

"하나, 둘, 셋, 넷, 다섯… 다 온 거지? 한 마리도 빠지지 않고 다 온 거지?"

"그래. 모두 왔구나. 다섯 마리 모두 무사해. 잘 자랐구나… 쯧쯧, 바싹 마른 걸 보니 그동안 새끼들 건사하느라 어미 고양이가 무척 애를 쓴 모양이다."

그러고 보니 정말 그랬습니다. 살금살금 걷고 폴짝폴짝 뛰는 새끼 고양이들을 살피면서 따뜻한 햇볕 아래 길게 누워 깜빡깜빡 졸고 있는 어미 고양이는 힘들고 지친 기색이 역력했습니다.

"어쩌지? 엄마…!"

"녀석… 알았다. 먹을 것을 좀 주어야겠구나."

엄마는 접시에 음식을 담아 들고 부엌을 통해 뒤뜰로 나가셨습니다. 엄마가 나타나자 새끼 고양이들은 일제히 어미 고양이 품으로 뛰어들었습니다. 그리고는 겁을 집어먹은 눈으로 엄마를 살피며 경계심을 늦추지 않습니다. 그 모습이 너무 귀여워서 절로 웃음이 나왔습니다.

"괜찮아. 무서워할 필요 없어. 먹을 걸 주려는 거야. 우리 엄마야. 너희들을 구해줬잖아."

행여 놀라기라도 할까 싶어 엄마는 더 가까이 가지 않고 멀찌감치 음식 접시를 놓아두고 들어오셨습니다.

"어서 먹어. 배고프지 않니?"

나는 마루에 배를 깔고 고양이들을 재촉했습니다. 하지만 고양이들은 경계심을 풀지 않았습니다. 그중 대담해 보이는 회갈색 줄무늬 고양이가 살금살금 접시 근처로 다가갔지만, 어미 고양이가 낮은 소리로 가르릉거리자 깜짝 놀라 어미 품으로 파고들었습니다.

새끼 고양이들은 길게 누운 어미 등 뒤에 숨어 고개를 내밀고 호기심이 가득 찬 눈으로 음식 접시를 바라보기만 할 뿐 그 이상 더 다가가지 않았습니다.

"괜찮아. 도와주려는 거야."

나는 마음이 조급한데 새끼 고양이들은 어미 곁에서 꼼짝도 하지 않습니다.

"녀석, 미루야. 그렇게 빤히 쳐다보고 있으면 어떻게 밥을 먹을 수 있겠니? 부끄러워서 그러는 거야. 못 본 척해. 고양이란 놈이 원래 부끄러움을 많이 타거든."

"정말? 그래서 그러는 거야?"

"두고 보렴."

"그럼… 숨어서 봐야지. 고양이들 모르게 말이야. 안 보는 척…"

"녀석… 엄만 이제 나가봐야겠다. 안방에 상 차려 놨으니 이따가 점심 꼭 챙겨 먹고, 약 먹는 거 잊지 말고… 밥은 이불 밑에 묻어 놨어. 알지? 일찍 들어올게… 괜찮지? 어디 아픈 데 없는 거지?"

"괜찮아. 이제 다 괜찮아!"

나는 엄마 말씀에 건성으로 답하며 마루에 엎드려 동화책을 읽는 척했습니다. 실눈을 뜨고 고양이 가족들을 살피면서 말이에요.

"……!"

한참 만에 어미 고양이가 부스스 일어났습니다. 그리고는 접시 앞으로 가서 냄새를 맡고 맛을 보더니 야옹 하며 아기들을 불렀습니다. 옹기종기 모여 앉아 어미 고양이를 바라보던 새끼 고양이들이 쪼르르 달려들어 음식을 먹기 시작했습니다. 어미 고양이는 한 발 뒤로 물러서서 물끄러미 아기들을 바라봅니다.

"너도 먹어. 그래야 젖이 나오지."

윤기 잃은 털과 축 늘어진 젖을 보며 안쓰러운 생각에 그렇게 말했으나 어미 고양이는 어슬렁어슬렁 자기가 누워있던 자리로 돌아가 엄마가 차려준 음식들을 맛있게 먹어 치우는 새끼 고양이들을 바라보았습니다.

새끼 고양이들은 아주 신이 났습니다. 오늘은 빨랫줄을 받쳐 둔 나무 막대기를 타고 오르는 연습이 한창입니다. 다섯 마리가 번갈아 가면서 막대기를 타고 오르는데, 모두 몇 걸음 못 올라가서 바닥으로 떨어져 나뒹굽니다.

"저런!"

지켜보는 내가 더 애가 탑니다.

"기운 내! 옳지! 그렇게… 어이쿠!"

아무래도 아직은 무리인가 봅니다. 매일 조금씩 가져다주는 음식의 양을 조금 더 늘려야겠다는 생각이 듭니다.

어미 고양이는 새끼 고양이들이 훈련하는 모습을 지켜보면서 이따금 낮은 소리로 가르릉거립니다. 아마도 나무 타기 요령을 가르쳐 주는 거겠지요. 한참 그렇게 놀다가 문득 새끼 고양이 한 마리가 어미 고양이 품으로 달려들어 젖을 빨기 시작하면 질세라 모두 달려듭니다. 그러면 어미 고양이는 새끼 고양이들이 쉽게 젖을 찾을 수 있도록 배를 드러내고 길게 눕습니다.

"에그! 이게 뭐야?"

여느 때처럼 접시에 음식을 담아 내주시던 엄마가 비명을 질렀습니다.

"엄마…!"

저도 깜짝 놀랐습니다.

"쥐잖아… 그렇지?"

"글쎄 말이다."

뒤쪽 마루 문 밑에 죽은 생쥐 한 마리가 놓여 있었습니다.

"알겠다! 고양이 짓이야!"

"고양이?"

"응, 엄마가 매일 음식을 가져다주니까 고마워서 보답하려는 거야."

"세상에…"

"맞아. 틀림없어."

"원 녀석… 쥐를 잡았으면 저나 먹을 일이지…"

엄마 입가에 가늘게 미소가 떠올랐습니다.

"어미 고양이 참 착하다. 그렇지, 엄마?"

"그래. 은혜를 아는 고양이로구나. 그나저나 이 녀석들 다 어디 갔지?"

"걱정하지 마, 엄마. 어미 고양이가 요즘 새끼 고양이들을 훈련하고 있거든. 곧 돌아올 거야."

"그랬니?"

"응. 훈련 시키는 거 정말 재밌어."

"녀석하곤!"

엄마는 죽은 쥐를 담 밑에 묻었습니다.

어미 고양이는 가끔 혼자 외출합니다. 뒤뜰은 담이 높고 부엌문과 쪽문 외에는 출입구가 없어서 새끼 고양이들이 놀기에 안성맞춤입니다. 어미 고양이도 그 사실을 알기 때문에 안심하고 외출을 하는 거겠지요.

며칠 지나면서 저는 새끼 고양이들과 아주 친해졌습니다. 이제 나무도 곧잘 타고 내가 바라보고 있어도 전혀 부끄럼을 타지 않고 음식들을 잘도 먹어 치웁니다. 어미 고양이가 외출하고 없을 때는 저만치 떨어져 놀지만 어미 고양이가 있을 때는 마루 문

바로 밑까지 와서 저한테 장난을 걸기도 합니다. 아마도 저만치 지켜보고 있는 어미 고양이를 믿고 그러는 거겠지요.

어떤 녀석은 특히 장난이 심합니다. 노란 바탕에 검은 줄무늬가 있는 녀석인데 모험심도 아주 강해서 무슨 일이든 항상 앞장을 섭니다. 높은 가지에서 폴짝 뛰어내리기 같은 것 말이에요. 한 번은 녀석이 마루 위까지 올라왔는데 살금살금 냄새를 맡고 다니다가 저와 눈이 마주치자 딱 멈춰 서더니 손을 내밀어 악수를 청하자 기겁하며 잽싸게 내뺐습니다.

어떤 녀석은 또 매우 겁이 많습니다. 어미 고양이 곁을 잠시도 떠나지 않고 온종일 응석을 부립니다. 나무 타기나 뛰어내리기를 할 때도 어미 고양이 눈치를 살피며 다른 녀석들이 두세 번 할 때 마지못해 겨우 한 번 합니다. 매일 아침 엄마가 접시에 담아 내주는 음식에도 별로 입을 대지 않습니다. 다른 녀석들이 머리를 맞대고 음식 접시에 모여 있을 때도 엄마 젖을 물고 있기가 일쑤입니다.

너무 보기 좋습니다. 솔직히 말해 부럽기도 하고요. 장독대 옆 감나무 가지 위에 고양이 가족들이 올라앉아 햇볕을 쬐고 있습니다. 슬슬 졸면서 말이에요.

"너희들은 참 좋겠다!"

장독대를 보면 나리 누나 생각이 납니다. 거기 앉아 펑펑 울면서 서울 가지 않겠다고 떼를 쓰던 나리 누나 말입니다.

"누나…!"

마룻바닥에 눈물이 떨어질 것 같아서 천장을 향해 얼른 돌아

눕습니다.

☆

뒤뜰에 나타난 고양이들을 보면서 미루는 기뻐 어쩔 줄 모릅니다. 마치 가족 중에 누가—제 누나겠지만— 돌아오기라도 한 듯 말이에요. 돌아온 고양이 가족들을 지켜보면서 그런 기대를 걸어보는 거겠지요. 그런 미루가 안쓰럽습니다. 더 자주 나리 생각이 나고요.

벌써 2년이 지났군요. 미루가 수술받기 전 그때, 처음엔 인정하지 않았지만 시간이 지나면서 상태가 심각함을 인정하지 않을 수 없었어요. 제가 아무리 부정해도 아이의 고통은 조금도 가시지 않았고 정 박사님께서는 하루가 멀다고 절 찾아오셨지요.

"일단 수술부터 하는 것이 최선입니다. 아이 목숨부터 살려 놓고, 그런 다음 대책을 세워야 하지 않겠습니까?"

"……."

"이대로 놔두면 어린 목숨… 바람 앞에 등불을 들고 서 있는 격입니다… 어서요, 미루 어머니!"

전 마침내 결심했고, 수술동의서를 작성하면서 다시 한번 눈물을 흘려야 했어요.

"그리고 이거…"

서류화된 양식에 모두 서명을 하고 났을 때 머뭇머뭇 정 박사님께서 백지 한 장을 내밀더군요.

"……?"

"죄송합니다. 딴 뜻은 아니고… 만에 하나… 자필로…"

"……!"

(…)

고로, 수술 도중 환자가 사망하더라도

일체 책임을 묻지 않을 것을 서약하며…

'사망'이라고 쓸 때 가슴이 덜컥 내려앉고 심장이 떨렸지만 이를 악물었어요. 이상하죠? 최악의 상황에 부닥치자 마음이 더 모질어지고 담대해지는 거예요. 내친김에 만에 하나 아이에게 변고가 생겼을 경우 아이의 장기를 모두 기증하겠다는 서류에도 서명했어요. 전혀 망설이지 않고 말이에요. 그러면서 속으로 이렇게 말했지요.

아니야. 이건 아무것도 아니야. 미루도 아니고 나도 아니야. 이건 우리에게 생긴 일이 아니야. 이 시간, 아니 오늘하고 내일 그리고 모레… 그렇게 시간이 흐르고 나면 남의 일이 되는 거야. 그런 거야…

수술 날짜가 잡히면서부터 전 무섭게 변하기 시작했어요. 마음은 더욱 모질어졌고, 여차하면 세상 그 무엇하고라도 한바탕 싸울 기세로 하루하루를 살았어요. 그러면서 마침내 몇 달 전부터 고민해 오던 문제에 관해 결론을 내리게 되었던 것이지요.

"섭섭하게 듣지는 말고… 초등학교 동창하고 먼 친척인데… 아이가 없어. 사람들은 아주 착하고 확실해요. 처음엔 갓난아이를 생각했는데… 나이도 있고, 부인이 몸도 좀 약하거든… 그래서… 딸처럼 친구처럼… 아이를 잘 키워줄 수 있을 듯해서… 나리, 이제 철이 없는 것도 아니고… 그러니 아이를 영영 잃어버리는 것도 아니고… 그쪽에서도 그런 건 고려하고 있으니 툭 터놓고…"

"어쨌든… 제 아이를 남에게 주라는 얘기잖아요."

"아니, 꼭 그렇게 생각할 건 아니고…"

"아니요! 전 못해요. 절대 그럴 수 없어요!"

식당 주인아줌마가 처음 그 얘길 꺼냈을 때만 해도 전혀 귀에 차지 않았어요. 아시잖아요. 당신이나 나나 어떻게 자랐는데요. 우리 나리, 우리 미루 어떻게 얻은 아이들인데요.

"아이들 장래를 생각해야지. 나리는 나리대로 풍족한 집안에서 귀여움 듬뿍 받을 거고… 홀몸으로 어린것들을 어쩌려고?"

"그만두세요. 다신 그런 말씀 마세요. 무슨 일이 있어도 제 아이들은 제가 키워요. 내 몸이 부서져도… 갈기갈기 찢어지는 한이 있어도…!"

"쯧쯧, 고집하고는…"

그랬는데… 미루의 병을 알고 그 병의 심각성을 인정하게 되면서부터 마음이 조금씩 흔들리고 있었던 거예요.

서둘러 나리를 병원으로 데려갔어요. 건강 검진을 마치고 나리 건강기록부가 나오자마자 서울로 올라갔지요.

"사실… 몇 번 내려갔었어요. 아이는 이미 봤고요."

나리 사진을 내밀자 새엄마 될 여자가 그렇게 말하더군요. 그 말을 듣는 순간 속에서 뜨거운 것이 치밀어 올랐지만 아무래도 좋았어요. 아니, 뜨겁고 차갑고 그런 걸 따지고 있을 겨를이 없었어요.

"돈이 필요해요. 급히… 그것도 많이."

아무것도 보이는 게 없었어요. 아무 생각도 떠오르지 않았어요. 오로지 미루, 미루 생각뿐이었어요.

"보세요. 아이는 건강해요. 착하고… 속도 깊고 머리도 좋아요. 예쁘고… 예쁘고…"

그런데 그만 거기서 울음이 터지고 말았어요. 그리고 한 번 울음이 터지자 아무리 울어도 눈물이 마르지 않았어요.

"알아요, 미루 어머니. 잘 키울게요, 나리… 미루… 잘 보살피세요."

"……."

"수술 문제는 걱정하지 마세요. 어떻게든 도와드릴게요."

내 손을 잡는 나리 새엄마 눈에도 눈물이 맺혀 있었어요.

그렇게 나리를 보내고… 바람 앞 등불 같다던 미루를 구해냈어요. 그리고 다시 살아온 2년… 아니, 제 인생은 2년 전 나리를 보내던 그날 이미 끝이 났어요. 아시죠? 이제 전 그저 미루의 울타리로 존재할 뿐이에요. 끝까지 미루를 지켜내고 나리를 되찾지 못하는 한 내 인생은 거기까지예요. 미루 아빠, 도와주세요.

우리 가족… 지켜주실 거죠? 지난번 병원 다녀온 이후로 늘 불안해요. 잠든 아이 표정은 저렇게 평온한데 전 왠지 낭떠러지 끝까지 떠밀린 기분이에요. 갑자기 왜 이렇게 마음이 불안한지 모르겠어요. 나리가… 그리고 당신이 보고 싶어요.

11

백구가 정말 가엾습니다. 고양이 가족들과 백구를 함께 살도록 할 수는 없을까요? 오순도순 즐겁게 노니는 고양이 가족들을 보면서 문득 그런 생각이 들었습니다.

"안 될까 엄마?"

"세상에 별일이 많지만, 고양이하고 개가 가족이 되었다는 말은 들어본 일이 없구나."

"왜 안 되는데…?"

"글쎄다, 그건… 근본이 달라서 아니겠니?"

"근본? 그게 뭔데?"

"핏줄이라는 거지."

"핏줄?"

"그러니까… 우리 미루는 아빠하고 엄마 사이에서 태어났으니 엄마 아빠하고 한 핏줄이지. 엄마 아빠 피와 살을 나눠 갖고 이 세상에 왔으니까. 알겠니?"

"……."

하지만 아무리 생각해도 알 수가 없습니다. 근본이 같다고 해서, 핏줄이 같다고 해서 반드시 함께 사는 것은 아니잖아요. 아빠도 그렇고 나리 누나도 그렇고 모두 한 핏줄이지만 지금은 함께 살지 않는 것처럼 말이에요. 그래서 가끔 슬프긴 하지만 그렇다고 해서 가족으로 함께 살았던 모든 게 없어지지는 않습니다. 아빠가 내 마음속에 있고 나리 누나와 백구의 어린 강아지들이 내 가슴에 이렇게 남아 있고, 그래서 그 생각에 늘 마음이 편안해지는 것처럼 말이에요. 그런 마음으로 낯선 것들을 만나 다시 새로운 가족을 만들면 안 될까요?

"그럼 안 될까? 백구야… 그럼 안 될까?"

백구는 아무 대답도 하지 않습니다. 고양이들과 가족이 되는 것이 영 마음에 들지 않는 모양입니다. 그저 고개를 꺾고 추적추적 마당을 돌아다니다가 가끔 하늘을 바라보며 '끙!'하며 한숨을 토합니다.

"가엾은 백구… 아무래도 네겐 고양이 가족이 아니라 핏줄이 필요한 것 같아."

미루 아빠, 정말 꿈만 같아요! 놀라지 마세요. 당신 아버지, 그러니까 미루와 나리한테는 할아버지, 내게는 시아버님이 되시겠죠? 바로 그분 말이에요.

"김, 성, 민… 우리 아빠 이름이야. 외국으로 돈 벌러 갔는데 꼭 돌아온다고 하셨어. 반드시!"

곧 그분을 만날 수 있을 것 같아요.

"귀국하신 지 1년이 넘었습니다. 그동안 백방으로 아드님을 찾으셨지요. 말이 아니었습니다. 연로하신 분이 침식도 잊으신 채… 옆에서 보기 안타까울 정도였습니다. 보육원을 퇴원한 뒤로 어느 해부터인가 행방이 묘연하더군요. 얼마 전, 이 지역 지방신문을 뒤지다가 우연히 기사를 발견했습니다. 혹시나 했는데, 틀림없군요. 불행 중 정말 다행한 일입니다. 아드님은 유명을 달리하셨지만 이렇게 며느님과 손자 손녀를 만날 수 있게 되었으니 말이에요. 어르신께서 매우 기뻐하실 겁니다."

매우 예의가 바른 신사분이었어요. 아버님의 개인 비서라고 본인을 소개하더군요. 미국에서 귀국하신 아버님의 지시로 당신 행방을 찾는 일에만 1년 넘게 세월을 보냈다는 그분의 말씀을 듣고 그 옛날 당신의 믿음이 헛되지 않았다는 것을 알았어요. 신사분께서는 당신을 찾기 위해 전국 방방곡곡 안 가 본 곳이 없다고 하더군요.

"아주 자그마한 미담 기사였어요. 사건 경위와 희생자 이름, 그리고 간단한 가족 소개가 있더군요. 〈철도 건널목에서 열차에 치일 뻔한 아이를 구하고 목숨을 잃은 주인공은 김진태(31) 씨로서 열한 살 때 아버지와 헤어진 뒤 가톨릭 교단에서 운영하는 어린이 수용 시설 천애보육원에서 자랐으며, 퇴원 후…〉 바로 이 사람이다 싶었어요. 어르신께 보고하고 곧바로 수소문을 시작했죠. 아, 이제야 만나다니!"

신사분의 눈에 눈물이 글썽했어요.

“수일 내 어르신께서 내려오실 겁니다. 미루라고 했던가요? 그리고 나리?”

“네.”

세상에, 아버님이라니! 우리 미루와 나리에게 할아버지라니!

“고인은 어디에 모셨는지요. 어르신께서 가 보고 싶어 하실 텐데…”

그 말에 고개를 들지 못했어요.

“그럼……?”

“네. 산소를 쓰지 못했어요. 아니, 저기…”

그러면서 하늘을 보았지요.

신사분은 알겠다는 듯 고개를 끄덕이며 길게 한숨을 내쉬었어요.

“그동안 고생이 심하셨군요. 이제 걱정하지 마세요. 할아버님께서 보살펴 드릴 겁니다.”

“…….”

12

또 비가 옵니다. 새벽에 잠깐 눈을 떴는데 지붕을 때리는 빗소리가 너무 무서웠습니다. 바보 같죠? 벌써 일곱 살이나 먹었는데 말이에요. 엄마를 부를까 하다가 마음을 고쳐먹었습니다. 그리고 마루 건너 들려오는 엄마 코 고는 소리를 세다가 깜박 잠이 들었는데 다리가 또 아프기 시작했습니다. 얼마나 아프던지 나도 모르게 소리를 지를 뻔했습니다. 하지만 이를 악물고 참았습니다. 눈물이 났지만, 베갯머리에 얼굴을 파묻고 꾹 참았습니다.

엄마는 요즘 많이 밝아지셨습니다. 꽃처럼 고운 미소를 짓고 계실 때 전 그런 엄마의 모습이 너무 좋습니다. 아주 오랫동안 엄마한테서 그런 표정을 보지 못했기 때문입니다. 그런데 제가 아프다고 하면 어떻게 되겠어요. 엄마 얼굴에 다시 그늘이 지겠지요……. 아픈 것은 얼마든지 참을 수 있습니다. 아플 때만 지나면 다시 처음으로 돌아오니까요. 그러면 아팠던 것은 아무것도 아닌 것이 됩니다.

세상에서 제일 무섭고 슬픈 것은 처음으로 돌아가지 못하는 것입니다. 아빠, 엄마, 나리 누나 그리고 나… 그렇게 넷이 살던 때가 처음인데, 이제 아무리 노력해도 그 처음으로 돌아갈 수 없다는 생각이 들 때가 가장 무섭고 슬픕니다. 그런 생각이 매일 드는 게 아니라서 다행이지만 말이에요.

이렇게 생각하면 어떨까요? 우리가 모르는 어떤 곳에 우리와 똑같은 세상이 있고 똑같은 사람들이 살고 있답니다. 한 가지 다른 점이 있다면, 우리가 깨어 있을 때 그 나라에 있는 우리는 잠을 자고, 우리가 잠을 잘 때 그 나라에 있는 우리는 깨어나는 것이지요. 둘 다 깨어 있을 수는 없습니다. 그래서 서로 만나지 못하는 것이지요. 아빠를 꿈속에서만 만날 수 있는 것은 다 그 때문이랍니다. 그러니까 '처음'이라는 것은 없어지는 게 아닙니다. 아빠, 엄마, 나리 누나 그리고 나… 그 처음이 지금이 되었을 뿐이고, 지금이 다 지나가고 나면 다시 처음이 되니까요.

"할아버지가 오신데!"

"할아버지?"

엄마는 얼굴 가득 꽃처럼 환한 미소를 떠올렸습니다. 그리고는 마치 꿈이라도 꾸듯이 내 귓전에 대고 소곤소곤 말씀하셨지요.

"그래, 할아버지! 아빠의 아빠란다."

"아빠의 아빠?"

"그럼! 아빠도 아빠가 계신단다. 아주 훌륭한 분이지."

"그럼 엄마도 아빠가 있겠네?"

"아무렴. 세상에 부모가 없이 어떻게 아이들이 태어나겠니?

백구나 누렁 고양이나 사람이나 다 똑같은 거야. 엄마 아빠, 할아버지 할머니, 삼촌, 이모, 고모… 이런 사람들이 모여서 가족이 되는 거란다."

"알아. 그러다가 죽으면 하늘로 올라가서 별이 되는 거잖아. 아빠처럼."

"……."

내 말에 엄마 눈빛이 조금 흐려졌습니다.

어디선가 고양이 울음소리가 들려왔습니다. 잘못 들었나 싶었는데, 틀림없는 고양이의 울음소리였습니다. 처마 쪽에 귀를 기울였습니다.

야옹, 야옹.

구슬픈 울음소리… 뒷마당인가?

아니었습니다. 어디 가서 비를 피하고 있는지 어미 고양이도 새끼 고양이들도 보이지 않았습니다.

야옹, 야아… 옹!

그럼 처마 밑에?

그것도 아니었습니다.

하지만 끊어질 듯 말 듯 울음소리는 계속 들려왔습니다.

나는 마루 끝으로 기어가 마당을 살폈습니다.

"안 돼, 백구!"

마당 한쪽에 응석받이 어린 고양이가 축 늘어진 채 비를 맞고 있었고, 백구가 그 주변을 서성이며 냄새를 맡고 있었습니다. 나는 더 생각할 겨를없이 엉금엉금 마루를 기어 내려가 마당을 가로질렀습니다. 온몸이 비에 흠뻑 젖고 옷이 온통 흙으로 범벅이 되었지만 그런 것을 따질 겨를이 없었습니다. 나는 사력을 다해 마당을 기었습니다. 그리고 마침내 고양이를 손에 넣고 다시 마당을 가로질러 마루로 돌아왔습니다.

가엾은 새끼 고양이는 눈을 감았다 떴다 하면서 숨을 할딱거리고 있었습니다. 나는 엄마가 해 주었듯이 마른 수건으로 새끼 고양이의 몸을 정성스럽게 닦아주었습니다.

화가 났습니다. 어미 고양이는 도대체 어디서 무엇을 하는 것일까요? 어미를 잃고 비를 맞으며 신음하고 있는 새끼 고양이를 돌보지 않고 멍청히 바라만 보고 있던 백구도 원망스러웠습니다. 자기 새끼였다면 설마 그러지 않았겠지요.

야… 옹, 야…….

모든 노력이 물거품이었습니다. 잠시 후 응석받이 새끼 고양이는 눈을 감더니 다시는 뜨지 못했습니다.

"얘, 미루야… 정신 차려. 눈을 떠!"

엄마 목소리라는 것은 알겠는데 도무지 눈을 뜰 기력이 나지 않습니다. 머리는 천 근 같고, 온몸이 불길에 덴 듯 확확 달아오르고 목이 마릅니다.

야옹, 야옹. 컹, 컹……

고양이 소리도 백구 소리도 들립니다.

하지만 아주 멀리 있는 것 같습니다.

점점 작아지더니 마침내 아무런 소리도 들리지 않습니다.

그 대신, 눈앞이 환해지면서 누군가 달려오는 모습이 보입니다.

희미하지만 누군지 금방 알 수 있습니다.

나리 누나!

그래요. 서울 간 나리 누납니다.

"미루야, 미루야! 정신 차려 미루야!"

따듯한 걸 보니 엄마 같습니다.

이렇게 엄마 품에 안겨 있을 때가 가장 행복합니다.

"말 좀 해, 눈 좀 떠! 제발! 미루야, 미루야!"

순둥이 백구도 남의 새끼는 돌보지 않습니다. 백구가 나빠서가 아닙니다. 잃어버린 새끼들 생각에 너무 상심해서 기운을 잃고 잠시 쌀쌀해진 것뿐입니다. 그 쌀쌀함이 비 맞은 새끼 고양이를 돌보지 않게 만든 것입니다. 마음이 너무 아파 새로운 가족을 맞아들일 준비가 되지 않은 것이지요. 인제 알 것 같습니다. 엄마의 속마음 말입니다. 엄마도 아직은 준비가 되지 않은 것 같습니다. 헤어진 가족들 생각에 가슴이 너무 아파서 아직 기운을 차리지 못하신 것입니다.

가엾은 엄마. 엄마 가슴에는 꽃이 자라고 있습니다. 엄마는 아빠가 하늘로 올라가 별이 되었다고 하시지만 저는 알고 있습니다. 아빠는 별이 된 것이 아니라 엄마 가슴속으로 들어가 꽃이 된 것입니다. 그 꽃은 장미처럼 예쁘지만 가시를 달고 있습니다. 그래서 늘 가슴이 아프고 얼굴에는 수심이 가득한 것입니다. 아빠 꽃 옆에는 나리 누나 꽃이 자라고 있습니다. 아직은 다 자라지 않았지만 나리 누나 꽃도 아빠 꽃만큼 자라겠지요. 그만큼 가슴이 더 아파지겠지요. 자꾸 엄마가 걱정됩니다.

'사랑해요, 엄마. 나리 누나 데려와요, 엄마…'

엄마가 제 말을 듣고 있는지 모릅니다. 하지만 엄마가 반드시 나리 누나를 데려오리라 생각합니다. 나리 누나와 함께라면 엄마도 기운이 나시겠지요.

저요? 전 곧 아빠를 만날 수 있을 것 같습니다. 엄마와 나리 누나랑 헤어지는 것은 마음이 아프지만 이제 오랫동안 혼자 쓸쓸했을 아빠를 만나 위로를 해 드려야 할 것 같습니다. 아빠를 만나면 맨 먼저 알려 드려야겠지요. 엄마 가슴을 찌르고 있는 그 가시 말이에요. 인제 그만 찌르라고… 엄마가 너무 아파한다고.

☆

미루 아빠, 미루별은 오늘도 보이지 않는군요. 아마도 제 눈에는 영원히 보이지 않겠지요. 이제야 비로소 알 것 같아요. 미루별이 보이지 않는 이유를 말이에요.

"가엾은 것, 가엾은 것!"

침침한 눈에서 눈물을 훔쳐내시면서 아버님께서 말씀하셨어요.

"자식이 죽으면 가슴에 묻는다더니 너나 나나 평생 큰 짐을 지는구나!"

병원으로 옮긴 지 한 달 만에, 지켜보는 이들의 간절한 염원을 뒤로한 채 미루는 우리를 떠나 그렇게 당신 곁으로 갔어요.

"그래. 마음껏… 실컷 울려무나. 이 늙은이도 이렇게 울고 있지 않니?"

그래요. 아버님 눈에 당신 별이 보이지 않듯이 저 하늘에서는 나도 평생 미루별을 보지 못할 거예요. 그 아이는 여기, 바로 내 가슴에 묻혀 있으니까요. 때로는 아픈 가시처럼 나를 찌르고, 그보다 더 자주 보석처럼 찬란하게 빛을 발하면서 그 아이는 내게 말하겠죠.

"엄마, 사랑해요. 기운 내요!"

※

소원풍선 이야기

/ 하늘이 /

1

노란 색종이를 오려 붙인 것 같은 커다란 달과 은종이를 잘게 구겨 놓은 것 같은 잔별들이 어깨를 기대고 수군거리고 있었다. 먼 하늘에서 출발한 달빛과 별빛은 20층이 넘는 고층 아파트 단지를 지날 때 잠깐 흐려졌다가 나지막한 판자촌에 이르러 다시 환하게 빛을 발했다.

"괜찮아. 아직 받지 못했을 뿐이야."

하늘이는 성에 낀 유리창 너머 차고 먼 겨울 하늘을 바라보며 다짐을 하듯이 몇 번이나 그렇게 중얼거렸다. 판자촌을 겹겹으로 둘러싸고 있는 고층 아파트 단지는 집마다 환하게 불이 켜져 있고, 마치 동화 속 왕자나 공주가 사는 성처럼 눈이 부셨다. 그 모습이 왠지 마음을 더 아프게 했지만, 입술을 지그시 물고 흘러나오는 눈물을 꾹 눌러 참았다.

2

"하늘이 있니?"

해가 중천에 떴는데도 하늘이는 아직 이불 속에 있었다. 지난 밤 늦게까지 잠을 이루지 못한 탓도 있지만 방 공기가 너무 차서 이불에서 나오기가 싫었기 때문이다.

"메리 크리스마스! 자, 여기… 할머니는 어떠셔?"

가브리엘라 수녀님이 선물 꾸러미를 내려놓고 이불 밑으로 손을 넣었다.

"어디… 완전 냉골이네! 또 꺼뜨렸구나! 쯧쯧, 이 추운데… 번개탄 있니? 불부터 피워야겠다. 없어?"

동네 사람들은 목소리가 크고 행동거지가 씩씩한 가브리엘라 수녀님을 '왈가닥 수녀님'이라고 불렀다. 수녀님은 항상 커다란 배낭을 메고 계셨는데 그 안에 도시락이며 빵이며 밑반찬들, 심지어는 비누나 치약 같은 물건들을 잔뜩 담아 다니면서 이 집 저 집 나누어 주었기 때문에 짓궂은 아이들은 '산타 할머니'라고 놀려대기도 했다.

"할머니, 저예요… 아니, 그냥 누워 계세요. 하늘이 뭐해? 상 차려라. 여기 도시락… 식기 전에 어서! 난 좀 나갔다 오마. 불부터 피워야겠다."

"……."

한바탕 수선을 떤 가브리엘라 수녀님은 부엌 옆에 딸린 광 쪽을 한 번 둘러본 다음 총총걸음으로 양철 대문 밖으로 사라졌다.

하늘이는 멍하니 선물 꾸러미와 도시락을 내려다보았다. 그러다가 쿨룩거리는 할머니에게 눈길을 돌렸고, 잊고 있었다는 듯 이불을 끌어 올려 귀밑까지 덮어 주었다.

휘—

문틈으로 찬 바람이 휘몰아쳐 들어왔다. 바람이 콧속을 지나 허파로 스며들었다. 하늘이는 진저리를 치면서 문고리를 당겨 문틈을 막았다. 그리고는 걱정이 가득 담긴 눈으로 할머니를 돌아다보았다. 이불을 뒤집어쓰고 계신 할머니는 한 줌도 되지 않을 만큼 아주 작아 보였다. 추위가 기승을 부리고 있는 며칠 사이에 더 작아진 것 같았다.

3

쪽마루에 걸터앉아 먹다 남긴 빵 부스러기를 나비에게 던져 주었다.

“할머니가 매우 아파. 좀 조용히 할 수 없겠니? 뒤져봐야 아무것도 없어. 네가 부엌에서 달그락거릴 때마다 할머니가 화를 내셔. 천장 속을 걸어 다니는 소리에 깜짝 놀라고 잠을 이루지 못하셔.”

나비는 날이 갈수록 비쩍 말라갔고, 버짐이 퍼진 듯 듬성듬성 털이 빠지고 지저분하기까지 했다. 게다가 도둑고양이답게 염치도 없었다.

"그게 다야. 이제 없어."

하늘이는 저만치 쪼그리고 앉아 입맛을 다시며 빤히 바라보고 있는 나비에게 주머니를 털어 보였다.

"밖에 누구 왔니? 쿨룩, 누구 왔어?"

"아니에요, 할머니. 아무것도 아니에요."

"쿨룩, 아니야?"

"네, 할머니. 주무세요."

하늘이는 나비에게 눈을 찡긋해 보이며 입에 손가락을 갖다 댔다. 나비는 방안에서 할머니의 마른기침 소리가 들려오자 황급히 마당 한쪽으로 자리를 피했다.

"내일… 수녀님이 좋은 소식을 가지고 온다고 하셨어. 틀림없이 아빠 엄마 소식일 거야. 아홉 살이 되면 아빠 엄마를 만나게 해 준다고 약속하셨거든."

나비는 관심 없다는 듯 딴청을 피웠다.

"왜? 부럽니? 그러니까 너도 빨리 아빠 엄마를 찾아봐. 추운데 혼자 돌아다니지 말고 말이야."

나비는 바닥에 배를 깔고 비쩍 마른 손등을 빨며 낮은 소리로 야옹거렸다.

"네 꼴 좀 봐. 아무도 거들떠보지 않잖아. 아빠 엄마가 돌봐주지 않아서 그래. 너도 봤지? 저기…"

하늘이는 손끝으로 고층 아파트 단지를 가리켰다.

"저기 사는 고양이들… 얼마나 예쁜지 몰라. 거기 사는 애들은 너처럼 찬장을 뒤지지 않아. 생쥐를 잡으러 헤매지도 않아. 마치… 왕자처럼, 공주처럼…"

나비는 기분이 상한 듯 슬그머니 일어서더니 담장 위로 훌쩍 뛰어 올라갔다. 그리고 힐끔 뒤를 한 번 돌아보고는 이제 막 어둠이 내리기 시작한 옆집 지붕 사이로 사라졌다.

"그래, 잘 생각했어. 가서 아빠 엄마를 찾아보는 게 좋을 거야… 그게 좋을 거야…"

지붕 너머 저 멀리 고층 아파트의 환한 불빛들을 바라보면서 하늘이는 그렇게 중얼거렸다.

4

고층 아파트에 사는 단별이가 놀러 왔다. 하늘이는 자기도 모르게 주위를 살폈다. 혹시라도 단별이 엄마가 따라온 게 아닐까 해서였다.

"뭐야? 뭘 그리 두리번거려?"

"……."

"이거… 선물이야. 메리 크리스마스!"

"……."

"어서 풀어봐. 장갑인데… 예쁘지?"

털실로 짠 노란 색 장갑은 손에 꼭 맞았다.

"가자!"

"……."

단별이가 손목을 잡아끌었다. 하늘이 얼굴이 발개졌다.

피자집 안은 고만고만한 아이들과 그 아이들에게 이끌려온 엄마 아빠들로 북새통이었다. 하늘이는 구석진 자리에 멀거니 앉아서 계산대에서 이것저것 주문을 내는 단별이를 기다렸다.

"히히… 엄마는 피자 너무 좋아하다가는 돼지처럼 뒤룩뒤룩 살이 찔 거라고 하지만… 흠, 이 냄새… 참을 수가 있어야지!"

하늘이는 단별이를 볼 때마다 동화에 나오는 요정이나 공주님을 떠올렸다. 초롱초롱 크고 새카만 눈동자, 웃음기가 잔뜩 묻어 있는 투명한 뺨, 쉬지 않고 재잘대는 도톰한 입술… 게다가 아파트에 사는 여느 아이들과 달리 마음씨가 곱고 생각도 깊었다.

처음 단별이를 만난 것은 지난 추석 때였다. 갑자기 아파트 단지에서 사람들이 몰려왔다. 사람들 손에는 크고 작은 선물 보따리가 들려 있었다. 방송국에서 나온 사람들이 카메라를 들고 그 뒤를 따르고 있었다. 사람들은 이 집 저 집 들이닥쳐 선물 보따리를 풀고 음식상을 차리기도 했다. 그 바람에 동네 어른들은 평소보다 더 쓸쓸한 표정을 지어 보여야 했는데 하늘이와 할머니도 예외가 아니었다. 하늘이는 마침 가브리엘라 수녀님이 나눠주신 송편과 몇 가지 명절 음식을 차려놓고 할머니와 마주 앉아 모처럼 꿀맛 같은 점심을 먹고 있었다.

"잠깐… 그림은 되겠는데 밥상이 좀…"

갑자기 들이닥친 방송국 사람들이 마치 제집인 양 방안이며 부엌을 드나들며 수선을 떨었다. 하늘이와 할머니는 영문도 모르는 채 멍하니 방송국 사람들이 하는 짓을 지켜보았다.

잠시 후 방송국 사람들에 의해 다시 차려진 상에는 아침에 먹다 남은 찬밥 두 그릇과 냉수 한 그릇 그리고 김치와 간장, 고추장이 올라가 있었다.

"자, 할머니. 이제 저희가 문을 열면 수저를 놓고 누구요 하고 물어보시는 겁니다. 아셨죠? 그리고 너, 이름이 뭐라고? 아, 그래. 하늘이랬지? 하늘이는 젓가락으로 김치 한 조각을 집어 입에 넣으려다가 밥 위에 내려놓고… 이렇게… 알겠지?"

"……."

하늘이와 할머니는 갑자기 몰려온 많은 사람의 기세에 놀라 자기도 모르게 고개를 끄덕였다. 그리고는 서울에서 가장 부유한 아파트 단지 옆에 흉가처럼 남아 있는 판자촌에서 할머니와 단둘이 사는 불쌍한 아이 역할을 훌륭히 소화해냈다. 사실이 그랬으므로 굳이 역할이라고 할 것도 없었지만.

단별이와 단별이 어머니가 맡은 역할은 부유한 가운데서도 가난한 사람들의 어려움을 잘 알고 온정의 손길을 펴는 인정 많은 부자 역이었다. 단별이 어머니는 어떨지 몰라도 단별이는 그 역에 꼭 맞는 아이였다.

그날의 마지막 장면은 그새 친해진 하늘이와 단별이가 마당에서 사이좋게 비석치기를 하고, 툇마루에 걸터앉은 단별이 어머니가 할머니 손을 꼭 잡고 흐뭇한 표정으로 두 아이가 노는 모습을 그윽하게 바라보는 것이었다.

"킥, 뭘 그리 두리번대?"

"……."

"먹어. 어서… 왜? 너무 시끄러워? 싸 달랄까?"

"아니… 그게 아니고…"

"왜…?"

"……."

"킥, 알았다. 우리 엄마 때문에? 걱정하지 마. 엄마는 아빠랑 골프 가셨어. 절대 여기 나타나는 일은 없을 거야."

"……."

무엇이 그리 우스운지 단별이는 계속해서 킥킥거렸다. 그렇지만 속마음을 들킨 하늘이는 얼굴이 빨개졌다.

하늘이가 단별이 어머니에 대해서 신경 쓰는 데는 이유가 있었다. 방송국에서 다녀간 후 단별이와 하늘이는 진짜 친구가 되었다. 가까운 거리가 아닌데도 단별이는 곧잘 하늘이를 찾아왔다. 단별이 손에는 늘 간식거리가 들려 있었다.

"욱!"

단별이는 간식거리를 내밀 때면 늘 코를 잡고 진저리를 치곤 했다.

"도저히 못 먹겠어. 대신 좀 먹어줘. 그냥 가져가면 우리 엄마한테 난 이거야. 킥."

단별이는 어디서 배웠는지 손으로 자기 목을 베는 흉내를 내며 까르륵거렸다.

단별이가 들고 오는 것은 간식뿐만이 아니었다. 가끔 동화책을 들고 와서 읽어주기도 했다. 하늘이는 나름대로 감정을 넣어가며 동화책을 읽어나가는 단별이의 모습이 너무 보기 좋았다. 한 번은 멍하니 그 모습을 바라보고 있는데 단별이가 갑자기 읽고 있던 책을 들어 하늘이의 머리를 살짝 내리쳤다.

"그만 좀 봐! 창피하단 말이야! 킥."

평소처럼 웃고 있었지만, 단별이의 뺨은 붉게 물이 들어 있었다.

5

하루는 하늘이가 아파트 단지로 놀러 갔다. 단지 안 놀이터에는 아이들이 많았다. 하지만 누구 하나 하늘이한테 말을 걸지 않았다. 하늘이는 시소 옆 긴 나무 의자에 앉아 아이들이 뛰노는 모습을 구경하며 단별이를 기다렸다.

한참 동안 그러고 있는데 늙수그레한 경비가 나타나 앞을 막아섰다.

"누구야? 여긴 어떻게 왔어?"

"……."

다짜고짜 호통부터 치는 기세에 하늘이는 기가 질렸다.

"이 녀석 봐라? 어떻게 왔느냐고 묻잖아!"

"저… 전… 단별이…"

"어허, 이런 녀석 봤나. 냉큼 일어서지 못해! 너 저기 살지?"

경비가 위아래를 살피며 하늘이가 사는 동네를 가리켰다.

"네… 근데 저 단별이…"

"이 녀석! 뭔 말이 많아!"

"아야!"

하늘이는 귀를 잡힌 채 끌려갔다.

"아저씨!"

바로 그때 단별이가 달려왔다.

"제 친구란 말이에요. 제가 불렀단 말이에요!"

"네가? 이 녀석이 친구라고?"

"네."

"허 참!"

단별이가 분한 표정으로 노려보자 늙은 경비는 고개를 절레절레하면서 돌아섰다.

"미안. 널 이리로 불러내는 게 아니었어."

"아니, 난…"

"어른들은 다 저 모양이라니까!"

"……."

"가자, 그네나 탈까? 다람쥐 놀이는 어때? 어서…"

단별이에게 이끌려 그네로 가는 동안에도 하늘이는 가슴이 쿵쾅거렸다.

"괜찮아, 이제 괜찮대도?"

하지만 괜찮지 않았다.

"단별아!"

그네에 매달린 지 채 십 분도 지나지 않아서 날카로운 목소리가 귀청을 때렸다. 단별이 어머니였다.

"엄마? 킥, 알지? 하늘이… 왜 지난번에…"

"안녕하세요."

"나 숙제 다 했어. 조금만 놀다 들어갈게."

"……."

단별이 어머니의 눈길이 하늘이와 단별이 사이를 오가며 빠르게 움직였다. 하늘이는 마치 무슨 죄라도 지은 것처럼 가슴이 떨렸다. 짧은 순간, 몇 번 입을 열려다 말던 단별이 어머니가 마침내 입을 열었다.

"알았다. 지금부터 삼십 분이다. 알았지?"

단별이 어머니의 목소리는 매우 단호했다.

"겨우?"

"삼십 분!"

이번엔 매우 차가웠다.

"치, 삼십 분이 뭐야. 이제 막 왔는데… 알았어."

"그리고 너… 하늘이랬지? 잠깐 나 좀 보자."

단별이 어머니가 놀이터 한쪽으로 하늘이를 데려갔다. 그리고는 얼굴색을 차갑게 바꾸고는 메마른 목소리로 말했다.

"학교 갔다 오면 바이올린 가고 수영 배워야 하고… 우리 단별이 너무너무 바쁘다. 알지? 너랑 놀아줄 시간이 없다는 거. 다신 만날 생각 마라… 알아듣니, 내 말? 너희 동네도 애들이 있잖니?

앞으로 단별이 불러내지 마라. 알겠지?"

"……."

하늘이는 단별이 어머니의 시퍼런 서슬에 기가 질려 자신도 모르게 고개를 끄덕였다.

"그리고 이거… 가다가 뭐라도 사 먹어라. 다시 말하지만… 단별이 또 불러내면… 그땐 정말 화를 낼 거다. 알지?"

"네…"

잔뜩 주눅이 든 하늘이는 사양할 엄두도 못 내고 기어들어 가는 목소리로 겨우 대답했다.

"그 돈… 주머니에 넣어라."

"네…"

"무슨 얘기야?"

단별이가 달려와 끼어들었다.

"아니다. 지금부터 삼십 분이다. 알지?"

"네, 엄마."

단별이는 공주님처럼 치마를 살짝 들고 고개를 숙여 보인 다음 까르륵대며 하늘이 손을 잡고 그네로 데려갔다.

그날 이후 하늘이는 오랫동안 단별이를 볼 수 없었다. 그러다가 오늘 모처럼 단별이를 만나 선물도 받고 피자 가게까지 이끌려온 것이다.

6

단별이와 헤어져 집으로 돌아온 하늘이는 지난가을 단별이한테 선물 받은 동화책을 꺼내 들고 할머니 옆에 누웠다.

"이 책을 읽고… 네 생각 정말 많이 했어. 어쩜 이렇게 비슷할까 하고 말이야."

책을 건네주면서 단별이가 뺨을 붉혔다.

"근데… 너무 슬퍼. 그래서 많이 울었고… 그래서 또 네 생각을 많이 했어."

"……."

하늘이는 단별이가 무슨 말을 하는지 몰랐다. 다만, 장미꽃처럼 붉게 달아오른 단별이의 뺨을 바라보면서 성당 벽화에 나오는 아기 천사를 닮았다고 생각했다.

천사처럼 예쁜 단별이와 피자도 실컷 먹고, 예쁜 장갑 선물도 받았는데 왠지 가슴은 서늘했다. 이불을 잔뜩 끌어 올려 보지만 방에 가득한 찬바람을 다 막아낼 수는 없었다.

"쿨룩, 왜… 배가 고픈 게야?"

뒤척이는 소리에 잠이 깼는지 할머니가 걱정하셨다.

"쿨룩, 배고프면 라면이라도 끓여 먹고…"

"아니… 배고프지 않아요, 할머니."

"쿨룩, 정말 괜찮은 게야?"

"네 할머니. 책 읽고 있어요."

"난 또, 쿨룩쿨룩……."

펼쳐 든 책의 첫 장면은 하늘이네 동네처럼 판잣집들이 닥지 닥지 붙어 있는 산동네 풍경이다. 이삿짐을 실은 손수레가 비탈길을 올라가고 있다. 자세히 보면 그 손수레에 실린 세간 한구석에 자그마한 여자아이가 앉아 있다. 손수레 옆에서는 꼬부랑 할머니 한 분이 손수레꾼에게 무어라 소리를 지르고 있다.

'낭이가 산동네로 이사를 온 것은 지난해 겨울이었습니다……'

하늘이는 마음속으로 단별이의 어조를 흉내 내면서 한 장 한 장 책장을 넘겼다.

낭이가 산동네로 이사를 온 것은 지난해 겨울이었습니다. 양철 지붕 위에 쌓인 눈들이 아침나절 잠깐씩 내리쬐는 푸르스름한 햇볕에 녹아 퍽, 퍽 소리를 내면서 처마 밑 고랑으로 미끄러져 내리고 있을 때 동네 입구에 이삿짐을 실은 손수레 한 대가 나타났습니다. 나무로 짠 고리짝 하나와 이불 보퉁이 한 채, 빨갛게 녹이 슨 석유풍로 하나, 부엌살림 몇 개, 추위에 파랗게 질린 채 입술을 꼭 깨물고 허름한 세간 한구석에 쪼그리고 앉아 있는 낭이, 그리고 손수레꾼에게 천식이 있는 목소리로 연신 소리를 질러대는 할머니……. 하지만 이곳 산동네에서는 흔히 볼 수 있는 풍경이었기 때문에 누구도 주의를 기울이지 않았습니다. 이삿짐 나르기를 도와준다든지 이사 떡이나 팥죽을 받아 들고 빈 접시를 그냥 돌려주기 미안해서 풋과일이라도 몇 개 얹어서 보내주던 따위의 풍습을 잊고 산 지도 오래였습니다. 인심이 박해서가 아닙니다. 아직 도움이 필요할 만큼 짐을 많이 싸 들고 이 동네로 이사 온 사람이 없었고, 더구나 떡이나 팥죽을 쒀서 이웃에 돌리는 사람도 없었기 때문에 점차 그러한 풍속이 사라져 버렸던 것입니다.

그런데, 낭이가 이사를 온 바로 그날 저녁, 산동네에는 뜻밖의 일이 벌어졌습니다. 같은 또래의 다른 아이들보다 유난히 키가 작고 연약해 보이는 계집아이 하나가 이 집 저 집 찾아다니면서 먹음직스러운 쑥떡을 한 접시씩 돌리고 있었던 것입니다.

"안녕하세요? 전 낭이라고 해요. 저희 할머니께서 보내셨어요. 직접 찾아뵙지 못해 죄송하다고 전해달라셨어요. 할머니께선 몸이 편찮으시거든요. 안녕히 계세요."

희미한 등불 아래 서서 크고 새카만 눈을 반짝이면서 또랑또랑한 목소리로 재잘대고는 이내 어둠 속으로 사라져 버리는 낭이를 보고 동네 사람들은 크게 충격을 받았습니다. 가슴이 파르르 떨려오는 것을 느꼈고, 그 떨림은 참으로 오랜만에 가슴속에 따뜻하고 행복한 기운을 전해주었으며, 겨우내 기억 속에서 사라지지 않았습니다.

산동네의 겨울은 길고 지루했습니다. 모두 봄이 오기만을 손꼽아 기다리고 있었습니다. 굴뚝에서 연기를 뿜어내는 집들이 점차 줄어들고 아침의 가늘고 푸르스름한 햇살이 곳곳을 비춰 줄 때까지 동네 사람들은 겨울이 없는 어떤 남쪽 나라에 관해 이야기를 나누었습니다. 그러다가 아침이 밝아오면 누구랄 것도 없이 동네에서 햇볕이 제일 먼저 찾아드는 너럭바위 근처로 모여들었습니다. 햇볕은 추위에 지친 이들의 몸과 마음을 따뜻하게 어루만져 주었고 햇볕을 쬐는 그 몇 분 동안만은 동네 사람들의 얼굴에도 생기가 돌았습니다.

너럭바위에 모이는 사람 중에는 낭이와 낭이 할머니도 항상 끼었습니다. 낭이를 꼭 껴안고 쿨럭쿨럭 기침을 그치지 못하는 할머니를 보며 동네 사람들이 걱정했습니다.

"낭이 할머니, 약을 좀 드셔야지요. 날도 궂은데 그러다가 정말 큰일 당하시겠어요. 쯧쯧, 저 어린것을 어쩌시려고……."

그러나 할머니는 한 번도 대꾸하시는 법이 없었습니다. 뜻 없는 표정으로 해바라기를 하시며 이따금 침침한 눈으로 품 안의 낭이를 내려다보시는 것이었습니다.

"저 어린것이 어쩌다 부모도 없이…"

"새봄엔 학교도 가야 할 텐데, 쯧쯧…!"

동네 사람들이 저마다 걱정을 늘어놓았으나 할머니의 표정은 변함이 없었습니다.

"누구 땔감 남은 집 없어요?"

"우리 조금씩 땔감을 모아 낭이네 방에 불을 때 드립시다."

"누구 땔감 남은 집 있어요?"

"……."

그러나 서로 얼굴만 마주 볼뿐이었습니다.

그도 그럴 것이 아침 일찍부터 이 너럭바위에 모인 사람들은 하나같이 지난밤 아궁이에 불을 지피지 못한 사람들이었기 때문입니다.

"……."

"미안하다, 낭이야."

"미안해."

"……."

아무것도 모르는 채 낭이는 할머니 품에 안겨 깊은 잠에 빠져 있었습니다. 사람들은 차가운 할머니 품에 파묻혀 빈약한 어깨를 움츠리고 무슨 꿈을 꾸는지 이따금 꽃잎 같은 미소를 떠올리는 낭이 얼굴을 바라보면서 축 처진 걸음걸이로 너럭바위를 내려오곤 했습니다.

낭이 할머니가 돌아가신 것은 겨울이 다 갈 무렵이었습니다. 어느 날 이른 새벽, 낭이가 빈 접시 하나를 들고 이 집 저 집 찾아다니면서 방문을 두드렸습니다.

"아저씨, 아주머니. 할머니께서 쑥떡이 드시고 싶대요. 쑥떡 하나만 주실 수 있겠어요?"

"쑥떡? 이 겨울에 난데없이 쑥떡이라니?"

"죄송해요. 안녕히 계세요."

구김살 없는 얼굴로 꾸벅 절을 하고 돌아서는 낭이를 보면서 동네 어른들은 마음이 아팠습니다.

그러나 정작 낭이 할머니께서 돌아가신 사실을 알게 된 것은 잠깐 햇볕을 보내주던 아침 해가 막 산허리에 가려질 무렵이었습니다. 새벽의 일로 가슴이 아팠던 동네 어른들이 그날따라 낭이와 낭이 할머니가 너럭바위에 나오지 않은 것을 이상히 여겨 집으로 돌아가는 길에 방문을 두드렸습니다. 그런데, 아무리 두드려도 인기척이 나지 않았습니다. 불안한 예감이 퍼뜩 동네 어른들의 뇌리에 스치고 지나갔습니다.

"안 되겠어. 들어가 보세."

누군가 방문을 밀치고 안으로 들어섰습니다.

우, 웅!

그때, 누군가는 그런 소리를 들었는지 모릅니다. 방안에는 한기가 가득 배어 있었습니다. 동네 어른들은 자신도 모르게 으스스 몸을 떨었습니다. 그 썰렁한 방 한구석에 할머니가 낭이를 품에 안고 비스듬히 누운 채 차디차게 굳어 있었던 것입니다.

낭이, 낭이, 아지, 랑이…

할머니가 돌아가시고 나서부터 먼 남쪽 하늘에서 그런 소리가 들려왔습니다.

"고얀 일이군. 허 참, 고얀 일이야!"

어른들은 너럭바위에 모여 그렇게 수군거렸습니다. 겨울이 가고 봄이 왔지만, 낭이는 학교에 가지 못했습니다. 너럭바위에 걸터앉아 온종일 해바라기를 하면서 그 소리에 귀를 모으고 있었습니다.

낭이, 낭이, 아지, 랑이…

"허, 참!"

동네 어른들은 차츰 불안한 눈으로 낭이를 바라보기 시작했습니다.

"우리가 너무 매정했어…"

"큰 죄를 지은 거야…"

"이 일을 어쩌지?"

"어쨌든 저 아일 이 동네에서 내보내야 하지 않을까?"

"……!"

몇몇 어른들이 고개를 끄덕였습니다.

"하지만 저 어린 것을 어떻게…"

"불길해!"

"그래도 그러는 게 아니야."

의견이 엇갈리는 가운데 봄바람이 낭이의 젖은 눈썹을 훑고 지나갔습니다.

결국, 낭이는 동네를 떠나게 되었습니다.

"관내에 있는 보육원이 꽉 차서 며칠 기다려야 할 것 같습니다. 그동안만 누가 이 아이를 맡아 주시면…"

구청에서 나온 공무원이 동네 사람들을 모아놓고 말했습니다.

"당분간 아이가 먹을 양식과 땔감을 받게 될 것입니다."

"……."

하지만 누구도 선뜻 나서지 않았습니다.

"불길해!"

"저 아이 눈을 바라보고 있으면 공연히 가슴이 아려. 게다가 저 소리… 잠이 든 뒤에도 귓가에 맴도는 저 소리… 무서워! 딱하지만 아무래도 안 되겠어."

낭이는 빈집에 홀로 남겨졌습니다. 동네 어른 몇몇이 돌아가면서 낭이 집에 들러 불을 때고 밥을 지었습니다. 대개는 낭이가 너럭바위에 나가 있을 때였습니다. 누구도 낭이와 마주치려고 하지 않았습니다. 동네 어른들은 낭이의 그 슬픈 눈과 마주치거나, 행여 그 작은 입술에서 흘러나올지 모를 어떤 소리를 듣고 싶어 하지 않았습니다.

그러던 어느 날이었습니다. 여느 때처럼 너럭바위 근처에 모여 해바라기를 하면서 불안한 심정으로 하늘 저편에서 들려오는 소리를 듣고 있었습니다. 어디선가 새들이 지저귀는 소리가 들려왔는지도 모릅니다. 낭이가 스르르 일어서더니 누군가를 감싸 안듯이 허공을 향해 두 팔을 벌렸습니다. 그리고 바로 그때, 동네 어른들은 참으로 기이한 광경을 목격했습니다.

낭이의 작고 연약한 어깨가 들썩이는가 싶더니 어느 틈에 눈부신 날개가 돋아났고, 낭이가 그 은백색의 날개를 퍼덕이면서 남쪽 하늘을 향해 훨훨 날아가기 시작했던 것입니다.

낭이, 낭이, 아지, 랑이…

원망이라도 하는 듯 그 소리는 오랫동안 너럭바위 근처를 맴돌고 있었습니다.

7

"할머니! 왔어요, 미국에서 연락이 왔어요!"

가브리엘라 수녀님이 수선을 떨며 방문 열고 들어섰다. 하늘이와 할머니는 침침한 방에서 둥근 쟁반을 사이에 두고 늦은 아침을 먹고 있었다.

"보세요. 우리 하늘이한테 아빠 엄마가 생겼어요! 하늘아, 보렴. 여기… 미국에 계신 아빠 엄마한테 편지가 왔단다. 준비되는 대로 빨리 오라고 하시는구나!"

수녀님은 하늘이를 끌어안고 뺨을 비비며 어린애처럼 좋아하셨다.

"정말? 정말 일이 그렇게 된 거야?"

"그럼요 할머니. 보세요, 보시라니까요! 절차가 끝나는 대로 가능한 빨리 보내 달라고… 빨리 만나고 싶다고… 학교 보낼 준비 해놓고 기다리겠다고…"

"오 하나님… 감사, 또 감사합니다!"

"하늘이 왜? 기쁘지 않아? 기쁘지?"

"그래, 무슨 일을 한대… 형편은 괜찮은 거야?"

"네, 할머니. 아빠는 무역을… 그러니까 크게 장사를 하고요, 엄마는 학교에… 아니, 아이들을 가르치는 건 아니고 급식… 그러니까 학교 요리사래요."

"요리사?"

"네 할머니. 요리사요."

"애 데려가 밥은 굶기지 않겠군."

"호호호 할머니도 참… 왜요? 막상 하늘이 데려간다고 하니까 샘나세요?"

"샘은 무슨… 이 늙은이야 이제 다 살았는데 뭘… 나야 그저 하나님께 감사할 뿐이지."

하늘이는 이상하게도 마냥 기쁘지만 않았다. 여러 가지 이유가 있지만, 무엇보다 할머니가 걱정되었기 때문이다. 글자도 모르고 잘 보이지도 않으면서 수녀님께서 건네준 편지를 이리저리 훑어보시는 할머니를 보자니 왠지 눈물이 날 것만 같았다.

8

아빠 엄마, 안녕하세요?

드디어 내일이면 아홉 살이 돼요. 얼마나 오래 기다렸는지 몰라요. 그런데 이제 곧 아홉 살이 되고, 곧 아빠 엄마를 만난다고 생각하니까 벌써 가슴이 두근거려요.

아침에 가브리엘라 수녀님이 오셨어요. 떡국을 끓이셨는데 정말이지 맛이 별로였어요. 나는 시치미를 뚝 떼었지만, 할머니는 속마음을 감추지 못하고 이마를 잔뜩 찡그린 채 겨우겨우 수저를 뜨셨어요. 수녀님께서는 그런 할머니를 보고 속이 많이 상하신 듯 자꾸만 눈물을 흘리셨고요.

"하늘이 좋겠다. 이제 곧 아빠 엄마를 만나게 될 테니… 정말 좋겠다!"

가브리엘라 수녀님이 위기를 면해 보려고 그렇게 말했지만, 할머니 표정은 더 일그러졌어요.

"아빠 엄마 만나도 할머니 잊으면 안 돼. 알지? 하늘이… 할머니가 얼마나 사랑하시는지."

저는 힘차게 고개를 끄덕였어요. 할머니는 그제야 화가 풀리는지 오랫동안 제 머리를 쓰다듬어 주셨지요.

"그럼 이따가 저녁때 데리러 오마. 점심 챙겨 드리는 거 잊지 말고. 알았지?"

"네 수녀님!"

"그나저나 손을 좀 봐야 겨울을 날 텐데…"

수녀님은 구멍이 난 천장에 몇 번이나 손가락을 넣었다 뺐다 하시며 걱정스러운 눈으로 할머니와 저를 바라본 다음 돌아가셨어요. 밤에 있을 행사 때문이지요. 시청 앞에서 열리는 풍선 날리기 행사 말이에요. 저뿐만 아니라 수녀님 아이들이 모두 참가하기 때문에 정신없이 바쁘답니다. 그러니까 저는 지금 오늘 밤 소원 풍선에 묶어 띄워 보낼 편지를 쓰고 있는 것이랍니다. 수녀님께서 나눠주신 풍선에다 아빠 엄마 얼굴도 그려 넣었지요. 부디 곧 만나게 될 아빠 엄마와 많이 닮았으면 좋겠어요.

이제 소원을 적을 차례예요. 내 소원은 하루빨리 아빠 엄마를 만나는 것이에요. 그리고 한 가지 더… 할머니 병이 나으셔서 함께 살게 되는 거예요. 수녀님께 몇 번이나 졸랐지만, 할머니는 함께 가실 수가 없대요. 거동이 불편하셔서 먼 길을 여행할 수 없기 때문이에요.

9

한 해를 보내는 마지막 날 밤, 시청 앞 광장에는 수많은 사람이 모여들었다. 바람이 매서웠지만 모두 두꺼운 옷으로 무장을 하고 곧 밝아올 새해에 대한 기대감에 들떠 흥분을 감추지 못했다. 그중에서도 가장 흥분한 사람은 아무래도 가브리엘라 수녀님이었다. 평소에도 목소리가 큰 수녀님은 수많은 인파 속에서 열 명이 넘는 아이들을 지키면서 벼락같은 목소리로 연신 고함을 질러댔다.

"손 꼭 붙잡고! 창수, 어따 정신을 파는 거야! 민정이, 빨리 따라붙지 않고 뭣해! 아니, 이 사람들이…? 비켜요! 애들 깔려 죽겠네!"

그럴 만도 했다. 난생처음 수많은 사람 사이에 파묻힌 아이들은 정신이 없었다.

"아휴! 시장바닥이 따로 없군! 애들아, 여기다! 어서!"

불도저처럼 인파를 밀치며 수녀님이 손을 잡아끌었다. 소원 풍선 날리기 대회를 주관하고 있는 운영 본부 앞이었다.

"자, 자. 얘들아, 어서… 풍선들 내놔라. 옳지. 아휴, 세상에! 이렇게 사람이 많은데 바람 넣는 곳을 좀 여러 군데 두지 않고…!"

"안녕하세요, 수녀님. 대부대를 이끌고 오셨네, 하하!"

행사 담당 요원이 싹싹한 미소로 수녀님을 맞았다.

"대부대고 뭐고…"

"하하. 저쪽하고 저쪽, 바람 넣는 곳이 열 군데나 되는데 찾지 못하셨나 봐요?"

"그래? 근데 내가 왜 못 봤지?"

"하하. 풍선 주세요. 제가 넣어드릴게요."

"이런!"

"하하하."

한바탕 수선을 떤 끝에 아이들이 가져온 풍선에 모두 바람을 넣었다. 하늘이는 수소가 가득 담긴 노란 풍선 끝에 소원이 적힌 편지를 잘 묶은 다음 풍선에 그려 넣은 아빠 엄마 얼굴을 보며 속으로 빌었다.

"할머니 빨리 낫게 해 주세요.

아빠 엄마 만나러 갈 때 함께 갈 수 있도록 도와주세요."

10

새해가 밝고 아홉 살이 되었다. 하지만 하늘이는 곧 만날 줄 알았던 아빠 엄마를 만나지 못했다. 가브리엘라 수녀님은 평소 같지 않게 풀이 죽어서 지냈고, 낙담이 크신 듯 할머니는 온종일 천장을 바라보며 깊은 한숨을 내쉬었다.

"미안하다 하늘아. 아빠 엄마에게 갑자기 일이 생겼다는구나. 아빠 엄마 만나 부모님 손 잡고 학교에 다닐 수 있으리라 생각했는데… 하나님께서 아직 준비를 못 하신 모양이다. 착한 하늘이, 조금만 더 기다려 줄 수 있겠니?"

"……."

하늘이는 아무 말도 하지 않았다.

"쯧… 가엾은 것, 쿨룩쿨룩!"

"너무 상심하지 마세요, 할머니. 아이를 원하는 사람은 많아요. 더구나 하늘이처럼 착한 아이는…"

"내 복이 이것밖에 안 되는 거야. 저 불쌍한 것을 이제 어이할꼬."

"……."

하늘이는 방문을 열고 쪽마루에 나가 앉았다.

'괜찮아. 아빠 엄마한테 일이 생긴 것뿐이야. 그래서 조금 늦어지는 것뿐이야. 아직 만날 수가 없는 것뿐이야…'

그렇게 마음을 달랬지만 자꾸 눈물이 나왔다. 저 멀리 고층 아파트 옆을 지나가고 있는 뭉게구름이 오랫동안 마음속으로 그려왔던 아빠 엄마 얼굴처럼 아스라하기만 했다. 수녀님의 기운 빠진 목소리가 들려왔다.

"어차피 틀어진 것… 부모가 한국 사람이 아니면 어때요. 말은 안 해도 하늘이… 친부모한테 가는 게 아니라는 거… 알고 있잖아요."

"불쌍한 것, 가엾은 것! 내가 너무 오래 사는 거야. 내가… 너무 오래 살았어!"

하늘이는 눈물을 훔쳐냈다. 막바지에 이른 겨울바람이 눈물 젖은 하늘이의 손등을 차갑게 스치고 지나갔다.

/ 아키코 /

1

오노(小野) 여사는 밤새도록 분주했다. 아키코의 일곱 번째 생일 겸 성탄 준비 때문이었다. 7년 전 성탄절에 사랑하는 딸 아키코를 얻고서부터 매년 열어온 파티지만 올해는 어느 때보다 특별하고 기억에 남는 파티를 열어주고 싶은 욕심에 마음이 더 조급했던 것인지도 모른다.

어젯밤, 직장 성탄전야 모임을 끝내고 돌아왔을 때는 자정이 가까웠고, 아키코는 이미 잠이 든 뒤였다.

"방금 잠들었어요. 약은 먹였고… 기운은 없어도 많이 웃었어요. 며칠째 퉁퉁 부어있던 토토가 모처럼 화를 풀고 재롱을 떨었거든요. 창가에 앉아 한참 졸다가 아키코가 비스킷을 줄 때는 손등을 핥아주기까지 했어요. 아시죠, 고것이 평소에 얼마나 새침을 떠는지? 아키코 까르륵대는 소리, 정말 오랜만이었어요. 오노 씨가 그렇게 가신 후로… 아 참, 내 정신 봐. 검찰청에서 전화가 왔었어요. 기억나시죠, 왜 그 오다케 검사… 한 번 다녀가시래요. 불쌍한 아키코, 아빠를 그렇게 따랐는데…"

"……!"

마침내 오노 여사의 눈썹이 가운데로 모이자 수다쟁이 히데코는 비로소 입을 다물었다.

"전 다만…"

"히데코 양, 곧 자정인데 그만 집에 가 봐야 하지 않겠어요? 여기… 이번 달엔 한 달 치 봉급을 더 넣었어요. 고마워요, 오늘 같은 날… 내일은 쉬고, 여기 성탄 선물… 그럼 모레 아침에… 그리고 고양이, 어쨌든 아키코한테 좋지 않다는 거 잊지 말았으면 해요. 그럼…"

등을 떠밀듯이 히데코를 보내고 침대 옆에 쪼그리고 앉았을 때 아키코가 중얼거렸다.

"토토, 그만해. 간지럽단 말이야…"

오노 여사는 잠꼬대하는 딸아이의 이마에 오랫동안 뽀뽀를 해주고는 거실로 돌아와 짐을 풀었고, 그때부터 꼬박 밤을 새운 것이다.

2

침대 옆 커다란 유리창 너머 저 멀리 삼나무 숲이 시작되는 언덕에 한 사람이 나타났다. 아키코는 외투 깃을 세우고 느릿느릿 언덕길을 내려오고 있는 그 사람에게서 눈길을 떼지 못한 채 혼자 중얼거렸다.

"꼭 오실 거야. 오늘은 꼭 오실 거야."

삼나무 숲이 넓게 펼쳐진 기타야마(北山) 일대는 겨울바람이 매섭기로 유명했다. 게다가 눈비까지 잦아 공기가 매우 습했기 때문에 중병을 앓고 있는 아키코는 겨울이 시작된 후로 한 번도 바깥바람을 쐬지 못했다. 대신 침대가 창 옆으로 옮겨졌고, 맑고 커다란 유리창을 통해 언덕 위 삼나무 숲을 내다보는 것이 위안거리가 되었다. 그나마 해가 떠서 머리 위로 지나가기 전까지, 그러니까 창문을 통해 햇볕을 받을 수 있는 오전 한나절의 잠시뿐이었지만.

"꼭 오실 거야…"

언덕길을 내려온 사람이 아빠가 아니라는 사실을 확인하고 나서도 아키코는 눈길을 떼지 못했다. 창백한 얼굴에 커다랗게 박혀 있는 새카만 두 눈동자에서 금방이라도 눈물이 떨어질 것만 같았다. 하지만 끝내 울지 않았고, 눈동자에서 무어라 형언할 길 없는 간절한 빛이 흘러나와 고적한 방안을 가득 채웠다.

"아키코… 깨어 있었구나. 무얼 그리 열심히 보고 있지? 메리 크리스마스, 그리고 생일 축하한다. 자… 이제 엄마한테 뽀뽀해 주겠니?"

오노 여사는 반짝이는 금종이로 포장한 자그마한 선물 꾸러미를 내려놓으며 침대 옆에 바싹 다가앉았다. 그리고는 상체를 기울여 아키코의 귓불에 살짝 입술을 가져다 댄 후 나지막한 목소리로 그렇게 속삭였다. 혹시라도 아이가 행복한 꿈을 꾸고 있다면 그 꿈을 깨우지 않겠다는 듯이.

"엄마?"

유리창 밖을 향해 있던 아키코의 시선이 돌아오면서 오노 여사의 눈과 마주쳤다.

"……!"

아키코는 오랫동안 기다리고 있었다는 듯이 두 팔을 벌려 엄마 얼굴을 끌어안았다.

"……!"

"자, 이제 뽀뽀해 주련? …옳지."

뽀뽀한 아키코가 품에 얼굴을 묻으며 안겨 왔을 때 오노 여사는 추위에 떨고 있는 자그마한 참새 한 마리를 가슴에 품은 것 같은 기분을 느꼈다. 해서 자신도 모르게 팔이 올라갔고 그 가냘픈 어깨를 끌어안으려고 하다가 애써 뿌리치고 자리에서 일어났다.

"이제 생일상을 받아야지? 엄마가 무얼 준비했는지 보고 싶지 않니? 내가 도와주마. 이렇게… 얼굴은 물수건으로 닦고… 양치질은… 오늘은 특별한 날이니 생략하기로 하자. 좋지? 아주 예쁘구나! 세수하지 않았다고는 아무도 믿지 않을 거야."

방문 앞에 세워둔 휠체어를 끌고 돌아온 오노 여사가 애써 목소리를 높여 수선을 떨었고, 아키코는 그런 오노 여사에게 순순히 몸을 맡겼다.

3

“토토, 이리 올래. 꼼짝도 할 수가 없어. 아빠가 내 꼴을 보면 뭐라고 하실까… 많이 속이 상하시겠지? 그런데도 도저히 일어나지를 못하겠어. 밖에 뭐가 보이니? 아직도 눈이 오고 있니? 어쩌지? 길이 끊긴 건 아닐까? 말해 봐 토토…”

아키코는 벌써 며칠째 바깥세상을 보지 못했다. 계속해 내린 눈으로 기타야마의 삼나무 숲은 온통 순백색으로 뒤덮여 있었다. 그 위를 비추는 햇볕은 낮고 푸르스름했으며 습기와 냉기를 품고 있었다.

아키코의 침대는 창가에서 난로가 있는 안쪽으로 옮겨졌다. 융으로 만든 자줏빛 커튼이 창문을 가렸고, 아키코는 온종일 침대에 누운 채 천장에 그려진 분홍색 장미 송이를 세며 시간을 보내야 했다.

히데코가 난로 옆 흔들의자에 앉아 책을 읽다가 슬슬 졸기 시작하자 저만치 떨어져서 눈치를 살피던 토토가 살금살금 아키코의 침대로 기어 올라왔다.

“쉿, 토토. 엄마나 히데코 언니한테 다시 들키면 이번엔 밖으로 쫓겨나고 말 거야. 조용히, 그리고 바깥 사정을 좀 얘기해 주겠니? 궁금해 죽겠어. 아빠는 왜 안 오시지? 혹시 무슨 일이 생긴 것은 아닐까?”

“…….”

크고 새카만 토토의 눈은 불안한 기색이 역력했다. 아키코는 자그마한 손으로 턱을 쓰다듬어 주었다. 토토는 그제야 안심이 되는 듯 낮은 소리로 야옹거리며 침대 위에 배를 깔았다.

"히데코 양, 도대체 몇 번을 말해야 알아듣겠어요? 고양이는 안 된다고 했잖아요! 면역력이라고는 조금도 없는 아이에게… 얼마나 해로운지 몰라서 그래요?"

깜빡 잠이 들었던 아키코를 깨운 것은 오노 여사의 호통이었다.

"죄송합니다, 정말 죄송합니다. 제가 그만… 게다가 아키코가 워낙 좋아해서…"

"그걸 말이라고 해요? 아키코가 지금 어떤 상태인지 잊었어요? 제발 절 좀 도와줄 수 없겠어요?"

"……!"

"이게… 운다고 될 일이에요. 운다고…"

하지만 오노 여사 역시 결국은 울음을 터뜨리고 말았다. 그리고는 누가 먼저랄 것도 없이 서로를 끌어안은 채 크게 소리 내어 울기 시작했다.

"잘못했어요, 아키코를 좋아해요. 아키코를 나쁘게 할 뜻은 정말…"

"미안해요, 히데코… 알아요. 알면서도 이러는 제 마음 이해하죠? 자, 인제 그만…"

아키코는 두 사람의 대화를 이해할 수 없었다. 다만 추운 날씨에 밖으로 쫓겨났을 토토가 걱정될 뿐이었다.

4

아빠 꿈을 꿨다. 출장을 떠나시던 날 아침, 간밤에 내린 비로 창문 밖 삼나무 숲은 목욕한 것처럼 말끔했고, 언덕과 들판을 지나 창문을 넘어오는 바람은 비누 냄새처럼 향긋했다. 아니, 그 냄새는 아빠한테서 나는 것이었다. 아빠는 아키코를 품에 꼭 끌어안고 오랫동안 볼을 비볐다. 까칠한 듯하면서도 따뜻한 아빠의 그 느낌을 아키코는 매우 좋아했다. 마치 목욕한 다음 잘 말린 수건으로 온몸을 감싸고 있는 듯.

"아키코, 사랑한다. 알지, 아빠가 얼마나 사랑하는지? 우리 아키코…"

"……."

아키코는 대답 대신 아빠 품속으로 파고들었다.

"아프지 말고… 엄마 말 잘 듣고… 약 잘 먹고… 우리 아키코…"

아빠가 팔에 힘을 주었고 아키코는 조금 숨이 막혔지만 힘차게 고개를 끄덕였다.

"이번 출장은 좀 길어질 것 같구나. 회사 일도 보고 우리 아키코를 보살펴 줄 새로운 의사 선생님도 찾아봐야 하고……."

"여보, 이제 출발해야 할 시간이에요!"

아래층에서 엄마가 재촉하는 소리가 들려왔다. 아키코는 반사적으로 아빠 품으로 파고들었다.

"……?"

그런데 이상했다. 갑자기 허공을 짚은 듯 앞이 허전했다.

"아빠!"

침대에서 벌떡 일어나 사방을 둘러보았으나 아빠는 계시지 않았다. 아키코는 자신이 넓은 들판 가운데 혼자 있다는 것을 깨달았다. 저만치서 키 큰 풀잎들이 파도처럼 출렁이며 침대를 향해 달려들었다. 놀란 아키코가 사방을 둘러보았으나 아빠도 엄마도 히데코도 보이지 않았다.

"아빠… 엄마… 히데코…!"

히데코를 보내고 커피 한 잔을 끓여 들고 거실로 돌아와 막 소파에 앉으려고 할 때 2층에서 아키코의 비명이 들려왔다. 놀란 오노 여사는 커피잔을 내려놓고 2층으로 뛰어 올라갔다.

"아키코!"

오노 여사가 2층으로 뛰어 올라가 아키코 방의 문을 열고 침대로 달려가 품에 안기까지는 정말이지 눈 깜짝할 순간이었다.

"아키코!"

오노 여사는 아키코의 눈썹이 촉촉하게 젖어 있는 것을 보고 꿈을 꾸었다는 것을 알았다.

"가엾은 아키코… 무슨 꿈을 꾼 게야. 가엾은 것…"

오노 여사는 침대맡에 앉아 아키코를 품에 안고 눈가의 물기를 닦아주었다. 그리고는 고개를 숙여 아키코의 창백한 뺨에 오랫동안 입을 맞추었다. 새털처럼 가벼운 아이… 그 아이를 품에서 내려놓지 못한 채… 가능하다면 꿈속까지라도 달려가서 달래주고 싶은 심정으로…….

5

네모난 탁자를 사이에 두고 오노 여사와 사고를 낸 운전자 가토 씨가 마주 앉고 좌우에 사건 담당 검사인 오다케 씨와 가토 씨의 변호사 이시하라 씨가 자리를 잡았다. 수갑을 차고 죄수복을 걸친 가토 씨는 안절부절못하는 기색이 역력했다. 검찰 조사 과정에서 언뜻 본 적은 있지만 이렇게 가까운 곳에서 얼굴을 마주 대하기는 오노 여사 역시 처음이었다. 오노 여사는 막상 남편을 죽음으로 내몬 당사자를 지척에서 대하자 무슨 말을 먼저 해야 할지 막막했다.

어색한 침묵을 깬 사람은 사건 담당 검사 오다케 씨였다.

"부인… 하실 말씀이란…?"

"……."

오노 여사는 마음을 다부지게 먹으려고 애를 썼지만 결국 눈물을 쏟았다.

"죽을죄를… 고인과 부인께 정말… 죽을죄를…"

선량해 보이는 눈에 눈물을 가득 담고 가토 씨가 의자에서 일어나 연신 고개를 조아렸다. 오십 대 중반의 작고 똥똥한 남자,

인자해 보이기까지 하는 소탈한 인상… 차라리 영화 속 악당처럼 험악한 사내라면 멱살이라도 부여잡고 분풀이라도 해 볼 텐데… 그런 오노 여사의 귓전에 대학에 다니고 있다는 가토 씨 딸의 편지 구절이 맴돌았다.

인생에서 가장 소중한 사람을 앗아간 사람을 어찌 용서하실 수 있겠습니까? 오노 여사님, 하지만 그분을 대신해 용서를 빌지 않을 수 없는 제 마음을 받아 주십시오. 여사님으로부터 가장 소중한 분을 앗아간 그분 역시 제게는 이 세상에서 가장 소중한 분이기 때문에 감히 용서를 구하지 않을 수 없음을 헤아려 주십시오.

"부인… 여기…"

담당 검사 오다케 씨가 하염없이 눈물을 쏟고 있는 오노 여사에게 손수건을 건넸다. 거의 동시에 변호사 이시하라 씨가 가토 씨에게도 손수건을 건넸는데 가토 씨는 사양하고 수갑이 채워진 두 손을 들어 죄수복의 소매로 뺨을 타고 흘러내린 눈물을 닦았다.

"가토 씨…"

오노 여사가 떨리는 목소리로 입을 열었다.

"제 남편은… 편안하게… 그러니까, 고통은……?"

"……!"

무슨 말인지 알아들은 가토 씨가 눈물을 글썽이며 고개를 끄덕였다.

그날, 가토 씨는 장거리 화물 수송을 마치고 사흘 만에 집으로 돌아가던 길이었다. 인근 도시에서 대학에 다니고 있는 딸이 모처럼 집에 왔다는 소식을 듣고 매우 기분이 좋았다. 사거리를 지날 때 신호가 마침 파란불로 바뀌고 있었다. 삼십 년 무사고의 베테랑 기사인 가토 씨는 잠시 주춤했지만, 행인들이 건널목을 다 건너간 것을 확인하고는 가속 페달을 밟으며 사거리로 진입했다. 그런데 바로 그 순간, 한 남자가 건너갔던 길을 되돌아와 바닥에서 무언가를 집어 들었다. 놀라 브레이크 페달을 밟았지만 이미 탄력을 받은 트럭은 그 육중한 무게를 이기지 못하고 앞으로 미끄러졌다. 끼익하는 금속성, 그리고 행인들의 비명이 귀청을 때렸다.

쿵!

가토 씨는 운전대에 가슴을 박은 채 가까스로 눈을 떴다. 제일 먼저 눈에 들어온 것은 천진한 미소를 짓고 있는 배추 인형과 그 인형을 꼭 틀어쥐고 있는 창백한 손이었다. 아스팔트에 쓰러진 남자는 미동도 하지 않았다.

"부인, 지난번 조사 때 이미 말씀을 드렸듯이… 아마도 고통을 느낄 시간 없이… 편히… 가셨을 겁니다."

담당 검사 오다케 씨가 가토 씨를 대신해 침중한 목소리로 말을 꺼냈다.

"그런 사고를 당하고도 큰 상처가 발견되지 않은 것을 보면… 죄송합니다… 아마도… 뇌가… 그러니까 치명상은 그쪽에… 따라서 육체적인 고통은…"

남편의 마지막 순간을 머릿속에 그리면서 오노 여사는 오다케 씨가 건네준 손수건에 얼굴을 묻고 오랫동안 오열했다. 그 모습이 어찌나 처연한지 일상적으로 수많은 사건을 접하고 있는 베테랑 검사 오다케 씨마저 눈가의 물기를 감추지 못했다.

가토 씨는 더 말할 것도 없었다. 그는 지금 세상의 어떤 말도 위로나 사죄가 되지 못한다는 것을 잘 알고 있었다. 오노 씨를 죽음에 이르게 한 그날의 사고가 자신의 부주의에서 비롯되었건 불가항력이었던 간에 말이다. 가토 씨는 가슴이 찢어지는 것 같은 통증을 느끼며 그저 눈물을 쏟아낼 뿐이었다.

…….

아주 오랫동안 흐느낌이 이어진 다음에 마침내 오노 여사가 입을 열었다.

"전 이미 제 인생에서 가장 소중한 사람을 잃었습니다. 이제 또 다른 누군가에게 그런 일이 일어나기를 원치 않습니다. 검사님, 그리고 변호사님… 저의 이런 마음이 법에도 반영이 될 수 있는지요? 저는 유족으로서 가토 씨가 무거운 처벌을 받게 되는 것을 원치 않습니다."

사건 담당 검사 오다케 씨와 변호사 이시하라 씨는 서로 얼굴을 마주 본 다음 고개를 끄덕였다. 오노 여사의 눈물은 어느새 말라 있었고, 가토 씨의 흐느낌은 점차 통곡으로 변해갔다.

6

자동차로 눈길을 달려 서둘러 퇴근을 한 오노 여사는 미처 옷을 갈아입을 겨를도 없이 아키코 방으로 뛰어 올라갔다. 낮에 진땀을 많이 흘렸고 헛소리까지 한다는 전화를 받고 부리나케 달려온 것이다.

"조금 전에 잠이 들었어요. 열도 많이 내렸고…"

히데코가 안심을 시켰지만 귀에 들어올 턱이 없었다.

"아키코…!"

오노 여사는 손을 몇 번 비벼 냉기를 가시게 한 다음 아키코의 이마를 짚었다. 다행히 열은 가라앉은 듯했고, 입가에는 엷은 미소가 떠올라 있었다. 오노 여사는 비로소 가슴을 쓸어내렸다. 그리고는 달콤한 꿈을 깨우지 않겠다는 듯이 조심스럽게 이불을 끌어 올려 덮어 주었다.

히데코가 찻잔을 받쳐 들고 올라와 침대 옆 탁자 위에 올려놓았다.

"놀라게 해서 죄송해요. 눈이 이렇게 쏟아지는데…"

"아니에요, 히데코. 고마워요."

"차라도…"

"그러죠. 어디… 으음, 정말 따뜻하군. 그나저나 여간한 눈이 아니던데… 길이 불편하면 오늘 밤은 아랫방을 쓰던지…"

"아니, 객지에 나갔던 동생이 돌아와서…"

"고생되겠군요, 히데코. 그럼 조심히…"

히데코를 보내고 옷을 갈아입고 돌아온 오노 여사는 의자를 끌어다 놓고 아키코 옆을 지켰다. 어둠에 잠긴 창문 너머에서 눈의 무게를 이기지 못하고 나뭇가지 부러지는 소리가 탁, 탁 들려왔다. 오노 여사는 차갑게 식은 찻잔을 어루만지면서 새근대는 아키코의 숨소리에 귀를 기울였고, 잠투정할 때마다 아키코의 자그마한 손을 꼭 잡아주었다.

갓 태어나서 1년 동안 오노 씨 부부는 아키코를 부부방에서 키웠다. 부부 침대 옆에 아기 침대를 옮겨 놓고 함께 잠이 들고 함께 일어났다. 그런데, 처음 한동안 아키코의 낮과 밤이 바뀌어 있었다. 아침저녁 새근새근 잘 자다가도 늦은 밤이나 새벽이면 잠에서 깨어나 초롱초롱한 눈으로 엄마 아빠를 찾았다. 그렇다 보니 부부의 고생은 이만저만이 아니었다. 육아 휴가를 받은 오노 여사는 그나마 형편이 나은 쪽이었다. 이른 아침 출근을 해야 하는 오노 씨는 만성적인 피로에 시달려야 했다. 한 번도 불평하지는 않았지만 말이다.

보다 못한 오노 여사가 제안했다.

"소파를 아기방에 옮겨 놓고 얼마만이라도 거기서 주무시는 게 어떻겠어요?"

"무슨 소리, 공주님은 어떡하고……."

"당신도 참… 제가 있잖아요."

"아니야, 공주님을 모시는 건 내 몫이야. 당신은 이렇게 예쁜 공주님을 낳아준 것만으로도 할 일을 다 한 거야."

"그 말을 들으니 샘이 나는데 어쩌죠? 그래! 아키코, 꼬집어 줄 테야! 호호호."

옛일을 회상하는 오노 여사의 입가에 엷은 미소가 떠올랐다. 처음으로 아키코를 따로 재우던 날도 생각이 났다. 돌을 지낸 지 며칠 되지 않아서였으니 아마도 이때쯤일 거라고 오노 여사는 생각했다.

아기방은 주인을 기다리며 1년 동안이나 비어 있었지만 항상 온기가 가득했고, 엄마 품처럼 아늑했다. 엷은 진달래색과 연둣빛 파스텔 색조가 조화를 이룬 벽지와 나뭇결을 살린 앙증맞은 가구들, 밝고 따듯한 조명, 멀리 삼나무 숲이 훤하게 내다보이는 통유리 창문과 꽃무늬가 수놓아진 커튼, 레이스로 장식한 침대 시트, 고대 왕가의 거실을 연상시키는 붉은 색 카펫… 어디 하나 흠잡을 곳 없음에도 불구하고 오노 씨 부부는 하루에도 몇 번씩이나 방안을 드나들며 이리 살피고 저리 살피면서 궁리에 궁리를 거듭했다.

"햇살이 너무 강하지 않을까? 커튼을 좀 더 두꺼운 것으로 해야 하지 않을까?"

"자다가 침대 모서리에 부딪히지 않을까요?"

"장난감들… 아니… 그게 아니야. 높이가 맞지 않아. 그렇지. 아기가 고개를 돌렸을 때 언제든지 볼 수 있도록… 그래. 그 정도쯤이면 되겠군."

"배추 인형, 이건 여기가 좋겠죠? 아키코가 제일 좋아하는 건데…"

"그리고 전기스탠드… 그렇지. 그쪽이 좋겠어. 불빛이 아이 눈을 부시게 하면 안 돼."

"침대 밑에 당분간은 매트를 깔아놓는 게 좋겠어요. 혹시 침대에서 떨어질지도 모르니까…"

이제 막 걷기 시작한 아키코가 고양이 인형을 품에 안고 알 수 없다는 표정으로 그런 엄마 아빠를 지켜보았다.

"됐지? 이제 된 것 같지?"

"글쎄… 제가 보기엔…"

"오 아키코! 어때? 마음에 드니?"

오노 씨가 아키코를 번쩍 들어 안고 방안을 구경시켰다.

"아키코, 오늘부터 네가 잘 방이란다."

오노 여사가 오노 씨 품에서 아키코를 건네받아 뺨을 비비며 말했다. 아키코는 간지럼을 참지 못하고 까르륵대며 엄마 품에서 벗어나 아빠에게 달려갔다.

그리고 그날 밤, 오노 씨 부부는 아키코를 안고 아기방으로 갔다. 엄마 품에서 내려져 침대에 누여졌을 때 아키코는 비로소 상황을 이해한 듯 겁먹은 듯한 눈으로 아빠 엄마를 올려다봤다. 아이와 눈을 맞추고 있는 오노 여사의 얼굴이 발갛게 달아올랐고 담요를 덮어 주고 아이의 손을 놓을 때 오노 씨의 가슴은 심하게 떨렸다. 사실, 겁을 더 집어먹은 사람은 엄마 아빠였던 것이다.

"우리 예쁜 아기…"

오노 여사의 목소리가 가늘게 떨렸다.

"착하지, 우리 아기… 자, 이제 눈을 감고… 그렇지. 아주 착하구나, 아키코… 잠이 들 때까지 엄마 아빠가 곁에 있을 거란다."

오노 씨가 옆에서 달랬지만 잠자리가 바뀐 아이는 쉬 잠을 이루지 못했고, 그런 아이를 위해 오노 여사는 자정이 훨씬 넘을 때까지 동화책을 읽어주었다. 그러면서, 오노 씨 부부는 몇 번이나 아이 따로 재우기를 포기할까 생각했지만 애써 참아냈다. 아이 따로 재우기를 먼저 경험한 친지들로부터 첫날을 넘기지 못하면 더욱 어려워진다는 말을 들었기 때문이다.

새벽 한 시가 가까웠을 때 아키코가 마침내 잠이 들었다. 오노 여사는 동화책을 내려놓고 오노 씨를 향해 눈을 찡긋했다. 오노 씨 역시 고개를 끄덕이며 살금살금 자리에서 일어났다. 그러다가 아이 정면 벽에 걸려 있는 액자에 시선이 갔다. 액자 안의 그림은 샤갈의 '나와 마을'이라는 작품이었다. 잠시 생각하던 오노 씨가 액자를 떼어 들었다.

"액자는 왜?"

오노 여사가 소곤거렸다.

"아이에게는 어려운 그림이야. 아침에 눈을 떴을 때 이 그림을 보게 되면 무서워하지 않을까?"

그림을 살펴본 오노 여사가 미처 생각 못 했다는 듯이 고개를 끄덕였다.

"스누피 만화가 낫겠어."

아래층 거실로 내려온 오노 씨 부부는 스누피 만화를 오려 액자 속의 그림을 바꾼 다음 도둑고양이처럼 살금살금 아키코의 방으로 올라가 액자를 원래 위치에 걸었다. 그리고는 아키코 방의 문을 반쯤 열어둔 채 맞은편 부부침실로 가서 비로소 잠자리에 들었다.

그런데, 침대에 누운 지 채 삼십 분도 지나지 않아 오노 여사가 자리에서 벌떡 일어났다.

"왜?"

"아이 소리 들리지 않았어요?"

"글쎄…? 그런 것 같기도 하고…"

침대에서 내려온 두 사람은 누가 먼저랄 것도 없이 아키코 방으로 달려갔다. 아키코는 꿈길을 헤매는 듯 쌔근쌔근 잘 자고 있었다.

침실로 돌아온 부부는 다시 잠자리에 들었다.

하지만 다시 몇 분이 지났을 때 이번에는 오노 씨가 자리에서 일어났다.

"왜요?"

"너무 조용해. 이상하지 않아?"

그렇게, 밤새도록 아키코 방을 오가며 두 사람은 잠을 이루지 못했다.

7

추위가 한창 기승을 부릴 정월 중순에 웬일인지 햇볕이 따뜻했다. 삼나무 숲을 타고 내려와 들판을 기어 오는 동안 습기를 머금고 아키코의 연약한 호흡기를 괴롭히던 축축한 바람도 모처럼 포근했다. 오노 여사는 아키코를 휠체어에 앉히고 온몸을 담요로 감싼 다음 창가로 데리고 갔다. 아키코가 여러 날 동안 졸라왔던 일이고, 마침 날씨도 좋고 오랫동안 침대에서 나오지 못하고 있는 아키코가 안쓰러웠기 때문에 잠시 바깥 구경을 시키려는 것이다.

무엇에 깊이 빠진 듯 아키코는 창밖에 시선을 둔 채 오랫동안 꼼짝도 하지 않았다. 오노 여사는 휠체어 옆에 의자를 끌어다 놓고 아키코의 어깨를 감싸 안은 채 아이의 시선을 따라갔다. 아키코의 시선은 먼저 삼나무 언덕 위에 둥글게 펼쳐져 있는 파리한 하늘과 그 하늘에 떠 있는 몇 갈래 새털구름을 좇고 있었다.

아빠 손을 이끌고 삼나무 가지 끝에 걸친 아기 구름을 가리키며 언덕을 향해 뛰었다. 따뜻한 바람과 우거진 녹음, 먼 데서 들려오는 매미 소리, 그리고 까르륵대는 웃음소리……. 삼나무 숲을 훑고 언덕을 내려와 언덕 아래쪽을 휘감아 돌며 흐르고 있는 개울가 언저리를 지나던 아키코의 눈이 갑자기 경이로운 빛을 발했다. 아이의 발길이 멈춘 곳은 오래된 목조 다리 위였다. 아키코는 다리 난간에 기대 저 아래 개울물을 가리키며 발을 동동 굴렀다. 아빠가 아이를 달래며 개울에 들어가 손 그물로 물고기를 떠서 아이 손에 담아주었다. 재미있어하는데 이내 손안의 물고기가 꼬리를 흔들어 간질대자 기겁을 한 아이가 그만 엉덩방아를 찧고, 그 통에 손아귀에서 벗어난 물고기는 재빨리 개울로 뛰어들어 달아나 버렸다. 물고기 미워! 내 손을 물었어! 이뻐해 주려고 했는데 물고기 정말 미워! 그래, 그 물고기 아빠가 보기에도 정말 밉상이더구나. 아키코, 하지만 언젠간 네 마음을 알아 줄 거야. 자, 울지 말고…….

싫어요, 싫어요, 울지 말아요.
하늘나라 깃옷 하늘나라 춤 옷
여섯 기둥 곳간에 숨겨져 있다네.

아빠 등에 업힌 아키코가 보리밭을 건너서 집으로 돌아오고 있었다. 아빠 노래가 먼저 들려오고, 까르륵대는 아이의 웃음소리가 그 뒤를 따랐다. 오노 여사는 옛 생각을 하면서 자신도 모르게 그 노래를 흥얼거렸다. 열심히 창밖을 살피던 아키코가 그런 엄마를 돌아보며 놀란 표정을 지었다. 그 눈은 '어떻게 내 마음을 알았지?' 하고 묻는 듯했다. 오노 여사는 대답 대신 아키코의 어깨를 어루만졌다. 아키코의 크고 검은 눈이 반짝 빛났다.

"아빠는 선녀와 깃옷 이야기를 자주 해 주셨어. 익살꾼처럼 재밌게…"

"그래… 노래도 참 잘하셨지."

"엄마… 그 선녀는 자기 딸이 부르는 노래를 듣고 깃옷이 어디 숨겨져 있는지 알게 되잖아. 그리고 깃옷을 찾아 하늘나라로 돌아가잖아? 그런데… 선녀가 떠난 다음 딸하고 아빠는 어떻게 되었을까? 나중에 선녀가 다시 찾아왔을까? 아니, 아빠하고 딸

하고 하늘나라로 선녀를 찾아갔을까? 어쨌든… 그러니까 내 말은…"

"아키코, 가족은 헤어지는 게 아니란다. 어쩌다 떨어져 있을 수는 있는데 영원히 헤어질 수는 없는 거란다."

"하지만 엄마… 너무 오래 떨어져 있는 건 싫어."

"그래, 아키코… 엄마도 그건 싫어. 아주 조금만, 조금만 더 기다려 보자꾸나."

"아키코하고 엄마하고 이렇게 기다리는데… 아빠는 왜 이렇게 오래 기다리게 하는 거야. 아빠 미워… 아빠 정말… 보고 싶어!"

"그래 아키코, 아빠가 이번엔 정말 너무 하시는 것 같구나."

"엄마…"

"……."

"그래도 엄마는 아빠를 미워하면 안 돼. 엄마는 어른이고 참을성이 더 많잖아. 게다가… 누군가 아빠의 깃옷을 숨긴 거라면… 누군가는 깃옷이 어디에 숨겨져 있는지 알려줘야 하잖아?"

"그렇게 생각하니? 그래, 정말 그렇겠구나! 누군가 깃옷을 숨긴 거라면… 그렇다면 선녀와 깃옷에서처럼 네가 숨긴 곳을 알려 드려야 하지 않을까?"

"그건 그래. 하지만… 난 아프잖아. 혼자서는 침대에서 일어나지도 못하는걸!"

"그러니까 어서 기운을 차려야지. 약 잘 먹고, 의사 선생님 말씀 잘 듣고…"

"……."

"왜?"

"미안해 엄마."

"엄마한테 미안하긴…"

"아니 그게 아니고… 엄마가 하면 안 될까?"

"……?"

"아빠 깃옷 찾아주는 거…"

"……!"

오노 여사는 아키코의 깊은 눈을 들여다보면서 고개를 저었다. 천천히… 그러다가 마침내 아이를 끌어안고 숨을 죽여 눈물을 흘렸다.

8

아키코가 앓고 있는 몹쓸 병을 알게 된 것은 다섯 번째 생일을 보낸 이듬해 봄이었다. 그해 아키코는 여느 아이들처럼 유치원에 들어갔다. 병아리처럼 샛노란 원복을 입고 자주색 모자를 비스듬히 눌러 쓴 아키코는 깨물어주고 싶을 만큼 귀엽고 예뻤다. 삼나무 숲을 뒤덮은 첫눈처럼 새하얀 살결은 투명하다 못해 눈이 부셨고, 얼굴의 대부분을 차지하고 있는 커다란 눈동자는 잘 익은 머루처럼 새카맣게 빛났다.

집이 외따로 떨어져 있고 엄마 아빠가 회사에 다니기 때문에 낮에 늘 혼자 지내야 했던 아키코는 유치원 친구들을 매우 좋아했다. 그렇다 보니 다른 아이들도 아키코를 따르게 되었고, 늘 여러 친구 속에 둘러싸여 지냈다.

히데코가 장난스러운 시샘을 놓았다.

"아키코, 새 친구들이 생겼다고 이 언니를 무시하는 거야? 간식도 안 만들고 마중도 나가지 않을 테다!"

"히데코… 그러지 마. 무서워. 사실이 아니야!"

"그럼…"

히데코가 뺨을 내밀었다.

"뽀뽀해 줄 수 있겠지? 아주 많이…"

아키코는 냉큼 달려들어 뽀뽀를 퍼부었다.

히데코는 오노 여사가 육아 휴가를 마치고 회사에 다시 출근하면서부터 줄곧 아키코를 돌봐왔다. 그리고 아키코가 유치원에 들어가자 보모이면서 친구이자 가정교사 역할까지 했다.

어느 날, 아키코가 숙제를 받아왔다. 그림 그리기였는데 주제는 '나는 자라서 ○○이 될 테야'였다.

"아키코, 커서 무엇이 되고 싶니?"

"이다음에?"

"그래. 엄마 아빠 그리고 언니처럼 이만큼 큰 다음에…"

"……."

"왜?"

"그건 좀 생각을 해봐야 해."

"이런! 요 조그만 것이 생각은 무슨…!"

히데코가 아키코의 머리에 살짝 꿀밤을 놓았다.

"아야, 히데코! 그러지 마. 심각해."

"심각? 요런, 요 귀여운 것!"

히데코가 달려들어 간지럼을 태우자 아키코가 까르륵대며 뒹굴었다. 그렇게, 오후 내내 히데코의 지도를 받으며 아키코가 그려낸 자기 모습은 발레리나였다.

"하하. 그런데 이건 어째 발레리나라기보다는 오리에 가까운걸!"

"호호, 백조가 아니고 오리 말씀이에요?"

"꽥꽥 오리, 하하하!"

"그렇담 백조의 호수가 아니라 오리의 호수가 되겠군요. 우리 아키코의 첫 무대 말이에요."

"그런 건가?"

퇴근한 오노 씨 부부는 히데코가 건네준 그림을 받아 들고 한바탕 폭소를 터뜨렸다.

불행이 시작된 것은 며칠이 지나지 않아서였다. 부부가 막 잠자리에 들었을 때 나약한 신음이 복도를 건너왔다. 아키코를 따로 재우기 시작하면서부터 유달리 귀가 밝아진 부부는 누가 먼저랄 것도 없이 그 소리를 알아채고는 자리에서 벌떡 일어나 아키코 방으로 달려갔다.

"아키코!"

아키코는 펄펄 끓고 있었다. 놀란 오노 여사가 벼락처럼 아래층으로 뛰어 내려가 수건에 얼음을 싸 들고 왔고, 오노 여사에게 아이를 넘긴 뒤에 어느 틈에 옷을 갈아입고 돌아온 오노 씨가 아이를 둘러업었다.

"병원으로!"

"잠깐!"

대충 옷을 걸친 오노 여사가 힘이 풀린 채로 뒤를 따랐다.

정밀진단 결과가 나온 것은 일주일쯤 지나서였다. 가네다 박사는 오랫동안 서류를 뒤적이며 좀처럼 입을 열지 못했다.

"박사님!"

"결과가…"

오노 씨와 오노 여사가 동시에 입을 열었다.

"정말… 이거 참…!"

"많이 아픈가요, 우리 아키코?"

"단도직입적으로 말씀드리겠습니다. 암입니다, 혈액암."

"……!"

"노력해 보겠습니다만……."

오노 여사를 잡은 오노 씨의 손에 힘이 갔다가 스르르 풀어졌다. 오노 여사는 머릿속이 백지장처럼 환해지면서 아무 생각도 할 수가 없었다. 그저 오노 씨 손을 놓치지 않기 위해 자신의 손끝에 힘을 주었다. 아무리 애를 써도 힘이라곤 조금도 모이지 않았지만.

9

창백한 얼굴로 침대에 누워있는 아키코의 눈망울이 유리알처럼 맑게 빛났다. 침대맡에 앉은 오노 여사는 차마 그 눈망울을 마주하지 못하고 책으로 시선을 돌렸다.

책은 예로부터 전해 내려오는 이야기들을 모아놓은 것으로 아키코는 얼마 전부터 유독 한 가지 이야기에 집착했다. 바로 '집으로 돌아온 종달새 이야기'였다. 그 이유가 무엇인지 잘 알고 있는 오노 여사는 아키코가 그 이야기를 읽어달라고 할 때마다 가슴이 저렸다.

"엄마, 어서…"

"……."

길게 한숨을 내쉰 오노 여사는 나지막한 목소리로 책을 읽어나가기 시작했다. 벌써 수십 번 되풀이해서 듣는 이야기인데도 아키코의 눈망울은 초롱초롱 빛나기 시작했다.

노란 유채꽃이 환하게 핀 밭두렁이 한층 두드러져 보입니다. 유채꽃 너머 마른 논에는 자운영이 온통 융단을 깔아놓은 것처럼 아름답게 피어 있습니다. 그 너머 끝없이 펼쳐진 보리밭이 자리를 잡고 있습니다. 보리 이삭은 바람이 불 때마다 물결처럼 멀리 멀리 퍼져나갑니다.

그 보리밭에 둥지를 튼 어미 종달새가 먹이를 구하러 나갔습니다. 집에 남아 있는 새끼들은 둥지에서 머리를 내밀고 보리 이삭 사이로 아득한 창공을 올려다보았습니다.

"아빠는 어디 계실까?"

하고 첫째가 말했습니다.

"여기선 보이지 않아. 멀리서 둥지를 지키고 계신 거야."

하고 둘째가 말했습니다.

"아이 심심해."

하고 셋째가 중얼거릴 때 어디선지 멀리서 아빠 종달새의 노랫소리가 들려왔습니다.

"아빠다!"

하고 셋째가 말했습니다.

"아빠는 노래 솜씨가 좋아."

하고 둘째가 말했을 때 갑자기 창공으로부터,

"매다, 매가 왔다, 조심해라!"

하고 아빠 종달새가 외치는 소리가 들려왔습니다.

"무서워!"

새끼들은 둥지 속에서 웅크린 채 숨을 죽이고 벌벌 떨었습니다.

그때, 어미 종달새가 발소리를 내지 않고 살금살금 둥지로 돌아왔습니다.

"엄마 무서워!"

새끼들이 우는 소리로 말하자 어미 종달새는,

"조용히 해라, 조용히 해."

하고 새끼들을 타이르고 나서 말했습니다.

"걱정하지 마라, 얘들아. 아빠는 벌써 저편 산 있는 데까지 매를 꾀어 달아나셨다. 매는 날개 힘이 세고, 또 아빠보다 빠르지만 걱정할 필요는 없단다. 아빠는 소라고둥처럼 맴돌면서 하늘로 치솟아 오르는 재주가 있으시지. 붙들릴 듯싶으면 매 앞을 한 바퀴 홱 돌아서 갑자기 원을 그리며 날아오르신단다. 그러면 매는 원 밖으로 쏜살같이 날아가게 되지. 매는 갑자기 속력을 늦추는 재간이 없기 때문이란다."

"붙잡히지 않을까?"

그래도 걱정스러운 듯이 어린 종달새들이 말했습니다.

"걱정할 것 없대도! 아빠는 소라고둥처럼 날아오르는 기술을 열심히 연습해 두셨기 때문에 매의 공격쯤은 아무렇지도 않게 가볍게 피하고 아마도 하늘 높이 올라가 계실 거다."

"얼마나 높이 올라가는데?"

"구름 속 깊숙이, 매가 쫓아오지 못하는 높은 곳까지. 그래서 사람들은 우리 종달새를 구름 새라는 뜻으로 운작(雲雀)이라고 부르기도 하지."

"아빠는 정말 멋있어! 하지만 아무 일 없이 잘 내려오실 수 있을까?"

"내려올 때 매가 노리고 또 덤벼들지 않을까?"

"매는 끈질긴 녀석이야. 틀림없이 아래서 기다리고 있을 거야. 하지만, 아빠에게 멋들어진 계획이 있으니 걱정할 것 없다. 다들

귀 기울여 저 소리 좀 들어봐라… 들리지? 아빠가 노래 부르시는 거?"

"응, 응. 들려, 들리는데…"

"아빠는 멋있어. 싸우는 중에도 노래를 부르시다니!"

"훌륭하시지. 아빠는 지금 매를 화나게 하는 거란다. 저건 평화의 노래지. 매는 아마 몹시 약이 올라 아빠가 노래하는 모습을 올려다보고 있을 거야. 아, 노랫소리가 그쳤다. 이제 내려오실 모양이다. 여보, 조심하세요. 매가 공격 자세를 취하고 있어요. 아, 매의 날갯소리가 들린다. 앗, 급전직하! 갈고닦은 솜씨로 아빠가 곤두박질쳐서 보리밭으로 내려오신다. 보리 이삭들이 너울거리고 있구나. 묘기야, 뛰어난 재주야! 포악한 매까지도 넋을 잃고 바라보는구나. 앗, 뒤쫓아 온다. 아빠가 쏜살같이 땅 위를 스치며 날고 계시다. 이제 괜찮다. 아래는 너르디너른 보리밭, 아빠는 지금쯤 보리 이삭 사이를 헤치고 날고 계실 거다. 우리가 열을 셀 동안에 집에 도착하실 거다. 자, 이제 다섯 남았다. 셋 남았다. 둘 남았다. 하나… 아, 여보!"

"아빠!"

마지막 대목에서 아키코는 눈물을 흘렸다. 눈물이 나는 것은 오노 여사도 마찬가지였다. 하지만 목 안으로 집어삼키고 아키코의 뺨에 흐르는 눈물을 닦아주었다.

10

"안 돼! 아키코마저 보낼 순 없어!"

왕진을 왔던 가네다 씨가 돌아간 뒤 오노 여사는 마치 꿈속을 거니는 사람처럼 거실 이곳저곳을 왔다 갔다 하면서 벌써 몇 시간째 같은 말을 되풀이하고 있었다. 저녁 준비를 하던 히데코 역시 일손을 놓은 채 멍한 눈으로 천장만 바라보았다. 며칠째 줄에 묶여 있는 토토는 심상찮은 집안 공기를 의식한 듯 부엌 한구석에 처박힌 채 꼼짝도 하지 않았다.

"견디기 어려우시겠지만… 이제… 마음의 준비를… 아마 며칠… 더는 견디기가 어려울 것… 같습니다. 지금까지 버텨준 것만도… 죄송합니다."

가네다 씨는 마지막 진단 소견을 전하면서 오십 대 중반의 노련한 의사답지 않게 눈물을 글썽였다. 오노 여사는 잠이 든 아키코를 품에 안은 채 아무런 대꾸도 하지 않았다.

"의사가 된 것이 이렇게 후회가 되기는… 정말 죄송합니다. 아키코… 착한 아이입니다. 반드시… 하느님의 가호가…"

가네다 씨는 왕진 가방을 들고 무거운 걸음으로 돌아섰다.

"안 돼! 절대 보낼 수 없어!"

오노 여사는 배웅도 잊은 채 실성한 사람처럼 같은 말만 되풀이했다. 히데코는 그 모습을 보면서 식탁 의자에 앉아 연신 눈물을 닦아냈다. 오노 여사의 발걸음이 더 빨라졌다. 그러다가 갑자기, 바람이 빠진 듯 무너져 내렸다. 놀란 히데코가 재빨리 달려갔으나 소용없었다. 히데코는 젖은 솜처럼 무거운 오노 여사를 안아 소파에 누이고 담요를 덮어 주었다.

"어쩌면 좋아, 어쩌면!"

히데코는 거실 바닥에 주저앉아 오노 여사의 창백한 안색을 살폈다. 그렇게 얼마나 시간이 흘렀을까.

"아키코… 안 돼, 아키코!"

오노 여사가 비명 섞인 신음을 내지르며 눈을 번쩍 떴다.

"저예요, 히데코. 정신이 드세요?"

"아… 어쩌지? 우리 아키코… 아직, 아빠가 돌아가신 줄도 모르는데… 세상에 와서 이제 겨우 일곱 번 생일을 보냈을 뿐인데!"

히데코는 위로의 말을 찾지 못했다. 그저 오노 여사의 손을 꼭 쥔 채 곁에서 함께 울어줄 뿐이었다.

11

맹추위가 기승을 부리고 있었다. 며칠 전부터 아키코가 침대를 창가로 옮겨달라고 애원했지만 오노 여사는 자줏빛 커튼을 젖히고 유리창을 통해 바깥 풍경을 바라볼 수 있게 해주는 거로 대신했다. 아키코는 근래 들어 깨어 있는 시간보다 잠자는 시간이 더 많았다. 오노 여사는 직장에 휴가를 낸 채 온종일 아키코

옆을 지켰다.

저녁 무렵, 깊은 잠에 빠졌던 아키코가 헛소리를 했다.

"아빠… 아빠를 봐야… 한단 말이야."

아키코의 창백한 뺨에 뽀뽀하면서 오노 여사는 문득 심장이 싸늘해지는 것을 느꼈다.

"아키코!"

"……."

아키코가 애써 눈을 떴다. 수척한 뺨 위에 커다랗게 박혀 있는 아키코의 두 눈동자는 더없이 맑고 깊었다. 하지만 그 맑고 깊은 눈동자를 스치고 지나가는 어떤 불길한 기운을 오노 여사는 놓치지 않았다.

"아키코… 아키코… 아직은 안 돼. 힘을 내!"

"엄… 마…"

"그래 아키코, 엄마야. 여기 있어. 착하지. 기운 낼 거지?"

"미안해… 엄마. 근데 자꾸… 잠이… 와."

"아키코… 눈 뜨고, 엄마 눈을 봐. 그래 그렇게…"

파리한 눈꺼풀 아래 잠겼던 아키코의 눈동자가 다시 열렸다. 짧은 순간이었지만 오노 여사는 그 속에서 참으로 많은 것을 볼 수 있었다. 별처럼 빛나는 새카만 눈동자 속에는 아이가 살아온 지난 7년 동안의 이야기들이 빠짐없이 담겨 있었다.

일정한 간격을 두고 쿵, 쿵 하는 소리가 들려왔다. 그 소리는 오노 여사에게 세상에서 가장 깊고 아늑한 평화를 맛보게 했다.

엄마 뱃속에서 아키코의 심장이 뛰는 소리였다. 그다음엔 울음소리… 세상에 나온 아키코의 첫 울음소리였다. 지금까지 그보다 더 감동적인 울음소리를 들어본 적이 있을까? 오노 여사는 눈물을 흘렸다. 곧바로, 솜털처럼 가볍고 부드러운 무엇인가가 가슴에 안겨 왔다. 출산 후 처음 안은 아키코… 오노 여사의 기억 속에서 그동안 가져왔던 모든 느낌이 떨어져 나가고 이제 오직 이 감촉만이 모든 것인 양 느껴졌다. 그리고 그 짧은 순간의 지극한 유대감을 통해 지금까지 살아오면서 한 번도 경험해 보지 못한 충만한 행복을 맛보았다. 까르륵대는 소리가 들려왔다. 저 멀리 푸를 대로 푸른 삼나무 숲을 배경으로 아키코가 뛰어왔다. 품 안으로 달려드는 아이에게서 향긋한 봄 냄새가 풍겼다. 그 신비한 냄새에 취해 있는 동안 이번에는 아빠 뒤에 숨었던 아이가 다리 사이로 얼굴을 내밀고 혀를 내밀며 오노 여사를 희롱했다. 오노 여사는 짐짓 화가 난 표정을 지었지만, 곧 웃음을 감추지 못하고 아이 곁으로 달려갔다. 그런데, 구름 위를 걷는 듯 발걸음이 자꾸 허공을 내딛기 시작했다. 오노 여사는 아무리 달려도 가까워지지 않는 아이를 품에 안으려고 안간힘을 썼다.

12

툭, 툭!

누군가 창문을 두드리는 소리에 눈을 떴다. 탈진한 상태로 침대에 얼굴을 묻고 있던 아키코는 자신도 모르게 힘이 솟아났고, 그 힘에 의지해 고개를 돌려 유리창 쪽을 살폈다.

툭, 툭!

"……?"

침침한 눈을 비비며 소리가 나는 곳으로 온 신경을 모았다. 어둠이 내린 창문은 칠흑처럼 캄캄했고 이따금 눈발들이 유리창에 부딪히면서 창턱에다가 엉덩방아를 찧고 있었다. 그러나 그뿐, 소리는 더 들리지 않았다. 아니, 그쳤나 싶었을 때 다시 그 소리가 맹렬하게 들려왔다.

툭, 툭, 툭, 툭!

그리고 마침내 소리의 정체가 드러났다.

"너였어? 웬일이야!"

아키코의 입에서 탄성이 흘러나왔다. 소리를 낸 것은 어린 종달새였다. 한 번도 만난 적 없지만, 아키코는 너무나 잘 알고 있었다. 엄마가 늘 읽어주는 동화책 속의 그 종달새였기 때문이다.

"이렇게 추운데 여긴 어쩐 일이야?"

아키코의 입에서 잔기침이 터져 나왔다.

"콜록, 아빠가 걱정하시잖아. 어서 돌아가."

그러면서 아키코는 침대에서 몸을 일으켰다. 그리고는 천천히 침대에서 내려왔다. 터져버릴 듯이 심장이 저렸으나 발걸음은 자신도 모르게 창문으로 향하고 있었다. 아키코의 걱정에도 불구하고 종달새는 무언가 재촉하는 듯 계속해서 유리창을 쪼아댔다.

“무슨 일이야… 어? 아, 아빠?”

유리창 밖을 살피던 아키코는 놀라운 광경을 발견하고 낮게 부르짖었다.

“아빠!”

아빠였다.

“아빠!”

아빠가 유리창 밖 정원의 나뭇가지에 걸터앉아 아키코를 향해 손을 흔들어 보이며 환하게 웃고 있었다.

“……!”

아키코의 마음이 바빠졌다. 어서 아빠에게 달려가야지 하고 돌아서다 말고 다시 한번 아빠를 확인했다. 틀림없이 아빠였다. 너무 기쁜 나머지 가슴이 두근거리고 얼굴이 달아올랐다. 계단을 밟는 발소리가 들려왔다. 아키코는 기쁨을 참지 못하고 소리를 질렀다.

“엄마, 아빠가 오셨어! 아빠…”

아키코 침대에 엎드려 깜빡 잠이 들었던 오노 여사가 퍼뜩 정신을 차렸다.

“아키코!”

무언가 싸늘한 것이 심장을 찔렀다.

“아키코!”

그것은 시립병원 영안실에서 하얀 시트를 젖히고 남편의 주검을 확인하던 순간에 받았던 바로 그 느낌과 같은 것이었다. 힘이 빠졌다. 안간힘을 다해 지탱하려고 애를 썼지만 저항할 수 없는 어떤 힘으로 인해 온몸이 무너져 내리는 것을 막을 수 없었다. 애써 정신을 가다듬은 오노 여사는 마침내 앞에 있는 소중한 것을 품에 안았다.

"안 돼, 아키코! 이러면 안 돼!"

아키코의 새카만 눈은 창문을 향하고 있었다. 실핏줄이 그대로 드러나 보이는 아키코의 가는 손가락이 그 창문을 가리키고 있었고, 누군가를 껴안으려는 듯 여윈 어깨가 창문 쪽을 향해 조금 들려 있었다. 입가에 꽃 같은 미소를 머금고 있어 마치 행복한 꿈을 꾸는 것 같았다. 하지만 오노 여사의 입에서는 비명 같은 신음이 터져 나왔다.

"아키코!"

마지막 길을 떠나는 아키코를 품에 안고 있는 동안 오노 여사는 자기 몸에서 무언가 빠져나가는 것을 느꼈다. 한 번 빠져나간 그것은 이제 삶이 다하는 그날까지 다시는 채울 수 없는 것이었다. 남편의 죽음을 통해 그 사실을 너무나 잘 알고 있는 오노 여사는 다시 한번 끝없는 절망의 나락으로 빠져들면서 비탄에 찬 오열을 토해냈다.

/ 가족 /

1

아키코의 장례를 치르고 일주일쯤 지났을 때였다. 아키코의 침대에 걸터앉아 멍하니 유리창 밖을 내다보다가 나뭇가지에 걸려 있는 풍선을 발견했다. 풍선에는 사람의 얼굴이 그려져 있고 자그마한 꼬리표가 붙어 있었다. 나뭇가지에서 풍선을 내려 자세히 살펴보던 오노 여사는 곧 아키코가 마지막 순간에 그 풍선을 발견했다는 사실을 깨달았다. 기쁨에 차 있던 눈동자, 유리창 밖을 가리키던 손가락과 일어나기라도 하려는 듯 살짝 들려 있던 어깨… 마지막 순간에 아키코는 나뭇가지에 걸려 있는 풍선을 보았고, 아빠가 돌아왔다고 생각하면서 행복하게 눈을 감은 것이리라.

"아아, 아키코!"

오노 여사는 풍선을 보듬어 안고 눈물을 흘렸다. 그 눈물은 폐와 심장을 돌아 나오는 것이었다. 적막한 곳, 중력이 사라진 미지의 공간에 홀로 버려졌지만 오노 여사는 오랫동안 아무 노력도 하지 않은 채 자기 몸을 공중에 놓아두었다.

2

풍선은 놀랍게도 바다 건너 멀리 한국에서 날아온 것이었다. 오노 여사는 곧 한국어를 할 줄 아는 동료를 통해 그 사실을 알게 되었다. 자그마한 풍선이 바다를 건너 예까지 날아오다니… 기적이라고밖에 할 수 없는 일이었다.

교통사고를 당한 아빠의 죽음을 모르는 채 간절히 기다리다 너무 일찍 세상을 떠나 버린 가엾은 아키코와 멀리 바다를 건너와 기적을 가져다준 풍선에 관한 얘기는 입에서 입으로 전해졌고, 방송을 통해 전국으로 퍼져나가면서 많은 이들의 마음을 안타깝게 했다.

풍선의 기적은 거기서 끝나지 않았다. 딸을 잃은 아픔을 억누르며 오노 여사는 풍선을 날린 주인공을 찾아 한국 방문에 나섰다. 딸아이의 마지막 순간을 지켜준 풍선의 주인공을 찾아 작은 사례라도 하고 싶었기 때문이다.

그녀의 방한은 한국에서도 큰 뉴스가 되었다. 너무 짧게 세상에 왔다 간 아키코와 바다를 건너가 그 아이에게 기적을 가져다준 풍선 이야기, 그리고 풍선에 매달아 보낸 편지의 내용이 널리 알려졌고, 마침내 그 편지의 주인공도 밝혀졌다.

중간에 나서서 역할을 한 사람은 다름 아닌 가브리엘라 수녀님이었다.

“하늘이는 두 살 때 교통사고로 부모를 잃었답니다. 늘 하늘이가 좋은 아빠 엄마를 만날 수 있게 해달라고 기도를 올렸지요. 아주 어렸을 때는 상처가 될까 봐 아빠 엄마가 멀리 외국에 계시고, 곧 데리러 올 것이라고 했습니다. 하지만 어느 정도 철이 들면서부터 하늘이는 제 거짓말을 눈치챈 듯했습니다. 내색하지는 않았지만 말입니다. 지난해… 마침내 미국에 있는 한국인 부부가 하늘이를 맡겠다고 나섰습니다. 그런데 갑자기 그들 부부에게 문제가 생겼지요. 얼마나 실망했던지! 하늘이는 효심이 지극하고 속이 깊고 꿋꿋한 아입니다.”

“그렇다면… 수녀님, 부족하다는 건 알지만 제가 하늘이의 엄마가 될 수는 없을까요? 물론, 할머니도 함께 모시고 가겠습니다.”

“오 주님! 성모께서 늘 저희와 함께하십니다.”

가브리엘라 수녀님과 오노 여사는 손을 마주 잡고 뜨거운 눈물을 흘렸다.

3

“아이들이 자꾸 놀려. 내 이름이 이상하대. 내가 보기엔 자기네들이 더 이상한데 말이야.”

언덕 위 삼나무 숲을 건너온 바람이 머리카락을 부드럽게 어루만져 주었다. 어머니가 저녁 준비를 하는 동안 정원 벤치에 앉아 노을이 들기 시작한 하늘을 바라보면서 할머니에게 투정을 부렸다.

"네 어머니가 새 이름을 지어준다고 했으니 그때까지만 참도록 해라."

"싫어. 일본 이름은 이상해."

"그래도 어쩌겠니? 게다가, 한국 이름을 버리라는 것도 아니잖니?"

하늘이의 소원은 마침내 이루어졌다. 오랫동안 참고 기다리던 어머니를 만났고 가족이 함께 살게 된 것이다. 일 년쯤 전에 아버지가 돌아가시고 그 뒤를 따라 어린 여동생이 세상을 떠난 것이 가슴 아팠지만, 할머니와 함께 살 수 있게 된 것은 매우 다행한 일이었다. 할머니와 어머니, 그리고 하늘이… 세 식구는 결코 헤어지는 일 없이 행복한 가정을 꾸려나가기로 약속했다.

한 가지 아쉬운 일이 있다면 새침데기 토토와 아직 사귀지를 못했다는 것이다. 가족이 된 지 벌써 두 달이 되었는데 토토는 여전히 경계심을 풀지 않았다. 관심이 전혀 없지는 않은 듯 주위를 빙빙 돌면서도 어쩌다 안아보려고 하면 기겁하며 멀찌감치 내빼버리곤 했다.

"호호, 너무 서두르지 마라. 워낙 겁이 많아서 저러는 거란다. 네 동생 아키코도 한동안은 안달했었지. 처음 토토를 품에 안던 날 얼마나 좋아했던지…"

아직 다는 아니지만, 하늘이는 입가의 미소와 눈빛만으로 어머니가 무슨 말을 하는지 알아들었다.

가끔 한국에서 단별이의 편지가 날아왔다. 하늘이는 단별이 편지를 읽을 때가 가장 즐거웠다. 답장을 쓸 때면 공연이 얼굴이 달아오르고 가슴이 콩닥거리곤 했는데, 그 이유는 알 수 없었다. 하지만 나중에 꼭 다시 만나게 되리라는 것만은 알고 있었다. 그래서 항상 편지 끝을 이렇게 맺었다.

오늘 얘기는 여기까지야. 그럼, 다음에 만날 때까지 안녕.

※

옥수수빵 이야기

어린이용 에디션의 제목은 '사과나무 아래서'입니다.

1

동네 판잣집의 숫자는 점점 늘어가기만 할 뿐 줄어들 기색이 보이지 않았다. 기철이네가 산 61번지로 이사를 온 지도 벌써 1년이 넘어가고 있었다. 산 61번지… 사람들은 이 동네를 그렇게 불렀다. 학교에서 아이들을 부를 때도 그랬다. 61번지 아이들…

학교에는 크게 세 패거리의 아이들이 있었다. 61번지 아이들, 공군주택 아이들, 그리고 시장통 아이들… 이 세 패거리에 들지 못한 아이들도 있다. 산 61번지에 살지도 않고, 공군주택에 살지도 않고, 시장통에 살지도 않는 아이들이었다. 그런 아이들은 언제나 숨을 죽여야 했다. 걸핏하면 이쪽저쪽 패거리한테 걸려들어 얻어맞기 일쑤였기 때문이다.

주먹으로 치면 세 패거리 중에서 61번지 아이들이 으뜸이었다. 하지만 시장통 아이들은 항상 먹을 것을 차고 다녔고, 공군주택 아이들 뒤에는 선생님들이 버티고 있었기 때문에 이런저런 이유로 해서 평화협정은 잘 지켜지고 있었다. 하지만 공을 차거나 기마전이 붙을 때, 딱지치기나 구슬치기, 자치기나 비석치기를 할 때는 명백하게 패가 갈렸고, 다들 사력을 다했다. 여자

아이들이라고 해서 다르지 않았다. 패가 갈린 응원은 경기보다 더 치열했다.

학교는 한강을 끼고 난 큰길 바로 너머에 있는데 학교에서 볼 때 가장 가까운 곳이 시장통이고, 그다음이 공군주택, 그리고 맨 윗동네가 산 61번지다. 그다음? 그다음엔 돌로 쌓은 나지막한 산성이 있고, 그 너머가 바로 국립묘지로 곤봉을 쥔 사내들이 버티고 있다. 산성을 넘나드는 아이들에게 공포의 대상인 헌병들이다.

"이야!"

처음 이사를 왔을 때 멀리 한강이 내려다보이고, 밤이면 더 멀리 시내 불빛들이 반짝반짝 빛을 내는 모습을 건너다볼 수 있었기 때문에 기철이는 신이 났다. 전에 살던 곳은 지대가 낮은 데다가 지붕들이 너무 가깝게 닿아 있어서 강은 물론 하늘조차 제대로 볼 수가 없었기 때문이다.

"녀석… 그리 좋으냐?"

수심이 가득한 엄마 얼굴에 언뜻 미소가 떠올랐다.

"바보, 이 산꼭대기까지 와서 판잣집 셋방살이하는 게 뭐 그리 좋다고…"

기철이보다 열세 살이나 많은 기숙이 누나가 이삿짐을 정리하다 말고 어이가 없다는 듯 눈을 흘겼다.

"기숙아!"

"몰라! 창피하단 말이야!"

"엄마! 저기… 배 지나가요!"

"조용히 못 하겠니?"

기숙이 누나가 갑자기 소리를 빽 지르는 바람에 기철이는 질겁하고 마당으로 내뺐다. '메롱!' 하고 혀를 쏙 내밀면서.

"저 녀석이!"

기숙이 누나가 빗자루를 들고 일어섰고, 기철이는 우당탕 양철 대문을 밀치고 집 밖으로 내달렸다.

"너 이리 와!"

"……?"

"이사 왔지?"

"……."

"똥강아지 같은 새끼! 왜 말이 없어? 몇 학년이야?"

"3학년인데요?"

"누나도 있던데, 누나 몇 살이야?"

"모르겠는데요?"

"이 자식이?"

"……."

"어라? 이놈 참 웃기네? 어디 눈 똑바로 뜨고 있어? 얘들아, 이놈 좀 봐라. 쬐그만 놈이 되게 웃기네? 너 내가 누군지 알아?"

"오야, 맞아야 할 것 같은데요?"

"……!"

후려칠 듯한 기세에 놀라 기철이는 두어 걸음 물러서면서 얼굴을 가렸다.

"히히, 오야. 막는데요?"

"히히히. 쓸 만하겠는데? 저 눈빛 좀 보세요."

가슴이 뛰고 열이 치밀어 올랐다. 그런 기철이를 향해 '오야'가 목발을 짚은 채 한 발자국 더 다가서며 손바닥을 치켜세웠다.

"자식, 쥐방울만 한 게 어디서…"

바로 그때였다. 공터 저쪽에 기숙이 누나가 나타났다. 기철이는 더 생각할 것 없이 발길로 오야의 성한 쪽 정강이를 힘껏 걷어찼다. 그리고는 오야가 짚고 있던 목발을 손으로 힘껏 밀어 무너뜨린 뒤 누나를 향해 냅다 뛰기 시작했다.

"어!"

방심하다 불의의 일격을 당한 오야가 뒤뚱거리다가 중심을 잃고 자리에 주저앉았다.

"다리 병… 신, 팔 병… 신!"

다리를 절뚝거리면서 오야와 오야의 두 부하가 쫓아오고 있었지만 달리기라면 자신이 있었다.

"뭐야? 무슨 일이야?"

기철이는 대답 대신 누나의 팔목을 잡아끌고 집으로 내달았다. 뒤쫓아 오는 오야 일행을 보고 짐작이 가는 듯 누나의 발걸음도 점차 빨라졌다.

2

“난 석만이야. 황석만. 4학년이고.”

“난… 이, 기, 철. 형이라고 불러야 해?”

“몇 학년인데?”

“3학년.”

“꿇었니?”

“아니.”

“그럼… 에이, 맘대로 해.”

“알았어.”

“…….”

“석만아.”

이렇게 해서 기철이는 한 살 더 많은 주인집 아들 석만이와 친구가 되었다.

학교는 전 학년이 3부제 수업을 했다. 교실 하나를 세 반이 번갈아 가면서 사용하는 것이다. 3학년은 모두 열여덟 개 학급이 있고 기철이는 그중에서 16반이었다. 그러니까 3학년 16반, 17반, 18반이 아침반, 점심반, 저녁반으로 나누어 한 교실을 사용하는 것이다.

이번 주에 기철이는 석만이와 함께 저녁반이 되었다. 그동안 혼자 다니느라 심심했던 터라 신이 났다.

“가방 들어 주기 할까?”

"좋아! 몇 걸음?"

"백 걸음."

가위바위보!

기철이가 이겼다.

한 걸음, 두 걸음, 세 걸음… 백 걸음.

가위바위보!

이번엔 석만이가 이겼다.

"칫!"

기철이는 길바닥에 침을 퉤 뱉었다. 한 걸음, 두 걸음, 세 걸음… 아흔여덟 백!

"빼 먹었어, 한 걸음."

"아니야."

"빼먹었어."

"아니라니까!"

기철이가 억지를 쓰니 방법이 없다.

가위바위보!

또 기철의 패배.

"아휴!"

기철이는 분해서 발을 굴렀다. 한 걸음, 두 걸음, 여섯 걸음… 아흔다섯 백!

기가 막혀 기철이를 뻔히 쳐다보지만 그래 봐야 소용없다.

"자 빨리! 가위 바위… 왜?"

"안 해."

"왜?"

"안 해!"

"헤헤, 비겁하긴…"

"천만에!"

"그럼 해!"

"좋아!"

가위바위보!

"야호!"

이번엔 기철이의 승리. 한 걸음 두 걸음 세 걸음… 아흔아홉 걸음, 백 걸음.

"안 돼! 한 걸음 빼먹었어!"

"아니야. 정확히 셌어."

"한 걸음 빼먹었어!"

"어휴!"

석만이는 할 수 없이 한 걸음 더 걸었다.

"여러분, 잠깐 선생님 말씀 들으세요. 거기 수정이는 자리에서 일어서고…"

아이들의 시선이 수정이에게 모였다. 아이들을 둘러보면서 선생님이 물었다.

"수정이가 몸이 아파서 지난 일주일 동안 결석했지요?"

"네~ 선생님!"

장난기가 잔뜩 묻어나는 목소리로 아이들이 일제히 대답했다. 단발머리 여선생님은 순간적으로 안경 너머 눈꼬리를 치켜떴지만, 회초리로 교탁을 한 번 '탁' 치고는 다시 말을 이었다.

"결석하면서도 꼬박꼬박 숙제를 다 했어요. 친구들한테 물어서 하루도 빼지 않고 말이에요. 본받아야 하겠죠?"

"네~ 선생님!"

탁! 선생님의 회초리가 쌩하고 바람을 가르면서 다시 한번 교탁을 후려쳤고, 이번엔 모두 가슴을 찔끔했다.

"자, 박수!"

짝 짝 짝!

공군주택 아이 수정이는 공부도 잘하지만 정말 예뻤다. 마치 봄나들이를 나온 노랑나비처럼. 힐끔, 남몰래 수정이를 훔쳐보면서 기철이는 그렇게 생각했다.

"자, 그럼 빵 가져오세요."

와!

우당탕!

교실 안이 떠들썩해지자 딴생각하던 기철이는 퍼뜩 정신을 차렸다. 온종일 고대하던 바로 그 시간이었기 때문이다. 선생님은 배급 나온 옥수수빵을 일일이 네 조각으로 잘라서 순서대로 하나씩 나누어주었다. 1인당 하나씩 돌아가기에는 한 반에 배정되는 빵의 숫자가 적어서 네 조각으로 나누는 것이다. 그런데 오늘도 서너 조각이 남았다. 결석한 학생들이 있기 때문이다.

"자, 이건 상이에요. 김수정, 앞으로!"

사뿐사뿐 수정이가 교탁 앞으로 걸어 나갔다.

"박수!"

선생님의 지시에 따라 아이들이 열렬하게 박수를 보냈고, 남은 빵 조각들을 받아든 수정이가 꾸벅 절했다.

3

마루에서 굴러떨어졌는데 웬일인지 하나도 아프지 않았다. 기숙이 누나가 먼저 기어 나오고 머리에 손을 얹은 채 비틀거리면서 엄마가 나왔다.

"기… 기철아!"

엄마가 더듬더듬 기철이를 찾았다. 그리고는 손목을 잡아끌고 펌프 옆으로 가서 머리에 찬물을 한 바가지 끼얹은 다음 다시 비틀거리며 부엌으로 가서 소다를 한 움큼 집어다 기철이 입에 넣어 주고는 등을 두드렸다.

욱!

속에서 시큼한 것이 올라왔다.

"괜찮니?"

몇 차례 토하고 나니 정신이 좀 드는 것 같았다.

"끙!"

"기숙아!"

이번엔 마루 끝에 엎드려 있는 기숙이 누나를 부축해 펌프 옆으로 데려왔다.

욱!

"무슨 일이우?"

어수선한 소리에 잠이 깬 석만이 엄마가 놀라 뛰어나왔다.

"에그! 연탄가스 맡았구먼!"

초점이 흐려진 눈으로 몇 차례 고개를 끄덕이더니 엄마도 마침내 기철이 옆에 쓰러지고 말았다.

벌써 몇 달째 우체부가 오지 않았다. 엄마는 한숨이 잦아지고 기숙이 누나는 웬일인지 며칠째 외출하지 않았다. 엄마야 늘 한숨을 쉬지만, 밖으로 나돌기 좋아하는 기숙이 누나가 방구석에서 꼼짝도 하지 않는 건 정말이지 이상한 일이었다.

"엄마…"

꿰매던 양말을 내려놓고 엄마가 또 한숨을 길게 내쉬었다.

"누나…"

"……."

아랫목에 웅크리고 앉은 누나는 들은 척도 하지 않았다.

"……?"

이럴 땐 나가 노는 것이 상책이다. 누나한테 트집이 잡혀 알밤이라도 한 대 얻어맞기 전에 말이다.

기철이는 오늘 아침반이라서 집에 일찍 왔지만 석만이는 점심반이라서 아직 학교에 있었다. 혼자 터덜터덜 공터로 내려가는데 비석치기를 하는 아침반 아이들 옆에 오야와 부하들이 쪼그리고 앉아 저희끼리 무언가 숙덕거리고 있었다. 기철이는 공터 한쪽 쓰레기장 옆에 재빨리 몸을 숨겼다. 오야 패거리가 지키고 있으니 집에 가서 석만이나 기다리는 게 나을 것 같다는 생각이 들었다.

"싫어, 또 얻어먹으러 가란 말이야? 싫어! 굶어 죽더라도 집에서 죽을 거야!"

"그럼 어쩌겠니. 방학도 아닌데 기철이를 내려보낼 수도 없고…"

"외할머니 외할아버지만 계실 때도 그랬는데 외삼촌 외숙모, 어린 조카까지 있는 집에 가서 어쩌란 말이야!"

"그러니까 한 두어 달만…"

"몰라! 학원도 다녀야 하고… 아니, 학원이 아니래도 그렇지!"

"참! 학원… 석 달 치 내지 않았니? 월사금 말이다. 두 달밖에 안 됐으니 한 달 치 돌려달라고 하면 안 될까? 나중에 다시 다니고…"

"엄마! 지금 그걸 말이라고 하는 거야?"

"네가 말하기 뭣하면 내가 가서 사정해 보마."

"안 돼! 그거 벌려고 창피한 거 무릅쓰고 명숙이네 편물공장에서 몇 달을 고생했는데… 안 돼!"

"기숙아…!"

"글쎄 안 된다니까!"

기숙이 누나가 버틸 수 있는 상황이 아니었다. 먼 곳에 가 계신 아버지가 매달 우편으로 돈을 부쳐 주시는데 몇 달째 소식이 없었기 때문이다. 얼굴을 본 지도 벌써 반년이 넘었다. 마지막으로 본 것이 2학년 끝나갈 무렵이었으니까.

기숙이 누나는 결국 시골 외할머니댁으로 내려갔고, 엄마는 기어이 기숙이 누나가 다니던 양재학원에 가서 한 달 치 월사금을 찾아오셨다. 하지만, 그 돈으로 급한 불을 끄고 입 하나를 줄였다고 해서 문제가 해결되지는 않았다. 우체부는 여전히 오지 않고 엄마의 한숨은 날로 깊어 갔다.

'혹시… 아빠가 도망간 게 아닐까?'

기철이는 은근히 걱정되었다. 그렇다고 엄마한테 물어보기도 좀 그랬다.

"……."

"계화네 좀 다녀오련?"

"……."

"기철아!"

계화네는 산 61번지로 이사 오기 전에 살았던 동네에 있는 식품 가게로 계화는 그 가게 주인 할아버지의 손녀 이름이었다. 산동네 아래 공군주택을 지나서 한참을 더 가야 하는 먼 곳임에도 불구하고 엄마는 이사를 온 뒤에도 줄곧 계화네 가게에서 식료품을 구매하셨다. 가까운 곳에도 가게가 있지만 거기선 외상을 할 수가 없었기 때문이다. 기철이는 엄마가 건네주는 손바닥만 한 장부책을 바지춤에 찔러 넣으며 슬쩍 엄마 얼굴을 살폈다.

'도망간 것 같지는 않고…….'

"잘 들어라. 이건 계화 할아버지께 전해 드리고… 밀가루 한 되, 감자 다섯 개, 파 한 단…"

"……."

"알아들어?"

"응."

"뭐라고?"

"이거 할아버지 드리고, 밀가루 한 되, 감자… 다섯 개하고 파 한 단."

"옳지. 자, 손에 꼭 쥐고… 절대 펴보면 안 된다. 알았지?"

"응."

"적어 줄까? 잊어먹지 않겠어?"

"밀가루 한 되, 감자 다섯 개하고 파 한 단."

"어서 다녀오너라."

4

학교에 다녀오니 기식이 형이 와 있었다. 중학교에 다니는 형은 시내 사립초등학교 6학년인 원호네 집에서 먹고 자면서 가정교사 노릇을 하고 있다.

"기철아!"

"……."

모처럼 만난 형인데 서먹했다.

"짜아식, 그새 또 키가 컸네?"

"녀석… 형한테 인사해야지."

"……."

"자, 선물이다!"

형이 국방색 책가방 안에서 책 한 권을 꺼내 들이밀 때도 선뜻 손이 나가지 않았다.

"아라비안나이트야. 들어 봤니?"

여기저기 찢어진 책장을 창호지로 바른 것으로 보아 헌책방에서 산 듯했다.

"네가 무슨 돈이 있다고…"

엄마는 손님을 대하듯이 장남인 형의 일거수일투족에 신경을 썼다.

"한 달 동안 집에 와 있기로 했다. 원호네 집에 외국에 살던 친척이 와서 당분간 방을 내주기로 했다고 하는구나. 기철이, 좋지? 형하고 함께 지내게 돼서?"

"네 엄마, 그리고 형아… 반가워."

불쑥 악수를 청하는 기철이 손을 잡는 기식이 형의 입가에 구름처럼 미소가 퍼졌다.

"짜아식… 짜아식!"

하지만, 그런 형제를 바라보는 엄마의 표정은 밝지 않았다.

그날 저녁, 엄마는 모처럼 밥을 지으셨고 밥상 위에는 꽁치가 올랐다. 며칠째 칼국수와 수제비만 먹은 기철이는 신이 났다.

"난 생선 안 좋아하는데…"

기식이 형이 가시를 발라서 기철이 밥 위에 자꾸 올려주었다. 정신없이 먹어 치우는 기철이에게 엄마가 눈치를 주었으나 기철이는 알지 못했다.

"형!"

"……."

"전차 타봤어?"

"그럼 타봤지."

"많이?"

"그럼, 매일 학교에 가야 하니까…"

"야!"

"왜? 타보고 싶니?"

"응."

"태워줄게."

"정말?"

"일요일."

"이야!"

"짜아식."

"꼭이다?"

"그래."

나란히 누워 얘기를 나누는 형제들 옆에 쪼그리고 앉아 바느질하고 계시던 엄마가 간섭하고 나섰다.

"전차표 아껴야지. 쓸데없이…"

"괜찮아요. 많이 남았어요, 전차표."

"너… 걸어 다니는 거 아니니?"

"아니에요."

"말 안 해도 알겠다. 하지만 학교 공부 따라가느라, 원호 가르치느라 바쁘잖니? 내년엔 고등학교 시험도 쳐야 하고… 공연한 데서 돈 아낄 생각 하지 말고 그 시간에 한 자라도 더 익히도록 해."

"알고 있어요. 걱정하지 마세요, 엄마."

"그래, 원호는 성적이 좀 올랐더냐? 먹여주고 재워주고 학비에 전차표까지 대주는데…"

"워낙 꾀를 부려서요. 원호 어머니도 잘 알기 때문에 큰 기대는 안 하시는 것 같아요. 일류 중학은 진즉에 포기했고 그저 어디든 합격만 시켜 달래요."

"말은 그래도 어디 그렇겠니? 부모 맘은 다 같은 거란다."

"알아요."

"일찍 자라. 새벽에 나가야 하잖니."

"네… 그나저나 우리 기철이야말로 공부 잘해야 하는데… 기철아… 어, 벌써 자네?"

"녀석…"

저녁 무렵 원호가 공부하러 왔다. 외국에서 온 원호 친척이 집을 구할 동안 집에서 가르치기로 한 것이다. 그런데 하나뿐인 방은 네 명이 앉아 있기엔 너무 비좁았다. 그래서 기식이 형이 가르치는 동안 기철이와 엄마는 자리를 비켜줘야 했다. 그럴 때면 집 앞 언덕에 나가 앉아 별구경을 했다.

"엄마, 별들이 꼭 머리 위로 떨어질 것 같지?"

산 61번지에 뜨는 별은 매우 낮고 밝았다.

"그렇구나. 별이… 참 많기도 하구나."

"엄마…"

"……."

"엄마…"

"왜?"

"아빠 말인데… 도망간 거 아니지?"

"녀석… 왜? 보고 싶니?"

"아니…"

"안 보고 싶어?"

"돈도 부쳐 주지 않잖아."

"……."

"수제비 먹기 싫단 말이야. 형 있을 때만 밥 먹고 형 가면 또 수제비 먹을 거지? 다 알아. 아빠가 돈을 부쳐 주지 않기 때문이야."

"못써, 그런 소리… 객지에서 얼마나 고생하시는데… 아빠는 가족밖에 모르는 분이야."

"그럼 뭐해. 매일 수제비만 먹는걸! 고구마과자도 사 먹고, 다른 애들처럼 달고나도 하고 싶단 말이야."

"……."

"엄마… 다음번에 계화네 갈 때 고구마과자 좀 사 먹으면 안 돼? 5원, 아니 1원어치만…"

엄마는 대답 없이 한숨만 길게 내쉬었다.

5

"야! 집들이 막 떠내려가네?"

전차 안 여기저기서 웃음이 터져 나왔다.

"형, 저것 좀 봐! 이야, 굉장히 높다! 3층, 4층, 5층… 7층이지? 맞지? 이야!"

교복과 교모를 단정하게 차려입은 기식이 형은 즐거워하는 기철이 손을 꼭 잡고 싱글벙글했다.

"짜아식. 재밌니?"

"응. 형아."

"다음에 내리자."

"벌써?"

"그래. 집에 갈 때 또 타면 되잖아. 내려서 맛있는 거 사 줄게."

시내 구경을 처음 하는 기철이에게는 모든 것이 놀랍고 신기했다.

"저게 서울역이야. 처음 보지?"

"응."

"방방곡곡 안 가는 데가 없어. 봐, 기차… 많지?"

"응."

"저쪽으로 조금 더 가면 남대문이 있어. 봐, 저쪽… 보이지?"

"응."

"국보 1호 남대문, 알지?"

"응."

"보물 1호는?"

"보물?"

"짜아식, 남대문은 국보 1호, 동대문은 보물 1호… 몰라?"

"알아. 보물 1호 동대문."

"짜아식!"

"형아."

"왜?"

"배고픈데?"

"짜아식, 알았어. 빨리 가자. 저기… 남산 가는 길이야. 남산 알지? 집에서 보이잖아."

"이야! 여기가 거기야?"

"그래. 조금만 올라가면 돼. 올라가서 먹자."

숨이 턱까지 차는데도 기분은 더없이 좋았다. 남산 위에서 바라본 서울은 정말 크고 넓었다. 이야, 이야 하고 감탄을 연발하는 기철이에게 정색하며 기식이 형이 말했다.

"잘 봐둬. 저게 서울이야. 그리고 저기… 저 산꼭대기 어딘가가 지금 우리가 세 들어 사는 집이고…"

"……?"

기철이는 형이 심각한 이유를 알지 못했다.

"기철아, 우리 아빤 광부야. 우린 가난한 광부의 아들이고… 기숙이 누나는 공부를 잘했지만 나 때문에 중학교에 진학 못 하고 명숙이 누나네 편물공장에 취직했어. 두 사람을 가르치기엔 살림이 어려워서 여자인 누나가 양보했던 거지. 공부하던 책을 찢어발기면서 울고불고 난리가 났었어."

"……."

"엄마 아빠… 두 분은 평생 한집에 살아보지 못했어. 아버지 직장 때문에 두 집 살림을 해야 했거든. 아버지 따라 가족들 모두 산속에 들어가 살 순 없는 일이잖니? 우리 학교 문제도 있고 말이야."

"알아, 형. 그래서 엄마가 매일 우체부 아저씨를 기다리는 거지? 아빠가 돈을 부쳐 주시잖아."

"짜아식, 그런 건 아니고… 어쨌든 엄마 말 잘 들어야 해. 공부 열심히 하고, 속 썩이지 말고…"

"……."

"언젠가는 한집에 모여서 살게 될 날이 있을 거야. 쌀 걱정 학비 걱정 안 하면서 말이야. 꼭 그렇게 될 거야."

"형."

"왜…"

"배고파…"

"그래, 먹자. 자, 어디가 좋을까?"

저 아래 흘러가는 한강을 내려다보면서 도시락을 펼쳤다. 김밥 두 줄, 찐 달걀 두 개… 형은 배가 부르다며 김밥 한 줄을 반도 먹지 않고는 모두 기철이에게 주었다. 찐 달걀 두 개도 기철이 차지였다.

"마셔. 체하겠다."

형이 빈 도시락 뚜껑에 약수를 받아왔다.

"시원하지? 어때?"

"시원해."

"짜아식! 자, 잠시만 더 쉬었다가 내려가자."

"형."

"왜?"

"아까 맛있는 거 사 준다고 했지?"

시장통 찐빵 가게로 들어간 형이 잠시 후에 기철이를 불렀다.

"들어와."

주인아저씨가 사람 좋은 미소를 띠고 쟁반에 먹음직스러운 찐빵 두 개를 담아 내왔다.

"먹어."

호호 불면서 찐빵 두 개를 순식간에 먹어 치우는 기철이를 바라보면서 형은 짜아식, 짜아식 하며 미소를 지었다. 그런 형의 뱃속에서 아까부터 꼬르륵, 꼬르륵하는 소리가 나는 것을 기철이는 눈치채지 못했다.

"학생! 잠깐만…"

학생증 갈피에서 전차표 두 장을 꺼내 주인아저씨에게 건네주고 돌아서 나가려고 하는데 한쪽에서 밀가루를 반죽하여 찐빵과 만두를 빚고 있던 주인아줌마가 형제를 불러 세웠다.

"이거…"

아줌마는 찜통을 열고 주섬주섬 만두 몇 개를 챙기더니 봉투에 넣어 형 손에 들려주었다.

"만두 속이 터져서 팔 수가 있어야지…"

"……."

"배지를 보니 좋은 학교 다니네. 공부 잘하나 보지? 우리 아들 녀석도 올해가 시험인데…"

"고맙습니다."

봉투를 받아 들고 잠시 망설이다가 동생을 한 번 돌아본 다음 꾸벅 인사를 하고 돌아서는 형의 얼굴이 붉어졌다. 하지만, 아무것도 모르는 기철이는 집에 가는 동안 형이 건네준 봉투에서 벌써 몇 개째나 만두를 꺼내 먹으면서 투덜거렸다.

"에이, 만두보다는 찐빵이 더 맛있는데…"

6

동네에 털북숭이 사내가 있었다. 아이들은 사내를 '무법자'라고 불렀다. 권총도 두 자루나 된다는 소문이 들렸다. 아이들한테는 두려움의 대상이었다. 마을에 집을 짓다 만 공터가 있고 그 공터를 끼고 비탈길을 조금 내려가다 보면 외따로 떨어져서 양철 지붕을 인 움막이 한 채 있는데 무법자 털보는 그곳에 살았다. 무법자 털보는 공포의 대상이면서 아이들에게는 끊임없는 도전의 대상이기도 했다. 예컨대, 또래로부터 담력을 인정받길 원한다면 어떤 형태로든 무법자를 상대로 한 번쯤 아찔한 무용(武勇)을 펼쳐야 했다.

"물지게를 지고 올라오더라… 쇠다리 옆 큰 바위 있잖아, 그 위로 기어 올라갔지. 쿵, 쿵, 쿵 발소리도 정말 크더라. 가슴이 두근두근… 가까이서 보니 정말 되게 무섭데. 입술 위에 칼 맞은 자국이 있어. 그래서 수염을 깎지 않는 거야. 다시 쿵, 쿵, 쿵… 총은 차고 나오지 않은 것 같았어. 안심이 되더군. 뒤통수를 겨냥해서 새총을 당기는데 가슴이 두근두근… 쇠다리 중간쯤 지나갈 때 총알을 날렸어. 좀 멀긴 했는데 명중시켰어, 틀림없이. 근데 조용하더라고. 이상하다…? 고개 팍 숙이고 있는데, 갑자기 쿵쿵쿵쿵! 고개를 들어보니 벌써 코앞에 와 있더라고…"

대부분의 무용담은 '죽어라 뛰는' 것으로 끝이 났다.

어떨 때는 단체로 몰려가 싸움을 청하기도 했다. 나지막한 양철 지붕 위에다 새총을 쏘고 돌을 집어 던지며 함성을 질렀다.

무법자 나와라!

빵, 빵!

털보 나와라!

피융, 피융!

대개는 반응이 없었지만 가끔은 무례한 침입자들을 향해 무섭게 달려들기도 했다.

"꼼짝 마라 이놈들! 도망가면 쏜다. 탕, 탕!"

아이들은 질겁하며 수풀 속으로 뛰어들었고, 며칠 동안은 털보네 근처에 얼씬거리지 않았다.

"정말이야?"

"싫으면 관두고."

"얼마나 준대?"

"500원은 될걸."

"500원?"

"500원."

"정말이지?"

"혼자서도 충분하니까 겁나면 빠지던지…"

500원이라는 말에 흔들리고 있는 게 분명했다. 기철이는 짐짓 딴청을 피우며 석만이의 눈치를 살폈다.

"…알았어."

"하는 거다?"

"응."

"좋아! 그럼 본부부터 짓자."

"본부?"

"그래 본부. 본부가 있어야 할 것 아냐 작전을 하려면."

"그냥 몰래 가서 들고나오면 되잖아?"

"이런! 권총을 아무 데나 두겠니? 또, 무작정 들어갔다가 걸리기라도 하면 어쩌고?"

"하긴… 정말 할 거야?"

"왜? 겁나?"

"아니… 그런 건 아니고… 정말 포상금 준대? 순경한테 정말 물어본 거야?"

"그럼! 삐라 한 장에 얼만데… 이건 총이라고!"

"물어봤어?"

"못 믿는 거야?"

"아니."

"자, 빨리 가자!"

기철이는 저 아래 무법자 털보네 집 양철 지붕이 내려다보이는 언덕으로 석만이를 끌고 갔다. 위쪽 국립묘지 돌담을 타고 넘어온 아카시아 향기가 달콤하게 코끝을 스치고 있었다.

"빨리! 뭘 꾸물거리는 거야! 아니, 그쪽… 밖에서 보이잖아. 에이, 참!"

키 작은 나무줄기들을 서로 엮은 다음 그 안에 공간을 만들고 풀과 나뭇잎으로 위장을 하는 일은 손재주가 좋은 석만이가 맡았다. 기철이는 주변을 정찰하며 연신 잔소리를 늘어놓았다.

"됐어?"

한 사람 겨우 드나들 만한 나뭇가지 막사 입구로 얼굴을 내밀고 석만이가 물었다.

"에이! 나와 봐. 여기… 차라리 본부라고 써 붙이지? 지나가는 사람 다 알겠다. 나뭇가지 좀 꺾어 와… 저쪽에 좀 얹어 봐. 그렇지. 이제 좀 그럴듯하네. 한 번 들어가 볼까… 야, 좁은 거 아냐? 에이… 할 수 없지. 저쪽 나무 있지? 넌 거기 올라가 있어. 무법자가 나가면 안 보일 때까지 지켜보고 있다가 돌멩이를 던져서 신호해. 그럼 내가 들어갈게."

"정말 할 거야?"

"그럼, 돈이 얼만데? 걱정하지 마. 내가 털보네 집으로 들어간 다음 밖을 지켜보고 있다가 혹시라도 무법자가 돌아오는 기색이 있으면 지붕 위로 돌을 던져서 신호해. 그런 다음 어디서 만나는지 알지?"

"응. 저기… 두 번째 방공호…"

"됐어. 작전 개시!"

"기철아!"

"왜 또?"

"정말 총이 있을까?"

"찾아보면 알겠지."

"잡히면 맞아 죽을 텐데…"

"그러니까 망 잘 보란 거 아냐."

석만이를 나무 위로 올려보낸 다음 기철이는 본부 안으로 들어갔다. 그리고는 조그마한 구멍을 통해 희미하게 불빛이 새어 나오고 있는 털보네 집의 동정을 살폈다.

"……."

무법자 털보는 말이 없었다. 평소 누구와 얘기하는 걸 본 적도 없고, 행동도 매우 은밀해서 불쑥하고 나타났다가 성큼성큼 사라지곤 했다. 이런저런 추측이 무성했지만 아무도 그가 진짜로 무슨 일을 하는지는 몰랐다.

"돌아다니면서 길 잃은 애들을 꾀어다 팔아먹는다더라. 문둥이한테… 우리 엄마가 그러는데, 저기 2동에 쌍우물 있지? 그 밑에 기와집들 많잖아. 거기 어느 부잣집 애가 문둥인데 어린애를 먹어야 낳는데… 손톱 발톱 다 뽑은 다음에 큰 시루에 쪄서…"

"……!"

다들 진저리를 쳤다.

"어느 날 어떤 아줌마가 애를 잃어버렸거든. 여기저기 찾아다니는데 어디선가 가느다란 애기 울음소리가 들리더라는 거야. 울음소리를 따라가 보니 큰 기와집 뒤뜰인데, 장독대에 커다란 항아리들이 있고… 뚜껑을 열어보니까 벌써 손톱 발톱 다 뽑힌 채…"

"정말?"

"우리 엄마가 그러더라."

"거짓말!"

"정말이래두!"

"그게 아니고… 간첩 잡으러 다닌다더라."

"간첩?"

"무법자 엄마하고 아버지가 육이오 때 빨갱이한테 맞아 죽었거든. 그래서 복수하려고 말이야… 총도 그래서 가지고 있는 거고."

"……!"

"칼자국 있지? 수염 밑에… 그게 그때 빨갱이한테 당해서 생긴 거래. 엄마 아빠 다 죽고 털보만 겨우 살아났다고 하더라."

"제길, 문둥이든 빨갱이든!"

기철이는 본부에 길게 엎드려 무법자 털보에 대한 이런저런 소문들을 떠올리면서 자꾸 약해지는 자신을 달래기라도 하듯이 그렇게 중얼거렸다. 나무 위로 올라간 석만이는 죽은 듯 조용했고 찌르르 풀벌레 소리만 약하게 들려왔다.

"왜?"

"철수하자."

"철수?"

"무법자가 꼼짝하지 않는데 그럼 어떻게 해?"

"그건 그래."

이번 작전이 처음부터 내키지 않았던 석만이는 얼른 맞장구를 쳤다.

"제길!"

기철이는 어른들 흉내를 내면서 허공에 대고 침을 퉤 뱉었다.

"퉤!"

석만이가 기철이 흉내를 냈다.

"입구 잘 가리고…"

"알았어."

"빨리. 우리 형 공부 끝날 시간이야. 저녁밥 먹고 다시 오자고."

"오늘?"

"왜?"

"아니… 차라리 내일 낮에 오면 어떨까 해서…"

"미쳤어? 누가 알아보면 어쩌려고?"

"……."

"일단… 저녁 먹고 다시 작전을 짜자."

"알았어. 저녁 먹고."

얼기설기 판자로 벽을 치고 양철 조각을 이어 문을 댄 화장실은 대문에서 10여 미터쯤 떨어진 곳에 외따로 지어져 있었다. 때문에, 밤에 화장실에 가려면 여간 용기가 필요한 게 아니었다. 불빛 한 점 없는 화장실에 혼자 앉아 있다 보면 아래서 뭐가 튀어나올 것만 같았고, 가끔은 벽 틈으로 기어들어 온 개구리가 멋모르고 펄쩍 뛰거나, 인기척에 놀란 생쥐가 후다닥 지나가는 소리에 기겁하기 일쑤였다.

"앞, 뒤?"

"…뒤."

"알았어."

기철이가 먼저 발끝으로 밑을 더듬으며 화장실로 들어가 바지를 내리고 앞쪽에 앉았다.

"뭐 해?"

"알았어."

석만이 역시 발끝을 더듬으며 화장실로 들어가 바지를 내리고 기철이 뒤에 붙어 앉았다.

끙!

"…기철아."

"왜?"

"내일 가면 안 될까?"

"끄응… 또 그 소리… 끄응, 안 된다고 했잖아."

"……."

"겁나?"

"끙… 아니… 그냥 좀…"

"어서 똥이나 싸. 어휴 냄새! 빨리 나가자. 난 다 쌌어."

"알… 았어. 조금만… 끙."

화장실 벽의 성긴 판자 사이로 달빛이 흘러들어왔다. 캄캄하던 화장실이 조금 밝아졌다.

"아얏! 모기 물잖아, 빨리!"

"알았…어. 다 쌌어."

"어휴 냄새!"

"다 됐어!"

문단속하는 듯 마당 쪽으로 난 방문 창호지에 언뜻 사람의 그림자가 비치더니 잠시 후 부엌문이 열리고 무법자 털보가 모습을 드러냈다.

"……!"

꿀꺽, 마른침을 삼키면서 숨을 죽이고 무법자 털보를 살폈다. 어슴푸레한 달빛 아래 무법자 털보의 손에 됫병과 주전자가 들려 있는 것이 보였다.

기철이는 혼자 고개를 끄덕였다.

이 밤에 됫병을 들고 나선 것은 호롱불에 쓸 석유를 사러 가기 위해서이리라.

머릿속이 빠르게 움직였다.

석유 가게는 시장통에 있으니까…….

내심 쾌재를 불렀다.

시장통까지는 매우 먼 길이므로 시간은 충분할 거로 생각했기 때문이다.

톡!

무법자 털보가 언덕 아래쪽으로 사라지고 조금 지나 나무 위에 몸을 숨긴 석만이한테서 돌멩이 신호가 왔다. 다람쥐처럼 쪼르륵 본부를 빠져나온 기철이는 한달음에 무법자 털보네 집으로 내려갔다.

"……."

살금살금, 부엌문을 열고 안으로 들어섰다. 불빛 한 점 없는 부엌은 한 치 앞이 안 보일 만큼 캄캄했고, 퀴퀴한 냄새가 코를 찔렀다. 갑자기 싸한 기운이 돌며 온몸의 털이 곤두섰다. 이게 무슨 냄새지? 문득, 아이들이 하던 소리가 생각났다. 큰 기와집 뒤뜰인데, 장독대에 커다란 항아리들이 있고… 뚜껑을 열어보니까 벌써 손톱 발톱 다 뽑힌 채…….

'그렇다면?'

생각이 거기에 미치자 가슴이 벌렁거리기 시작했다. 용기를 내려고 애써 보지만 마음과는 달리 머리카락이 곤두서고 다리가 후들거리기 시작했다. 이를 악물고 발끝을 내딛는데 무언가 차가운 물체가 앞을 막아섰다. 이게 뭐지? 애써 손을 내밀어 보는데 손끝에 닿는 그 감촉은 바로… 항아리였다! 그리고 바로 그때.

"칵, 카악!"

칠흑 같은 어둠을 뚫고 어디선가 쇠를 긁는 듯한 괴성이 들려왔다.

"헉!"

소리는 마르고 나직하면서 고통스럽고 음산했다. 머릿속이 하얘졌다. 도망쳐야겠다는 생각이 들었지만 무거운 추를 달아 놓은 듯 도무지 발이 떼어지지 않았다. 엎친 데 덮친 격으로 쿵, 쿵, 쿵, 쿵 지축을 흔드는 듯한 발걸음 소리가 들려왔다.

"헉!"

부엌문을 향해 돌아 나가려고 했지만 때가 늦고 말았다. 무법자 털보가 벌써 마당으로 들어서고 있었다. 동시에.

"누구요?"

내장을 후벼 파는 듯 방 안에서 들려오는 카랑카랑한 목소리가 목덜미를 잡아챘다.

"……!"

나갈 수도 들어갈 수도 없는 상황에 부닥치자 심장이 터져 버릴 것 같았지만 순간적으로 항아리 뒤에 쪼그리고 앉아 몸을 감추고 고개를 처박았다.

"저예요 할머니!"

무법자 털보가 부엌문을 열고 들어선 것과 거의 동시였다.

"……!"

코앞에서 들리는 무법자 털보의 목소리는 생각과는 달리 매우 가늘고 맑았다.

"누가 온 게 아니고?"

방으로 난 쪽문이 열리고 노인이 모습을 드러냈다.

"저라고요, 할머니."

"흡!"

무법자 털보의 대답과 기철이의 짧은 신음이 거의 동시에 터져 나왔다. 방에 켜져 있는 침침한 호롱불에 언뜻 비친 노인의 모습은 사람의 형상이 아니었다. 수세미를 얽어놓은 듯 쭈글쭈글한 주름과 풀어헤친 머리카락, 그리고… 언뜻 봐도 그 모습이 너무나 확연한 희멀건 눈동자!

"아니야, 누가 온 것 같던데…?"

"오긴 누가 오겠어요? 들어가세요. 막걸리 받아왔어요. 약수도 떠 왔고요."

"난 또…"

"어서요…"

그러면서, 무법자 털보가 부엌을 둘러보았다. 그 눈길이 항아리 옆에 잠시 멈췄고, 어둠 속에서 사색이 된 채 부들부들 떨고 있는 기철이의 눈길과 부딪쳤다. 하지만, 무법자 털보는 이내 고개를 돌렸고 아무 일 없다는 듯 쪽문을 통해 방으로 들어갔다.

"정말 아니지?"

"네. 아니에요. 잘못 들으신 거예요."

"그렇지? 전쟁 끝난 지가 언젠데…"

"그럼요…"

"올 거면… 벌써… 왔겠지?"

"그럼요. 오고말고요."

"큭, 네 아비… 죽진 않았을 거다."

"……."

"…큭!"

"천천히… 천천히…"

"큭, 네 아비… 빨갱이한테… 끌려간… 네 아비…"

다음날.

"도대체 얘가 웬일이지…?"

"짜아식, 도대체 어디가 어떻게 아픈 거야? 형한테 말을 해. 그래야 약을 지어 올 거 아냐?"

"……."

기철이는 이틀 동안이나 꼼짝 못 하고 끙끙 앓았다. 아무도 그 이유를 알지 못했다. 어머니는 수심이 가득한 눈으로 한시도 기철이 곁을 떠나지 못했고, 새벽밥 먹고 학교에 가야 하는 형은 발길이 떨어지지 않는 듯 몇 번이고 뒤를 돌아보았다.

절름발이 오야와 문둥이, 손톱 뽑힌 아이와 머리에 뿔이 난 빨갱이들… 기철이는 이틀 내내 여러 가지 악몽에 시달렸다. 그중에서도 무법자 털보 할머니 꿈이 가장 무서웠다. 희멀건 눈과 쭈글쭈글한 주름, 머리카락을 길게 풀어 헤치고 기철이 머리 위에 찬물을 들이붓는 꿈이었다.

큭, 내 아들 살려내라 이놈!

꿈속에서 할머니는 내내 그렇게 호통을 치고 있었다. 심장이 오그라든 기철이는 물에 빠진 생쥐 꼴로 처분을 기다렸다. 그런데 참 이상한 일이었다. 그런 할머니를 말리고 있는 사람이 있었다. 엄마도 아니고, 기식이 형도 기숙이 누나도 아닌 무법자 털보였다.

"아니에요. 아무것도 아니라니까요!"

꿈속에서 무법자 털보는 할머니에게 그렇게 말하고 있었다. 그러면서, 고개를 돌려 부들부들 떨고 있는 기철이를 바라보았다. 그날처럼, 화가 난 듯하면서도 슬픈 눈으로.

7

한동안 보이지 않던 오야 패거리가 다시 공터를 어슬렁거리기 시작했다.

"안 나가 놀아? 학교 갔다 오면 책가방 내던지고 밖으로만 쏘다니던 녀석이 오늘은 웬일이야? 친구들하고 싸웠니?"

오죽하면 어머니가 그렇게 말할 정도로 기철이는 방안에 틀어박혀 꼼짝도 하지 않았다.

"네."

"싸웠어? 누구랑?"

"네."

"이 녀석이?"

"네, 엄마."

넋이 나간 데는 또 하나, 아무에게도 말 못 할 사연이 있었다. 김수정… 바로 여자 문제였다.

"엄마…"

"왜?"

"나 잘생겼어?"

"녀석하곤… 왜? 누가 못생겼대?"

"아니…"

"우리 아들… 인물이야 훤하게 잘생겼지."

"그게 아니고… 엄마 말고 다른 여자들도 그렇게 생각할까?"

"……?"

"부자 애들도 가난한 애를 좋아할까?"

"……!"

"공부 잘하는 애도 공부 못하는 애를 좋아할까?"

"왜? 학교에서 무슨 일이 있었니?"

"에이, 공부나 해야겠다!"
"……?"
하지만 책과 공책 앞에서 10분도 견디지 못했다.

저녁반 석만이가 돌아오려면 아직 한참 더 기다려야 했다.
"에이, 산에나 가면 좋을 텐데…"
대문 밖에 있는 아카시아를 올려다보면서 중얼거렸다. 손이 닿는 곳에 핀 꽃들은 진작에 다 따먹어서 이제 저 위쪽에만 몇 송이 달려 있을 뿐이었다. 하지만 주변에는 아직도 은은하게 향기가 퍼지고 있었고, 그 달콤한 냄새가 뱃속을 자극했다. 아카시아 생각에 빠져 기철이의 발길이 자신도 모르게 공터를 향했다. 오야 패거리들에 관한 생각은 까맣게 잊은 채.
"아차!"
하지만 이미 늦고 말았다.
"쌔끼! 언제가 한 번은 걸려들 줄 알았어."
"히히, 오야. 새끼가 눈빛은 여전한데요?"
"꿇어, 새끼야!"
"……."
"낄낄, 오야. 안 되겠는데요?"
오야의 두 부하 중 하나가 주머니칼을 꺼내 휙휙 소리를 내었고, 오야는 한 발로 버티고 선 채 목발을 치켜들고 금방이라도 내리칠 기세였다. 오야의 다른 한 부하가 뒤를 막아섰다. 지난번에 당한 기억이 있기 때문이다.

“제길, 꿇으면 될 거 아냐! 퉤!”

“뭐? 제길?”

히히히, 낄낄낄!

“이 새끼 정말 웃기는 놈이네? 뭐, 제길?”

“맘대로 해. 때릴 테면 때려. 맞으면 될 거 아냐, 씨!”

“이야, 이거 참 미치겠네? 이걸 그냥…!”

히히히, 낄낄낄… 오야의 부하들은 무엇이 그리 우스운지 배꼽을 잡았다.

“야! 개코, 망태! 웃고만 있을 거야? 니들이 좀 어떻게 해 봐라. 이 새끼 이거 쥐방울만 해서… 어휴!”

“히히히, 오야. 이 새끼 어떻게 할까? 하수구에 처박아 버릴까, 한강 물에 거꾸로 밀어 넣을까?”

개코가 나섰다.

“그건 좀 그렇고… 사댕이패한테 넘겨 버리는 게 어때? 뱀탕이나 몇 그릇 얻어먹고 말이야. 낄낄낄.”

“……!”

아무리 뱃심 두둑한 기철이지만 ‘사댕이패’라는 말에 움찔하지 않을 수 없었다.

사댕이패… 국립묘지의 남쪽 산성을 기준으로 동쪽 끝에 있는 마지막 방공호를 지나면서 그 밑 산자락과 아래쪽 들판을 사람들은 ‘사댕이’라고 불렀다. 사댕이패는 그 일대에 사는 아이들을 가리키는 말이다. 61번지 아이들, 시장통 아이들, 공군주택 아이들… 그리고 아주 드물게 사댕이패에 관한 이야기가 아이들 입에 오르내렸다.

“개구리 잡으러 갔거든… 재수 없게 사댕이패하고 마주친 거야. 손에 막대기 하나씩 들고 떼거리로 몰려오는데 그 앞에 쉬, 쉿 하는 소리가 들려서 봤더니… 뱀 있지, 뱀 떼! 글쎄 뱀 떼를 몰더라고… 죽어라 달리는데 발이 영 안 떨어지더라.”

“국립묘지로 새집 맡으러 갔거든. 정신없이 헤매고 있는데 숲에서 불쑥 나타난 거야. 두 놈인데 눈빛이 완전히 독사더라, 독사! 우린 넷이고 놈들은 둘인데 어떻게 안 되겠나 했지. 근데 이건 그게 아닌 거야. 야! 정말 얼마나 빠른지 잡으면 쏙 빠져나가서 한 대 뻥, 잡으면 쏙 빠져나가서 두 대 뻥, 정말 이렇게도 맞아 죽는구나 싶더라고… 그날 헌병한테 걸리지 않고 계속 붙었으면 아마 이 말도 전하지 못했을걸. 헌병 뜨자마자 놈들은 어느 틈에 사라져 버리고 우리 넷만 붙잡혔는데, 빠따 맞으면서도 차라리 이게 낫다 싶더라고!”

모두 와 하고 웃었지만, 그 웃음 속에는 알게 모르게 사댕이패에 대한 두려움, 그리고 거기서 비롯되는 알 수 없는 경외심 같은 것이 배어 있었다.

“뱀탕? 그거 좋은 생각이다!”

“히히히. 넌 이제 죽었다. 새끼, 사댕이패 알지? 한 번 혼 좀 나봐라.”

“에이, 씨!”

“자식이 이거…”

오야의 목발이 가슴팍을 찍어왔다.

"……!"

오야의 목발에 찍혀 순간적으로 뒤로 벌렁 넘어진 기철이가 벌떡 일어서며 주먹을 불끈 쥐었다.

"그래도 이 새끼가?"

성한 손으로 기철이의 멱살을 움켜쥐고 이번엔 외팔이 개코가 다리를 걸어왔다. 다시 한번 나자빠진 기철이의 엉덩이를 걷어찬 사람은 뒤를 막고 서있던 망태였다.

"아야!"

하지만 엉덩이를 문지르며 기철이는 다시 벌떡 일어섰다.

"됐어. 인제 그만하란 말이야! 잘못했다고! 사과하면 될 거 아냐! 미안해, 잘못했어! 됐지?"

낄낄낄, 히히히.

"나 원 참, 정말 못 말리겠네! 미안하다면 다야? 그리고… 새끼 너 꼬박꼬박 반말인데, 우리가 몇 살인지 알아? 몇 살로 보여?"

"제길…"

"이 새끼가 또?"

오야의 손이 올라갔다.

"아니, 몰라… 요."

"얘들은 열여섯, 난 열여덟… 새끼! 형, 아니 아저씨뻘이란 말이야. 알아들어?"

"알았어."

"또?"

"알았어요. 이젠 가도 되지?"

"어휴!"

히히히, 낄낄.

"누구 맘대로?"

"그럼 어떡해?"

"……."

"알았어. 그 뱀, 내가 잡아주면 될 거 아냐."

"뱀?"

"날 넘기고 뱀탕 얻어먹는다며?"

히히히, 낄낄.

"좋아! 너, 약속했다?"

"약속했어."

"또!"

"했어요."

"어기면?"

"안 어겨… 요."

"정말이지?"

"응. 네."

"좋아. 믿어보겠어. 가봐."

"고마워."

"참! 네 누나, 몇 살이지?"

"제길!"

기철이는 못 들은 척 침을 퉤 뱉으며 뒤도 안 보고 돌아섰다.

발길을 돌려 터덜터덜 학교 쪽으로 걸어 내려갔다. 오야 패거리한테 당한 일이 분하기는 했으나 한편으로는 마음이 홀가분하기도 했다. 어쨌든 당분간은 오야 패거리 눈치를 볼 일은 없어졌으니까.

시장통까지 내려가서 이 골목 저 골목 돌아다니면서 구경을 하다가 그것도 싫증이 나자 큰길 건너 한강으로 갔다. 강변에는 널빤지로 다리를 놓은 나무배들이 머리를 맞대고 자그마한 장터를 이룬 채 술과 안주, 음료수나 빙수, 아이스께끼 같은 것을 팔았다. 옆쪽 바위 위에는 강물에 방울낚시를 던져놓은 낚시꾼들이 머리에 수건을 둘러쓴 채 귀를 쫑긋거리고 있었다.

강 건너편 샛강의 풍경도 이쪽과 별반 다를 바 없었다. 그중 수온이 높고 바닥이 깊지 않은 웅덩이에서 몇몇 아이들과 철없는 어른들이 헤엄치는 모습을 보고 기철이는 자신도 모르게 진저리를 쳤다. 지난여름 헤엄을 치다가 깊은 구덩이 속으로 빨려 들어가 죽을 뻔했던 기억이 떠올랐기 때문이다.

에헤야 디야, 네가 좋으면 내가 좋고……

유람선에 매달린 스피커에서 흘러나오는 유행가를 따라 흥얼거리면서 기철이는 이 바위 저 바위 옮겨 다니면서 낚시꾼들을 참견했다. 낚시꾼들의 살림 그물에는 팔뚝만 한 잉어가 서너 마리씩 갇혀 있었다.

"이야, 크다!"

"녀석…"

"시장에 내다 팔면 돈 많이 주겠다! 그렇죠, 아저씨?"

"녀석하곤… 애써 잡은 걸 왜 내다 팔아!"

"뭐하실 건데요?"

"뭐하긴, 몸보신해야지. 허허허."

"보신이 뭔데요?"

"예끼 이 녀석, 귀찮다! 저리 가거라!"

수정이와 마주친 것은 물고기 보기도 싫증이 나서 다시 큰길을 건너 시장통으로 들어섰을 때였다.

"……!"

수정이 엄마로 보이는 아줌마와 수정이가 공중목욕탕에서 나오고 있었다. 막 목욕을 마친 수정이는 천사처럼 환하고 고왔다. 눈처럼 하얀 얼굴에 자두 같은 홍조가 떠오르고, 새카맣고 윤기 나는 머리카락이 등 뒤로 길게 늘어져 있었다. 다행히 눈길이 마주치지는 않았다. 기철이는 목욕탕 앞 국숫집 간판 뒤에 몸을 숨기고 수정이가 지나가기를 기다렸다. 그러면서, 국숫집 유리창에 비친 자기 모습, 땟국 흐르는 시커먼 팔다리와 부석부석한 머리카락을 보면서 중얼거렸다.

"괜찮아. 창피해할 거 없어. 나도 목욕하면 되지 뭐!"

하지만 며칠 전 수정이 말이 생각나 자신도 모르게 얼굴이 붉어졌다. 숙제를 안 해가서 복도에 나가 손을 들고 있는데 쉬는 시간에 그 앞을 지나가다 말고 수정이가 말했다.

"병철이 코피 터트렸다며? 숙제는 안 하고 싸움질만 하고 다니니? 넌 학교에 빵 먹으러 온다며? 애들이 그러더라, 빵 벌레라고. 흥!"

8

엄마는 다시 수제비를 끓이기 시작했다. 외국에서 살다 왔다는 원호 친척이 집을 구했고, 그 집에 방이 나자 형이 돌아갔기 때문이다.

"짜아식, 공부 잘하고 있어. 엄마 말씀 잘 듣고…"

"또 올 거지?"

"그럼, 인마. 오지 않고…"

"어서 가거라. 원호 어머니 기다리시겠다. 저녁 같이하자고 했다며?"

"네. 갈게요. 짜아식… 짜아식…"

형제들의 이별 모습을 보고 엄마가 눈시울을 붉혔다. 기식이 형은 짜아식, 짜아식 연발하면서 자꾸 뒤를 돌아보았고 기철이는 수제비 먹을 일을 걱정했다.

우체부한테는 여전히 아무 소식도 없었다. 엄마 한숨 소리는 날로 깊어졌고 어쩌다 외할머니댁에 내려가 있는 누나한테 편지가 왔다.

답장을 쓰는 일은 기철이 몫이었다.

"어디까지 했더라…? 그렇지. 그러고 나서… 두어 달만 더 참고 지내라… 다 썼니? 어디 보자. 옳지. 그리고 그다음에… 아버지가 새 직장을 알아본다고 하시는구나… 성실한 분이니… 곧 좋은 소식이 있을 거다……."

엄마 편지를 받아 적으면서 기철이는 어렴풋이 아버지 소식을 알았다. 다니던 직장이 어려워지면서 몇 달째 봉급을 받지 못했고, 마침내 광산이 문을 닫게 되자 다른 직장을 알아보고 계신 것이다.

"자, 그다음에 뭐 할 말 없니? 누나한테 말이다. 하고 싶은 말 있으면 써보렴."

"응… 누나, 잘 있어. 보고 싶어. 됐지?"

"그래. 됐다. 이제 봉투 써야지? 엄마가 쓸까?"

"아니. 쓸 수 있어. 이렇게 붙인 다음 가위표하고… 이쪽에다 쓰는 거지?"

"옳지. 잘하는구나. 우리 기철이 쓸모가 있는데? 글씨도 또박또박 잘 쓰고 말이다."

"선생님한테 매일 얻어맞는데 뭘."

"저런! 왜?"

"글씨 흘려 쓴다고… 건방지대."

"글쎄다… 엄마가 보기엔 괜찮은 것 같은데…?"

"몰라. 그냥 그렇대."

"……."

"이제 나가 놀아도 돼?"

"숙제는 다 했니?"

"……."

"왜?"

"숙제해 가면 뭐해. 얻어맞긴 마찬가진걸."

"그건 또 무슨 소리니?"

"흘려 쓴다고 퍽, 답 틀렸다고 퍽, 정성 없다고 퍽… 히히히."

"퍽이라니?"

"히히… 출석부 있잖아. 하나도 안 아파. 좀 창피해서 그렇지…"

기철이는 선생님이 출석부를 들어 두 손으로 머리를 내리치는 흉내를 내면서 낄낄거렸다.

"저런, 저런!"

기철이는 아침반이다. 점심반 아이들은 아직 학교에서 돌아오지 않았고, 저녁반 아이들이 등교할 시간이었기 때문에 공터는 텅 비어 있었다. 아침 점심을 모두 수제비로 때운 탓인지 점심을 먹은 지 얼마 지나지도 않았는데 뱃속은 벌써 출출했다. 이곳저곳 뒤지고 다녀 보지만 동네 비탈길 군데군데 몇 그루 서 있는 아카시아는 꽃들이 한 송이도 남아 있지 않았다. 두고 볼 동네 아이들이 아니었다.

"……!"

옳지 싶었다. 며칠 전 동네 형들이 달마사로 칡 캐러 갔다 온

이야기를 했다.

"거기 중들 되게 무섭대!"

6학년 상수 형이 무용담을 늘어놓았다.

"이만한 알 칡을 발견하고 신나게 파 내려가고 있는데 중들이 나타난 거야. 어른 팔뚝만 한 대나무 몽둥이를 들고 말이야. 이 놈들, 하고 달려드는데 정신이 하나도 없더라고. 이거 한 뿌리 겨우 건지고 도망쳤지 뭐."

애들 손가락만 한 칡뿌리를 한 토막씩 돌리면서 상수 형이 말을 이었다.

"제길, 산이 다 지들 건가? 오면서 보니까 아카시아 천지더라. 다음에 누구 같이 가자. 칡 자리는 법당하고 너무 가깝고, 아카시아야 지들이 뭐라고 하겠어? 담 바깥에 있는 건데…"

달마사는 걸어서 5리는 족히 되었다. 하지만 지금 기철이에게 그런 것은 문제가 되지 않았다. 벌써 입안 가득 달콤한 아카시아 꽃물이 고여 들었다.

달마사 인근 숲은 눈이 내리기라도 한 듯 아카시아꽃으로 뒤덮여 있었다.

"이야, 이야!"

기철이는 벌어진 입을 다물지 못했다. 마치 다른 세상에 온 것만 같았다. 별천지가 따로 없었다. 철창을 빠져나온 원숭이처럼 이 가지 저 가지 옮겨 다니면서 아카시아꽃을 따 정신없이 입 안에 밀어 넣었다. 싱싱한 아카시아꽃에는 단물이 담뿍 배어 있었다. 평소 단맛을 볼 기회가 적었던 기철이에게 아카시아꽃은 솜사탕보다 더 달콤했다.

배가 불러오면서 장난기가 발동했다. 만만한 나무 하나를 골라서 끝까지 올라간 다음 여린 가지에 체중을 실어 한쪽으로 휘어지게 해서 저만치 떨어져 있는 다른 나무로 옮겨가는 것이다.

뿌지직, 쾅!

"아이쿠!"

장난은 오래 이어지지 않았다. 옆으로 휘어지던 마른 나뭇가지가 기철이의 체중을 이기지 못하고 부러지면서 나무 아래로 떨어져 버리고 만 것이다.

9

기철이는 한 달 동안이나 다리를 절어야 했다. 하지만 그 한 달 내내 달마사 아카시아 숲은 기철이의 머릿속을 떠나지 않았다.

"틀림없이 갔다 온 거지?"

"정말이라니까!"

"제길! 이제 남은 거라곤 밤밖에 없군!"

마지못해 달마사까지 갔다 온 석만이가 아카시아꽃이 다 졌다고 하자 기철이는 성한 다리로 땅을 차면서 그렇게 말했다.

"정말 봤다 이거지? 아카시아꽃은 다 졌다 이거지?"

"맹세해."

"후! 헌병들 감시가 심할 텐데…"

기철이는 산성 너머 국립묘지 숲속의 밤나무들을 머릿속에 떠올리며 석만이에게 의미심장한 표정을 지어 보였다. 그러나 국립묘지의 밤이 익으려면 아직 두어 달은 더 기다려야 했다. 게다가, 밤을 따기 위해서는 헌병뿐만 아니라 아메리카 인디언들처럼 숲속 곳곳에서 불쑥불쑥 나타나곤 하는 사댕이패를 또 피해야 했기 때문에 그리 만만한 계획이 아니었다.

"계화네 좀 다녀오련?"

다리를 저는 동안 계화네 가게에 다녀오는 일은 엄마가 했다.

"네. 엄마."

"적어 줄까?"

"아니. 밀가루 한 되, 감자 다섯 개하고 파 한 단…"

"녀석… 다녀오너라."

"네. 엄마."

계화네 가게에 들어설 때부터 고구마과자가 눈에서 떨어지지 않았다.

"자, 여기… 밀가루 한 되, 감자 다섯 개하고… 그다음에… 어디 보자, 파라고 했던가? 그래, 아버지께선 여전하시냐?"

"네?"

"원, 녀석. 놀라긴… 아버지한테선 아직 연락 없으시냐 이 말이다."

“네. 할아버지.”

“큰일이구나. 외상은 자꾸 쌓이고…”

“이것두요.”

“……?”

손바닥만 한 장부책에 하나하나 물건값을 적어나가던 계화 할아버지가 기철이가 내미는 고구마과자와 기철이의 얼굴을 번갈아 보면서 손에 들고 있는 펜을 멈췄다.

“…….”

“…….”

기철이는 할아버지 눈을 피하지 않았다. 그래야 한다는 것을 본능적으로 알고 있었다.

“알았다! 자, 그러면 여기에다 고구마과자 1원 추가… 됐지? 장부 한 번 살펴보거라.”

“네… 맞아요, 할아버지. 안녕히 계세요.”

“그래. 잘 가거라. 조심하고…”

쇠다리 옆 큰 바위에 걸터앉아 기철이는 고민에 고민을 거듭했다. 호기 있게 고구마과자를 집어 들고 장부에 적고 꿀꺽 먹어 치운 것까지는 좋았는데 엄마한테 야단맞을 일이 걱정으로 남았다.

졸졸졸!

쇠다리 밑으로 흘러가는 개천 소리가 엄마의 회초리 소리처럼 날카롭게 들려왔다. 금세 탄로가 날 것을 왜 그런 짓을 했는지 스스로 생각해도 어리석기 그지없었다.

"어쩐다? 이 일을 어쩌지?"

아무리 궁리해도 어머니의 회초리를 벗어날 방도가 떠오르지 않았다.

"에라, 모르겠다!"

아까부터 줄곧 생각해온 방법을 쓰기로 했다. 손톱에 침을 묻힌 기철이는 장부책을 펼치고 오늘 외상 목록을 적은 부분 중에서 '고구마과자 1원'이라고 쓴 부분을 긁어나가기 시작했다.

"기철이, 와서 좀 앉아라."

어떻게 좀 넘어가나 싶었는데 그게 아니었다. 심부름한 물건을 건넸을 때 엄마는 평소와 마찬가지로 장부책을 살폈다. 언뜻 표정이 변하는 것으로 보아 무언가 이상한 점을 발견한 듯했지만 아무 말 없이 저녁을 끓였고, 조용한 가운데 식사가 끝난 후였다.

"……!"

올 것이 왔구나 하는 생각에 무릎부터 꿇었다.

"아빠한테 편지를 써야겠다. 편지지하고 연필 들고 오너라."

"……?"

"왜? 엄마 얼굴에 뭐가 묻었니?"

"아… 니."

기철이는 냉큼 일어나서 편지지와 연필을 들고 엄마 앞에 엎드렸다. 가슴이 콩닥콩닥 뛰었지만 시치미를 뚝 잡아뗐다.

"자, 시작한다… 더위에 얼마나 고생하시는지요? 기숙이, 기식이, 기철이 모두 잘 있답니다…"

"있, 답, 니, 다… 다음!"

편지를 받아 적으면서 어느 틈에 기철이는 아까 일을 까맣게 잊어버렸다. 그날 일은 그렇게 들통이 나지 않았다. 손바닥만 한 그 장부책은 기철이가 손톱으로 긁은 자국이 그대로 남은 채 그 후로도 오랫동안 사용이 되었지만, 엄마도 계화네 할아버지도 문제 삼는 일은 없었다.

하지만 훗날 기철이가 어른이 되었을 때, 그 장부책은 가족들이 모이는 자리에서 여러 차례 화제에 올랐고, 그때마다 가족들은 한바탕 웃고, 어렵던 시절을 떠올리며 소리 죽여 눈물을 훔치기도 했다.

10

여름방학이 시작되면서 산 61번지와 공군주택 사이에 빈터로 남아 있던 대여섯 채 분의 공군주택 부지에서 집짓기 공사가 시작되었다. 공터 끝자락을 차지하고 있던 채소밭이 갈아엎어진 것도 바로 그때였다.

아이들을 불러 모은 것은 6학년 상수 형이었다.

"그러니까, 흰 벽돌은 열 장, 빨간 벽돌은 다섯 장, 보르크는 한 장에 1원이다. 모래하고 시멘트하고 나무들은 어른들이 할 거니까 우린 벽돌만 나르면 돼. 자, 가자!"

가자!

이야!

아이들이 환호하며 뒤를 따랐다. 그 속에는 물론 기철이도 끼어 있었다.

벽돌과 목재를 실은 트럭은 공군주택 부지까지만 올라올 수 있었다. 거기서부터 산동네 공터 끝자락까지는 매우 먼 거리였다. 좁고 긴 언덕을 지나 다시 꼬불꼬불한 동네 골목길을 몇 굽이 돌아야 했기 때문이다. 공터 동쪽에 조금 더 넓은 길이 있는데 그쪽은 경사가 매우 급했고, 무엇보다 아래쪽 어디에 짐을 부릴만한 터가 없었다. 해서, 새로 공사를 시작한 공군주택 부지 한쪽에 짐을 부렸고, 트럭이 와서 짐을 부리면 공군주택 공사에 지장을 주지 않도록 재빨리 지어 날라야 했다.

갈아엎은 채소밭에다 집을 짓는 공사를 굳이 공군주택 건축 시기와 맞춘 것은 동 직원의 눈을 피하기 위해서였다. 산 61번지 판잣집 대부분이 무허가인 것처럼 이번에 새로 짓는 벽돌집도 무허가이긴 마찬가지였고, 따라서 평소에 그렇게 많은 자재를 옮기면 동 직원들이 금방 눈치를 채기 때문이다.

어쨌든 아이들은 신이 났다. 모처럼 손에 돈을 쥐어볼 기회였고, 돈이 생기면 달고나나 고구마과자를 맛볼 수 있었기 때문이다. 신이 나기는 빈둥빈둥하던 어른들도 마찬가지였다. 평소 얼굴 보기 힘들었던 어른들이 공군주택 부지로 꾸역꾸역 모여들었다.

딱!

벽돌을 지기 위해 줄을 서 있는데 누가 기철이의 뒤통수를 쥐어박았다.

"……?"

오야와 개코, 그리고 망태였다.

"잘 있었냐? 뱀탕은 어떻게 된 거야?"

빙글빙글 웃으면서 오야가 아는 체를 했다.

"제길, 기다려. 잡아주면 될 거 아냐!"

히히히, 낄낄.

오야와 개코, 그리고 망태는 뭐가 그리 좋은지 저희끼리 키득거렸다.

공군주택에서 산 61번지에 이르는 언덕길에 금세 긴 행렬이 이어졌다. 등짐을 진 어른과 아이, 커다란 함지를 머리에 인 아줌마들도 있었다.

"기운 내!"

아이들을 독려하는 건 6학년 상수 형이었다. 그러나 사실 그런 독려는 전혀 필요치 않았다. 한 번이라도 더 져 나를 욕심에 모두 젖 먹던 힘까지 내고 있었다. 그렇긴 해도 그게 마음 같지는 않았다. 언덕 중간쯤 도착하면 다리가 후들거렸고 땡볕에 흘러내린 땀이 눈을 가려 한 차례 짐을 내려놓지 않을 수 없었다.

"낄낄. 할 만하냐?"

등짐을 내려놓고 땅바닥에 벌렁 누운 기철이 옆에 털썩 주저

앉으며 오야가 말을 걸었다. 오야는 한 손으로 목발을 짚고도 다른 한 손을 보르크 구멍에 끼워 한 번에 두 장씩이나 지어 나르고 있었다.

"2원이네?"

"그럼, 인마! 내가 너하고 같냐?"

한껏 욕심을 낸 기철이가 죽기 살기로 지고 올라온 흰 벽돌 열 장을 바라보면서 오야가 큰소리를 쳤다.

"아이고, 죽겠다!"

외팔이 개코와 망태였다. 개코와 망태는 양동이에 모래를 져 나르고 있었다.

"에에, 1원짜리!"

기철이가 놀렸다.

"새끼가?"

개코가 주먹을 쥐어 보였지만 기철이는 눈 하나 깜짝하지 않고 벌떡 일어서면서 한마디 했다.

"히히. 좀 쉬어. 바빠서 가봐야 하거든. 딴 놈들이 다 져 나르기 전에 말이야."

땡볕 아래서 죽을 고생을 한 끝에 그날 하루 기철이가 벌어들인 돈은 25원이나 되었다.

"엄마, 난 정말 부자가 될 거야!"

흥분한 기철이가 황홀한 목소리로 부르짖었다.

"오늘은 용서한다만 다시 이런 짓 하면 혼날 줄 알아라."

"……?"

"공부해야지 이런 짓 자꾸 하면 나중에 커서 막노동꾼이 되는 거야!"

"에이! 돈 많이 벌고, 그럼 좋잖아, 뭐."

"이 녀석이?"

"……?"

태어나 처음으로 큰돈을 벌어다 주었는데 엄마는 기쁜 기색이 아니었다. 오히려 화가 난 듯한 엄마 얼굴을 멀거니 바라보며 기철이는 고개를 갸웃거렸다. 하지만, 엄마 주고 남은 돈으로 달고나를 세 번이나 하고, 고구마과자를 다섯 번이나 사 먹으면서 그때마다 기철이는 굳게 다짐했다.

"다음엔 꼭 빨간 벽돌을 져야지. 흰 벽돌이나 빨간 벽돌이나 무겁긴 마찬가지 아냐? 그런데 돈은 두 배고…"

11

장마가 끝나고 불볕더위가 시작되면서부터 기철이는 펌프 옆에 붙어살다시피 했다. 하루에도 몇 번씩 등목을 해 보지만 그것도 잠시 덥기는 마찬가지였다.

"원 녀석… 그렇게 더워?"

"헉, 헉! 엄마, 이러다가 목에서 불이 나는 게 아닐까? 아이스께끼 하나만 먹었으면 좋겠는데…"

"……."

기철이의 얄팍한 수작에 넘어갈 엄마가 아니었다. 요리조리 눈치를 살피는데 엄마 주머니에서 동전을 꺼내기란 하늘에서 별을 따는 일만큼이나 어려운 일이었다.

"해 떨어진다. 해 떨어지면 좀 시원해지겠지."

웃통을 벗은 채 방바닥에 누워서 신경질적으로 부채질을 해 대고 있는 기철이의 머리카락을 뒤로 쓸어 넘기고 땀방울이 송골송골 맺혀 있는 이마에 부채 바람을 보태주면서 엄마는 못 들은 척했다. 하지만 밤이라고 해서 더위가 어디로 가버리는 것은 아니었다. 창문과 방문, 부엌으로 통하는 쪽문까지 다 열어놓고, 모기장 안에 쪼그리고 앉아 엄마가 밤새도록 부채질을 해 주지만 기철이는 벌써 며칠째 잠을 설치고 있었다.

상수 형을 만난 것은 개학을 일주일쯤 앞둔 어느 날 오후 시장통 어귀에서였다. 빈둥빈둥 방바닥을 뒹굴기도 싫증이 나고, 그렇다고 방학 숙제를 하기는 더 싫고, 공터에 나가 보지만 다들 어디에 틀어박혀 있는지 그림자도 보이지 않고, 해서 시장통이나 한 바퀴 돌아볼 생각에 헉헉거리며 여기저기 기웃거리고 있을 때였다.

"형? 그게 뭐야? 아이스께끼?"

"히히."

아이스께끼 통을 어깨에 둘러멘 상수 형이 멋쩍은 미소를 지으며 기철이의 손목을 잡아끌었다. 그리고는 부리나케 시장통을 빠져나와 큰길 건너 한강 모래사장으로 데리고 갔다.

“히히. 사장 아저씨한테는 학교 안 다닌다고 했지. 학교 다니는 거 알면 안 시켜주거든. 히히히.”

“이야, 정말 대단한데! 아이스께끼라니! 하드도 있겠네?”

“그럼!”

“야… 이야아!”

상수 형이 우러러 보였다.

“볼래?”

“응. 좀 보자 형!”

네모 난 아이스께끼 통에는 색색의 아이스께끼와 하드가 가득 담겨 있었다.

“이야!”

“께끼가 오십 개고 하드가 스무 개야. 그중에 께끼 열 개하고 하드 네 개가 내 몫이지.”

“께끼 열 개하고 하드 네 개?”

“히히. 그래 인마, 께끼 열 개 하드 네 개.”

기철이는 벌어진 입을 다물지 못했다. 입안에 고인 침이 꿀꺽하고 목을 넘어가고 있었다.

“형! 나도 시켜주면 안 돼?”

“웃기시네!”

“왜?”

“아무나 시켜주는 줄 알아?”

“학교 안 다닌다고 하지 뭐.”

“학교도 그렇고… 보증을 서야 한단 말이야.”

"보증? 그게 뭔데?"

"야, 생각해 봐라. 께끼 통에다 께끼하고 하드, 이게 얼만데 아무한테나 내주냐? 너라면 주겠냐?"

"그건 그래."

"희을이 형 있지?"

"응. 곰보 아줌마네 희을이 형."

"나도 그 형이 보증을 서고 겨우 하게 된 거야. 그 형이 께끼 패들 꽉 잡고 있거든."

"그래? 나도 좀 서달라면 안 될까? 그거 보증이라는 거…"

"안 될걸… 한번 해 보든지…"

"해 봐야지!"

"너… 나 이 일 하는 거 아무한테도 말하면 안 돼. 알지?"

"알아. 근데 형."

"왜?"

"따라다니면 안 돼?"

"……?"

"그냥… 어떻게 하는 건지 봐야 할 거 아냐?"

"하긴… 좋아! 따라와! 가자!"

"가자!"

상수 형은 타고 난 장사꾼이었다. 먼저 백사장을 훑으면서 한강 다리를 건너 샛강으로 갔고, 샛강을 훑은 다음 다시 한강 다리를 건너와 다시 한번 백사장을 훑었을 때 이미 께끼 통 무게는 절반으로 줄어 있었다.

"이야! 형, 이제 어디로 가지?"

기철이는 더위고 뭐고 까마득하게 잊어버린 채 당장 하늘이라도 차고 오를 것 같았다.

"히히. 저쪽이야."

"말죽거리?"

"히히. 국립묘지 있지? 그 앞에 사람들이 많거든."

"가자, 말죽거리로!"

"께끼나 하드~!"

"아이스께끼~!"

기철이는 국립묘지 정문 옆 나무 그늘이 드리워진 바위 위에 걸터앉아 상수 형이 건네준 마지막 하드를 빨았다. 아이스께끼는 먹어본 적이 있는데 하드 맛을 보긴 그것이 처음이었다.

"살살 녹네, 녹아!"

"그러니까 비싸지 괜히 비싸겠냐?"

"하긴."

"에이, 조금만 일찍 끝났으면 한 통 더 받아오는 건데…"

상수 형이 주머니에서 돈을 꺼내 헤아리다 말고 저물어가는 해를 올려다보면서 애석하다는 듯 혀를 찼다.

"다 팔았잖아?"

"야, 너하고 나하고 께끼 네 개에다 하드를 두 개나 먹어 치웠는데 뭐가 남겠니?"

"녹아서 팔 수도 없는 거라며?"

"그래도…"

"에이, 내일 또 팔면 되지 뭐."

"내일은 내일이고…"

상수 형은 기철이가 먹어 치운 께끼와 하드 생각이 나는지 원망에 찬 눈길을 보냈다. 하지만 기철이는 시치미를 뚝 떼고 이렇게 말했다.

"걱정하지 마, 형. 다음엔 내가 낼게."

하지만 기철이의 그 약속은 지켜지지 않았다.

"그래서? 오늘 종일 께끼 통을 매고 다녔단 말이니? 아이스께끼, 하드~ 하고 소리치면서?"

"네. 엄마."

엄마하고 상의한 것이 잘못이었다. 네, 엄마 하는 천연덕스러운 대답이 떨어지기가 무섭게 눈에서 불이 번쩍하는가 싶더니 허공을 휙휙 가르면서 회초리가 날아들기 시작했다.

"아이구 엄마, 살려주세요! 잘못했어요!"

손이 발이 되도록 빌고 또 빌었으나 엄마의 회초리는 멈출 기색이 없었다.

"이 녀석! 지난번 벽돌 지고 왔을 때 얘기했지? 다신 그런 짓 하지 말라고! 아버지가 이 사실을 알면 뭐라고 하시겠니 못된 놈아! 하라는 공부는 안 하고, 뭐? 께끼 장사? 천하에 몹쓸 놈 같으니!"

울고불고 두 손을 싹싹 비비면서 기철이는 다짐에 다짐을 거듭했다.

"알았어, 엄마. 잘못했어, 엄마. 께끼 장사 안 할게. 공부 열심히 해서 공무원 될게, 제발!"

엄마는 세상에서 가장 좋은 직업은 공무원이라고 믿었고 두 아들이 그렇게 되기를 원했다. 나중에 안 일이지만 아버지는 열네 살 때 생애 첫 번째 직장—시계방 점원—을 얻었고, 그 후 40여 년 동안 일을 하시면서 순전히 타의에 의해 열아홉 번이나 직장을 옮겼으며, 그중 절반 이상의 세월을 새 직장 구하는 데 보냈다. 자식들을 공무원으로 키우고자 한 데는 그만한 이유가 있었다. 나라가 망하지 않는 한 실직할 위험이 없다는 것이 엄마의 굳은 신념이었다.

12

개학하고 얼마 지나지 않아서 한 아이가 전학을 왔다. 깡마른 체격에 피부색이 검었고, 다른 아이들보다 키가 한 뼘쯤 더 큰 데다 빡빡머리, 거기에 눈까지 푹 꺼져 있었기 때문에 두말없이 '토인'이라는 별명이 붙었다. 이름은 박찬수. 선생님께서 출석을 부를 때를 제외하고는 대개 '토인'이나 '사댕이빡'으로 불렸다. 토인, 사댕이빡은 아이들보다 두 살이 더 많았고, 별명이 말하듯이 사댕이에 살았다.

사댕이—

그 한마디에 아이들은 고개를 저었다. 사댕이빡의 출현은 그 자체가 아이들에게는 공포와 두려움의 대상이었고, 그 주변을 둘러싼 이러저러한 흉흉한 소문들이 삽시간에 학교 전체에 퍼져나갔다. 그리고 흉흉한 소문을 증명이라도 하듯이 얼마 지나지 않아 사건이 터졌다. 시장통 아이들이 첫 번째 희생양이었다. 그런데, 알 수 없는 일은 먼저 선전포고를 한 쪽이 사댕이빡이 아니라 시장통 패거리라는 것이었다.

사댕이빡은 말이 없었다. 자신에 관한 흉흉한 소문에 대해 아는지 모르는지 전학해 온 뒤로 귀신처럼 조용히 학교를 오가며 누구하고도 접촉하지 않았다.

"네!"

하루에 한 번, 선생님이 출석을 부를 때를 제외하고 사댕이빡의 목소리를 들어볼 수가 없을 정도였다. 하지만 아이들은 '네' 하고 목구멍 깊은 곳에서 울려 나오는 그 짧은 한마디를 통해 사댕이빡의 그 조용함 뒤에 감춰진 분노와 살기를 느낄 수 있었고, 그 억눌린 심사가 행여 자신을 향하지 않을까 가슴을 졸여야 했다.

"밥은 안 먹고… 뱀만 먹는다더라!"

"2년 굶으면서… 사댕이 뱀 씨를 말렸대!"

"아버지가 독사한테 물려 죽었다는 거야. 그래서 뱀만 보면 눈알이 팩 돌아가서… 쉿! 저기 간다. 봐, 저 새끼. 꼭 뱀 같잖아. 독사!"

"……!"

귀신처럼 헐렁한 걸음걸이로 교문을 빠져나가는 사댕이빡의 뒷모습을 지켜보는 아이들의 가슴은 자기도 모르게 벌렁대고 있었다.

그렇게, 보이지 않는 팽팽한 긴장이 학교 전체를 감싸고 있을 때, 그 긴장을 견디지 못한 시장통 패거리들이 먼저 전쟁을 선언하고 나섰다. 결과만 두고 봤을 때, 시장통 아이들이 무모했던 반면 공군주택 아이들은 겁에 질려 있었고, 61번지 아이들은 좀 더 신중했다고 할 수 있다.

"전쟁이야!"

"사댕이하고 시장통하고 붙는다더라!"

"정말? 이야!"

잔뜩 당겨진 활줄처럼 팽팽했던 긴장이 확 풀어지는 순간이었다. 그 뒤에 닥칠 엄청난 파장은 아무도 모르는 채 말이다.

전쟁터는 한강 다리 밑 모래사장이었다. 길게 자란 갈대 사이에 조그마한 공지가 있었고, 그 한가운데 사댕이빡과 다섯 명의 시장통 패거리, 그리고 주위에 61번지 아이들이 자리를 잡았다. 심판이면서 또한 참관인 자격이었다.

"시작할까? 자, 누가 먼저야?"

심판석에서 개전을 알렸고, 시장통 패거리들은 서로 눈짓을 교환했다.

"새끼들, 덤벼! 빨리 덤벼!"

처음으로 들어보는 사댕이빽의 목소리는 생각보다 가늘고 높았다. 서두르는 기색이 역력했는데 자신감의 표현 같기도 했고 다른 이유가 있는 것 같기도 했다.

"덤벼! 죽여 버릴 거야!"

"제기랄!"

성질 급한 관철이 먼저 나섰다. '순대' 관철이 엄마는 시장통에서 해장국집을 했는데, 그래서 그런지 키는 작지만 살찐 체구만큼이나 힘이 좋기로 유명했다. 하지만 누가 봐도 상대가 아니었다. 키 차이가 한 자는 되었고, 민첩성에서도 비교가 되지 않았다. 산돼지처럼 고개를 쳐들고 두 팔을 벌린 채 앞으로 짓쳐들면서 허리를 낚아채 보려고 하지만 그때마다 사댕이빽은 풀뱀처럼 유연하게 허리를 비틀어 이를 피해냈다.

"헉, 헉!"

"이얏!"

퍽!

그 한 방으로 끝이었다. 요리조리 피하던 사댕이빽의 주먹이 순식간에 콧잔등을 후려쳤고, 가엾은 순대는 저만치 나가떨어지면서 자지러질 듯 비명을 질렀다.

"그만!"

다음으로, 고물상 아들 '헐렁이' 정팔이가 나섰다.

"퉤!"

하지만, 결과는 더 허무했다. 헐렁이 정팔이가 손바닥에 침을 탁 뱉고 차기 자세를 잡는 순간 사댕이빽의 발길질이 어느 틈에 아랫도리를 걷어차고 있었다.

"욱!"

그걸로 그만이었다.

"그만!"

다음으로 나선 사람은 '칼잽이' 승일이었다. 승일이는 평소 철판 쪼가리를 갈아 만든 조그마한 주머니칼을 지니고 다니면서 늘 이렇게 말했다.

"덤벼! 그어 버릴 테니까!"

하지만 아직 그 주머니칼을 사용했다는 소문은 들리지 않았다. 기껏 여자아이들 고무줄 끊어먹었다는 얘기가 고작이었다. 꿀꺽, 칼잽이 승일이의 진짜 모습을 보겠다는 생각에 모두 침을 삼켰다.

"덤벼! 그어 버릴 테니까! 어서!"

"……!"

"그어 버릴 거야!"

"……!"

침묵 속에 팽팽한 긴장이 감돌았다. 당황한 듯 사댕이빡이 주먹을 부르르 떨었지만 아무도 눈치를 채지 못했고, 뜻밖의 사태로 인해 전쟁은 그 대목에서 막을 내려야만 했다.

"안 돼!"

"이놈들!"

고함이 터져 나온 것은 거의 동시였다. 안 돼, 하고 소리친 사람은 심판석에 앉아 사댕이빡의 몸놀림을 유심히 살피고 있었던 기철이였고, 그보다 더 큰 목소리로 이놈들, 하고 소리를 지른 사람은 뒤늦게 소식을 전해 듣고 달려온 훈육주임 '미친개'였다.

그렇게, 전쟁은 끝이 났고 미친개의 포로가 된 병졸들은 한 명도 빠짐없이 훈육실로 끌려갔다. 그리고는 전쟁보다 더 가혹한 심문이 진행되었다.

"말 못 하겠어? 어느 놈이 먼저 시작한 거야?"

미친개는 시뻘겋게 눈알을 부라린 채 아이들 키만 한 긴 몽둥이로 마룻바닥을 쿵쿵 찍으면서 고래고래 소리를 질렀고, 다섯 명의 시장통 패거리, 일곱 명의 61번지 아이들, 그리고 외따로 사댕이빡이 무릎을 꿇은 채 서로 눈치를 살폈다.

"거지만도 못한 새끼들!"

휙, 허공을 가르는 소리와 함께 몽둥이가 날아들기 시작했다.

윽, 악, 어이쿠!

열댓 명의 병졸들 모두 저마다 공격당한 부위를 움켜쥐고 마룻바닥을 뒹굴었다. 아니, 단 한 사람, 사댕이빡은 아니었다.

"……!"

가슴이 철렁했다. 세상을 살아오면서 단 한 번도 느껴본 적이 없는 살기… 땀과 눈물과 먼지로 범벅이 된 시커멓고 깡마른 얼굴, 깊고 퀭한 눈에서 세상 모두를 녹여 버리기라도 할 듯 이글이글 타오르며 강렬하게 쏟아지는 증오에 찬 눈빛! 사댕이빡은 마룻바닥을 구르는 쇼 따위는 할 생각이 없는 듯했다. 마룻바닥에 꿇어앉은 채 미친개의 몽둥이질을 그대로 받아냈다.

"개새끼!"

사댕이빡의 그 모습이 피에 주린 광기를 자극했던지 미친개는 허옇게 이빨을 드러내고 먹이를 앞둔 승냥이처럼 으르렁거리기 시작했다.

"빨갱이 새끼! 에미가 애걸복걸해서 겨우 받아줬더니 한 달도 안 돼 이 지랄이야!"

"……!"

"이 새끼가 어디다 대고 눈알을 치켜떠?"

몽둥이가 허공을 갈랐고, 사댕이빡은 두 눈을 부릅뜬 채 미친개의 몽둥이를 이마로 받아냈다.

딱!

따악!

딱…!

이마가 터지면서 핏방울이 튀었다.

딱!

딱…!

때마침 훈육실 옆을 지나던 교감 선생님이 달려들어 손목을 잡아 비틀 때까지 미친개의 매질은 멈추지 않았다.

"빨갱이 새끼! 빨갱이! 빨갱이…"

"그만해 김 선생… 그만…"

복도 끝이 조용해질 때까지 사댕이빡은 자리에서 일어나지 않았다. 이마에서 흘러내린 피가 얼굴을 뒤덮고 있었지만 닦을 생각도 하지 않았다. 그 모습은, 활활 타는 지옥문을 지키고 있는 악마의 모습 그대로였다.

그날 이후 학교에서 사댕이빡의 모습은 볼 수가 없었다. 교정에는 다시 평화가 깃들고, 시장통과 공군주택 그리고 산 61번지에도 정적이 찾아왔다.

조용한 가운데 이러저러한 소문이 퍼져나갔다. 그리고, 모든 일이 그렇듯이 그 소문에는 치장과 과장이 따랐다.

"칼잽이 승일이가 그어 버렸다며?"

"아무것도 아니었다더라 뭐. 헐렁이 발차기 한 방에 끝장이 났다더라."

"그게 아니고… 이렇게, 순대가 허리를 껴안은 다음에 이렇게 팍… 그리고는 두 팔을 다리로 누르고 죽기 살기로 두들겨 팼다는 거야."

하지만 정작 기철이나 다른 61번지 아이들 그리고 당사자인 시장통 패거리들은 쑥덕공론에 끼지 않았다.

"사댕이빡 아버지가 빨갱이였는데… 죽창 들고 다니면서 사람 많이 죽였다더라. 나중에 국군들한테 맞아 죽었지. 미친개 형이 육이오 때 군대 나가서 죽었는데… 그래서 빨갱이라면 치를 떤다는 거야. 야, 그나저나 그 새끼 정말 무섭긴 무섭대! 봤지, 그 피!"

며칠 지난 어느 날, 다소 겁에 질린 표정으로 쌕쌕이 승진이가 새로운 소문을 전했을 때 기철이는 이렇게 한마디 하는 것으로 자신의 심정을 대변했다.

"공정하지 못했어. 미친개는 미쳤다 치고…"

13

하늘이 높아지고 아침저녁으로 시원한 공기가 머리카락을 어루만지며 지나갔다. 기철이는 코를 흥흥거리면서 이따금 국립묘지 쪽을 살피며 입가에 의미 있는 미소를 지었다.

"저녁 먹고 변소로 와."

"……?"

국립묘지를 향하고 있는 기철이의 시선을 따라가던 석만이가 알았다는 듯 미소를 지으며 고개를 끄덕였다.

"끙… 그러니까… 토요일이고… 사람들도 많을 거니까… 끙, 알았지?"

"후, 냄새! 알았어. 빨리 끝내. 난 끝났어."

"끙! 야, 자꾸 나오는데 어떻게 끝내냐?"

"히히. 힘줘서 잘라내면 된다며?"

"제길, 퉤!"

"히히."

책가방을 숨긴 곳은 공터 끝자락 공사장 터였다. 공군주택과 거의 동시에 공사를 시작했지만 새로 지은 공군주택에 새로운 주인이 이사 온 지 한참이 지나도록 채소밭 자리의 벽돌집은 완공이 되지 못했다. 마을 사람들은 자신들이 져 나른 건축 자재들이 하루하루 벽이 되고 창이 되고 지붕이 되는 과정을 매우 대견스럽게 지켜보고 있었다. 그러던 어느 날, 산 61번지에 처음으로 지어지는 벽돌집이 날씬한 처마를 드러냈고, 이제 곧 철문을 매달기만 하면 공군주택 부럽지 않은 훌륭한 저택이 탄생할 순간이었다.

쿵!

쾅!

우르르!

아이들과 어른들 모두 나와서 다 된 집이 허물어지는 그 비극적인 순간을 지켜보았다. 벽돌집을 무너뜨린 사람들은 동회에서 나온 철거반원들이었다. 보르크로 쌓아 올린 외벽을 무너뜨리고 마당으로 들어선 철거반원들이 해머로 벽에 구멍을 내기 시작했다.

쾅!

해머로 벽을 내려칠 때마다 벽에 금이 갔고, 무너지는 벽과 함께 산 61번지 아이들과 어른들이 가슴 한구석에 간직하고 있던 어렴풋한 희망도 무너져 내렸다. 그리고 마침내… 네 번째 구멍이 뚫리면서 집은 와르르 무너졌고, 돈 벌면 나도 저런 집을 지어야지 했던 산 61번지 사람들의 막연했던 꿈도 뽀얀 먼지 속에 산산이 흩어져 버리고 말았다.

꿈과 희망은 사라졌지만 아이들은 절망하지 않았다. 희망을 많이 소비해버린 어른들에 비해 아이들에게는 더 빨리 새로운 희망이 찾아드는 법이었다. 무너진 집터는 오랫동안 치워지지 않았고 아이들에게 훌륭한 놀이터를 제공했다. 비록 무너지긴 했어도 인위적인 구조물이 그처럼 완전하게 아이들에게 주어진다는 것은 흔한 일이 아니었고, 아이들은 자신들에게 주어진 이 남다른 기회를 십분 활용할 줄 알았다.

"여기야. 여기라면 아무도 모를 거야."

"정말 괜찮을까?"

"괜찮아. 나만 믿어. 자, 가자!"

"……."

무너진 집 깊숙한 곳까지 기어들어 가서 책가방을 감추고 몇 겹으로 위장까지 했지만, 석만이는 불안한 기색을 떨치지 못했다. 학교 빼먹은 것이 들통날까 염려하며 자꾸만 뒤를 돌아보는 석만이에게 기철이가 한마디 했다.

"잊어버려. 끝난 일이야. 정신 차리고 지금부터는 헌병하고 사댕이패 걱정이나 해."

"그래도…"

사댕이패도 사댕이패지만 민족 최대의 전란을 치러내고 이제는 남의 나라 전쟁터까지 누비고 있는 대한민국 국군은 그리 만만한 상대가 아니었다. 그것도 헌병이라니!

"……!"

마른 나뭇가지를 꺾어 들고 풀잎을 치면서 산속을 이리저리 헤매다가 밤송이가 탐스럽게 매달린 나무 한 그루를 발견하고는 재빠르게 기어 올라갔다. 그리고는 이 가지 저 가지 옮겨 다니면서 나무 아래서 기다리고 있는 석만이에게 한참 신나게 밤송이를 던져 주고 있을 때였다. 귀신처럼 불쑥 헌병이 나타났다. 모자를 깊게 눌러쓰고 형형한 눈빛을 쏘면서 언제나처럼 곤봉을 꼬나쥐고.

"어이쿠!"

발아래서 석만이 비명이 들리자 사태를 직감한 기철이는 순간적으로 머리를 굴렸다. 급한 대로 손에 닿는 나뭇가지를 슬며시 끌어다 몸을 감추고 숨을 죽였다.

하지만—

"제길!"

숨을 죽이고 나무 밑을 살피던 기철이는 절망적으로 한숨을 내쉬었다. 저 아래 나무에 오르기 전에 벗어놓았던 신발 두 짝이 보란 듯이 가지런히 놓여 있었기 때문이다.

"거기, 위에 있는 놈! 어서 내려오지 못해!"

헌병의 호통과 함께 모든 것을 체념한 기철이는 느릿느릿 나무에서 내려왔고, 두 어린 도둑은 고개가 꺾인 채 초소로 끌려갔다.

"몇 학년이야?"

"4학년이요."

짝, 짝, 짝, 짜악!

빠따가 석만이의 맨 엉덩이를 치면서 빨간 줄을 그을 때마다 기철이는 질끈 눈을 감았다. 차례를 기다리며 엉덩이를 까고 엎드려 있는 기철이에게 헌병이 물었다.

"몇 학년이야?"

"2학년이요."

"정말?"

"네."

짝, 짝!

"흐흥! 헤헤."

초소에서 풀려나 국립묘지 돌담을 넘어 집으로 돌아오는 길에 기철이는 내내 콧노래를 불렀다. 반대로 석만이는 잔뜩 부어 있었다.

"그럴 줄 알았으면 3학년이라고 하는 건데… 뭐? 네가 2학년이라고?"

이건 석만이의 푸념이고,

"제길, 신발은 아무 데나 벗어두는 게 아니야!"

이건 기철이의 때늦은 후회였다.

"헤헤!"

하지만 꾀를 써서 두 대밖에 맞지 않은 것은 생각할수록 대견한 일이 아닐 수 없었다. 그런 자신을 기다리고 있는 더 큰 낭패를 전혀 모르는 채 말이다.

"학교 다녀왔습니다!"

"……."

"엄마, 배고파요!"

학교 빼먹은 것을 감추기 위해 수선을 떠는데 어째 엄마 얼굴이 평소 같지 않았다.

"토요일이잖아. 일찍 끝났는데 석만이 끝나기 기다렸다가 같이 오느냐고 좀 늦었어. 저기… 오네."

사전에 짠 대로 한 걸음 늦게 석만이가 대문 안으로 들어섰다.

"학교 다녀왔습니다! 안녕하세요, 아줌마?"

"……."

"엄마~ 배고프다고요."

"그래. 들어가자."

기철이는 부엌으로 들어서는 엄마의 뒷모습을 살피며 석만이와 눈을 맞춘 다음 방으로 들어갔다.

"그래… 학교에서 별일은 없었고?"

"네. 엄마."

"선생님 말씀 잘 듣고?"

"네. 엄마."

"그래?"

"네. 엄마."

"……."

"후!"

엄마 말에 건성건성 대답하며 수제비 한 그릇을 뚝딱 해치운 기철이는 방바닥에 벌렁 누웠다. 어쨌든 대단히 힘든 하루였으니까.

"바로 앉아라!"

잠시 나갔다 들어오신 엄마가 정색했다.

"졸려…"

"어서!"

"네. 엄마."

일어나 앉으며 엄마 얼굴을 보는 순간 기철이는 무언가 심상찮은 위험이 닥친 걸 깨달았다. 안색도 안색이거니와 턱, 하고 방바닥에 내려놓는 싸리나무 회초리가 한 무더기나 되었다.

"엄마!"

"잘못한 거 있지?"

"……."

"있지?"

"내가 뭘…"

쉭— 짜악!

"아이쿠, 아야!"

"바른대로 말 못 해?"

"아니…"

쉭쉭쉭, 짝짝짝!

"아야 엄마! 아야! 아이쿠!"

"어서!"

짝!

경험상으로 볼 때 상황이 이쯤 되면 이실직고하는 편이 나았다. 호락호락 적당히 넘어갈 엄마가 아니었기 때문이다.

14

다음 날, 기철이와 석만이는 아침 일찍 학교에 갔고 일주일 중 어느 날보다 빨리 학교에서 돌아왔다. 토요일이었다. 그러니까 어제, 기철이와 석만이는 금요일을 토요일로 착각한 것이다.

토요일이잖아. 일찍 끝났는데…….

그러니까, 기철이의 그 말이 아니었으면 어쩌면 감쪽같이 넘어갔을지도 모르는 일이었다.

"손가락은 왜 그래?"

얼마나 얻어맞았는지 눈두덩이 주변이 시퍼렇게 변한 석만이가 붕대가 감긴 기철이의 손가락을 보며 물었다.

"히히. 이거?"

어제, 맞는 사람도 지치고 때리는 사람도 지칠 무렵, 그래서 기철이가 이제는 끝났거니 했을 때 엄마가 부엌에 나가 성냥갑을 들고 들어오셨다.

"다신 안 그럴 거지?"

"네. 엄마."

"그럼 이리 와 앉아라."

"네. 엄마."

"손 이리 내밀고."

"네. 엄마."

칙—!

"으악!"

"꼼짝 말고!"

"으악, 으아악!"

성냥불을 켜 든 엄마는 성냥 한 개비가 다 탈 때까지 기철이의 손목을 놓아주지 않았다. 기철이의 새끼손가락을 성냥불로 지진 것이다.

"그 상처를 보면서 다신 잊지 말라는 뜻이다. 알겠지?"

"네. 엄마."

"좀 보자."

"네. 엄마."

엄마는 지진 손가락을 입으로 빨아준 다음 약을 바르고 붕대를 감아주었다.

기철이의 얘기를 들은 석만이는 마치 자기 손가락을 지지기라도 한 듯 진저리를 쳤다.

"괜찮아. 곧 나을 건데 뭐. 히히."

기철이는 어제의 고통은 까맣게 잊고 안됐다는 듯 석만이의 시퍼런 눈두덩을 유심히 살폈다. 그리고는 한마디 했다.

"히히. 안경 썼냐?"

하지만, 기철이의 수난은 여기서 끝나지 않았다. 며칠 지나지 않아서였다. 학교에 갔는데 웬일인지 같은 반 아이들이 교문을 나서고 있었다.

"어?"

"어?"

"무슨 일이야?"

"너 왜 학교 안 왔어?"

"왔잖아?"

히히히. 낄낄낄.

여기저기서 웃는 소리가 들렸다.

"얘, 넌 아침반 점심반 구분도 못 하니?"

지나치다 말고 한심하다는 듯 수정이가 참견하고 나섰다.

"……?"

"어제 종례 시간에 선생님이 그러셨잖아. 17반 선생님이 일이 있으셔서 반을 바꿨다고. 얘는 그저 빵에만 정신이 팔려서 선생님 말씀은 듣지도 않았나 봐. 호호. 그러니까 빵 벌레라는 거야."

둘러싼 아이들이 웃음보를 터뜨리자 재미가 났는지 수정이는 한술 더 떴다.

"교무실로 가 봐. 누가 알아, 선생님께서 네 빵을 주실지?"

그렇게 맞고 손가락까지 지졌는데 또 학교를 빼먹다니… 눈앞이 캄캄했다. 교문 옆 호숫가 나무 그늘에 앉아 시간을 보내며 기철이는 고민에 고민을 거듭했다.

고민은 크게 두 가지였다. 이 일을 엄마한테 어떻게 알아듣게 설명하냐가 첫째였고, 수정이 말대로 빵을 받으러 교무실에 가 볼 것이냐 말 것이냐 하는 게 두 번째였다. 첫 번째 문제는 어쨌든 집안일이고 협상의 여지도 충분히 있었다. 기철이의 결론이 그랬다.

"그래, 일단 부딪쳐 보는 거야!"

한동안 고민하던 기철이는 가까운 데 있는 문제, 그러니까 두 번째 문제부터 해결하기로 했다. 문제도 문제이거니와 무엇보다 빵을 목으로 넘길 때의 그 행복한 포만감이 가져다주는 유혹을 견디기 어려웠던 것이다.

드르륵!

교무실 문을 열자 선생님들의 시선이 일제히 기철이에게 쏟아졌다. 수업을 마친 아침반 선생님, 수업을 준비하고 있는 저녁반 선생님들이었다.

"안녕하세요!"

교무실 안을 향해 큰 목소리로 인사를 한 다음 담임선생님 앞으로 갔다.

"이기철? 너 왜 학교 안 왔어? 이제 오는 거야?"

"점심반인 줄 알고…"

"뭐라고?"

"저… 제 빵…"

"빵? 이런 멍청이!"

퍽, 퍽, 퍽!

벌떡 일어난 선생님이 예의 그 출석부로 기철이의 머리를 사정없이 내려치기 시작했고, 교무실 여기저기서 선생님들의 웃음소리가 터져 나왔다.

그렇게… 눈물 젖은 빵을 얻어먹고, 집에 돌아와서 엄마한테 한 번 더 늘씬하게 얻어맞은 후 잠자리에 들기 전에 기철이는 자신에게 말했다.

"괜찮아. 어차피 내 빵이었으니까!"

15

기철이에게 그해 가을 소풍은 인생의 일대 전환점이 되었다. 누구에게나 그런 날은 있기 마련이다. 다른 점이 있다면 누구는 그 운명을 따르고 누구는 그 운명에서 비켜나 또다시 찾아오는 새로운 운명을 맞이하게 된다는 것이다. 무엇이 옳고 그르거나, 무엇이 더 좋고 나쁜 문제가 아니다. 행운이라면 행운이고, 불행이라면 또 불행이라고 할 수도 있는 수많은 전환점이 우리의 인생에 찾아든다. 그렇다 보니 불행보다는 행운 쪽에 기대를 거는 것일 뿐이다. 아주 먼 훗날, 어른이 된 기철이는 이때의 일들을 이렇게 회상했다.

"지금도 함께 숨 쉬고 있는 그때 그 사람들… 젊은 어머니, 어린 누나와 형, 계화 할아버지와 찐빵 가게 아줌마, 석만이, 오야와 개코, 망태, 무법자 털보, 수정이, 상수 형, 사댕이빽, 순대 관철이와 헐렁이 정팔이 칼잽이 승일이 쌕쌕이 승진이, 미친개… 그리고 현실보다 더 생생한 산 61번지의 골목골목, 달마사 아카시아 숲과 국립묘지 밤나무 군락, 유행가 가락이 구성지게 울려 퍼지던 한강의 모래사장, 활동사진보다 더 흥미롭던 시장통 어귀, 어귀… 그 모든 것이 전환점 아니었을까? 더러는 사랑을 가르치고 더러는 공포를 불러일으키고 더러는 아픈 상처를 남겼지만, 그것을 행운이나 불행이라고 단정 지을 수는 없는 것 아닐까? 마음을 데워주는 선의(善意)로, 습한 가슴을 말려주는 열정으로, 더러는 무너진 결의를 다져주는 용기로 다가서면서 내 인생의 빈 곳들을 채워 주고 있는 게 아닐까? 그래서 다들 그런 것들을 소중하게 간직하고 있는 게 아닐까? 이따금 꺼내 보면서, 어려웠지만 꿈을 꾸었고, 모양을 바꿀 뿐 그 꿈은 지금도 계속되고 있다고, 그 연속선상에서 인생은 끊임없이 새로운 전환점을 만들어 나가는 것이라고, 실의에 빠진 자기 삶을 다독이는 것 아닐까?"

김밥 두 줄과 찐 달걀 하나, 그리고 엄마가 크게 맘먹고 사 주신 사이다 한 병이 전부였지만 국립묘지로 향하는 소풍 길은 즐거웠다.

"히히."

기철이의 입가에서 웃음이 떠나지 않는 이유는 오로지 하나였다. 밤나무. 수많은 아이와 선생님들… 눈치껏 한다면 오늘만큼은 헌병들도 어쩌지 못 하리라.

1, 2, 3학년이 함께한 소풍은 걸어서 국립묘지에 도착해 묵념한 뒤에 곧바로 점심시간이 주어졌고, 그 후에는 전 학년이 한데 모여 단체 오락을 하기로 되어 있었다. 1학년 18학급, 2학년 15학급, 3학년 18학급… 엄청난 숫자의 학생들에다 선생님들 그리고 학부모까지 한 데 엉겨 조용해야 할 공동묘지가 갑자기 아수라장으로 변하고 말았다. 학교 측에서는 단체 오락이라고 했지만, 오락이 아니라 아비규환의 현장이라는 말이 어울렸다. 두 해 봄가을에 걸쳐 벌써 네 번째나 똑같은 행사가 반복되고 있으니 안 봐도 뻔했다.

비단 기철이만 그런 생각을 하는 건 아니었다. 일부 학부모들은 점심시간이 시작되면서부터 자녀를 데리고 조용한 곳으로 가서 가족끼리 오붓한 시간을 보내다가 행사가 끝날 무렵에야 아이를 반으로 돌려보냈다. 학교 측도 그런 사실을 뻔히 알고 있었지만, 인원 통제에 애를 먹고 있었기 때문에 묵인하지 않을 수 없었다.

대열에서 너무 떨어진 게 화근이었다.

"……!"

밤나무를 찾아 한 걸음 한 걸음 숲속으로 들어서다 보니 어느 틈에 깊이 들어와 있었다. 대열에서 너무 멀리, 그리고 오래 떨어져 있었다 싶어서 돌아가려고 했을 때 길을 잃었다는 사실을 깨달았다.

"어?"

여기다 싶어 한참 가다 보면 다시 제 자리였다. 아무리 둘러보지만 울창한 나뭇가지에 가려진 하늘 아래서 여기나 저기나 길은 비슷하고 나무들 모양도 그랬다.

헉, 헉!

더럭 겁이 난 기철이는 정신없이 산속을 헤집고 돌아다녔다. 하지만 여전히 거기가 거기였다. 문득 언젠가 엄마가 들려준 이야기가 떠올랐다.

"전쟁 나기 전 네 아빠가 함경도 단천이라는 곳에 계셨을 때라고 하더구나. 그곳 광산에 근무하실 때지. 겨울인데 눈이 왔거든. 아침에 일어나 보니 천지가 하얗더라는 거야. 하숙에서 현장까지는 10리 길인데 늘 다니던 길이라서 그러려니 하고 집을 나섰겠지? 그런데 그게 아니었던 거야. 새하얀 눈길을 한참 걷다 이상한 생각이 들어 주위를 돌아보니 생전 처음 와본 곳이더라는 거야. 처음엔 그저 길을 잘못 들었거니 생각했는데 웬걸! 길을 잃어버린 거지."

"그래서?"

"종일 헤매다가 인근 마을 청년들한테 발견이 돼서 겨우 목숨을 건졌다고 하는구나. 마을 노인들이 그러는데 눈이 사람을 홀린다는 거야. 산에서 수십 년을 산 사람도 한번 홀리면 벗어나지 못하고 헤매다가 눈 속에서 결국에 얼어 죽는다고 하더구나. 해서, 그다음부터는 눈이 내리면 꼭 두 사람 이상 짝을 지어서 다녔대."

그럼 나도 숲에 홀린 건가?

갑자기 가슴이 벌렁거리기 시작했다.

바로 그때.

"기철아! 기철이지?"

깨진 목소리에 간이 떨어졌다.

숲에서 불쑥 나타난 아이, 수정이였다.

"김수정!"

혼자 숲속을 헤매다 아는 얼굴을 만나니 구세주라도 본 듯 반갑기 그지없었다.

"이기철!"

감동적인 상봉이었다. 수정이는 울먹울먹하다가 마침내 엉엉 울음을 터뜨렸고, 기철이도 눈물을 글썽거렸지만 끝내 울음만은 참아냈다.

"어떻게 된 거야?"

"넌?"

"밤 따러 왔는데 밤나무가 안 보이잖아…"

"꽃이 예쁘더라고. 그래서 꽃을 따면서 그 길을 따라 계속 왔는데 돌아보니까 갑자기 길이 없어진 거야…"

"어느 쪽?"

"저기… 아니, 잘 모르겠어. 거기가 거기 같고…"

"난리 났군!"

"뭐?"

"응, 아니… 할 수 없지 뭐."

어쨌든 혼자보다야 나았다. 다소 마음이 진정된 기철이는 마른 나뭇가지를 꺾어 뱀채 두 개를 만든 다음 하나를 수정이에게 건넸다.

"받아."

"……?"

"뱀채야."

"뱀?"

수정이가 비명을 지르며 뒤를 살폈다.

"자, 이렇게."

길을 막고 있는 풀잎을 치면서 기철이가 앞장을 서고 수정이가 그 뒤를 따랐다.

"배고프지?"

"죽을 지경이야!"

풀잎을 뉘여 자리를 만든 다음 수정이를 앉히고 그 옆에 풀썩 쓰러지면서 기철이가 기운 빠진 목소리로 대답했다. 그도 그럴 것이 벌써 어둑해지고 있었던 것이다.

"먹어."

"……?"

"어서… 또 있어."

"맛있다! 이게 뭐야?"

아차 싶었지만 이미 뱉어진 말이었다.

"빵 벌레가 토스트도 모르니? …미안!"

"알아, 토스트."

"더 줄까?"

"너나 먹어."

"미안해. 자, 그럼 반씩 나누자."

"……."

수정이가 건네주는 토스트 반쪽을 받아들고 입에 넣으려고 할 때였다.

"헉!"

심장이 덜컥 내려앉았다. 풀숲 저만치서 두 사람을 노려보는 눈, 사댕이빡이었다.

"……!"

10여 미터의 거리를 두고 두 사람의 눈길이 공중에서 맞부딪쳤다.

"왜 그래? 엄마야!"

기철이의 눈길을 따라가다가 사댕이빡을 발견한 수정이가 비명을 질렀다. 등 뒤에 얼굴을 감춘 수정이가 바들바들 떨고 있는 것이 온몸에 전해졌다. 아니, 떨고 있는 사람은 정작 기철이 자신인지도 모를 일이었다.

가슴을 얼어붙게 하는 팽팽한 긴장감! 헐렁한 키에 시커멓고 깡마른 얼굴, 깊고 퀭한 눈, 세상 모두를 녹여 버리기라도 할 듯 이글이글 쏘아보는 증오에 찬 눈빛! 사댕이빡은 미친개의 몽둥이를 이마로 받아내던 그 모습 그대로였다. 기철이의 심장은 갓 잡아 올린 청어처럼 파닥거렸고 기철이 등에 얼굴을 파묻은 수정이는 낮은 소리로 공포에 질린 신음을 토해냈다.

기철이와 수정이는 어디가 어딘지도 모르고 무작정 뛰기 시작했다. 뱀채로 길을 내며 한발 앞서 달리고 있었지만 기철이는 수정이 손을 놓지 않았다. 수정이는 자신의 운명을 맡긴 채 기철이가 이끄는 대로 뒤를 따랐다. 하지만 그 뒤를 쫓는 사댕이빡은 인디언의 후예 같았다. 사라졌나 싶으면 다시 나타나고 나타났다 싶으면 어느 틈에 또 사라지면서 일정한 거리를 두고 두 사람을 따라왔다.

숲속의 밤은 일찍 찾아왔다. 어둠에 대한 공포보다는 사댕이빡에 대한 두려움이 더 컸으므로 기철이는 내심 안도의 한숨을 내쉬었다. 그 어둠 속에 몸을 숨길 수 있겠구나 싶어서였다.

"숨차! 그만, 좀 쉬었다가…"

숲을 빠져나와 비스듬하게 구릉이 진 언덕에 도착하자마자 자리에 픽 쓰러지면서 수정이가 가쁘게 숨을 몰아쉬었다. 큰 별이 그려져 있는 거로 보아 장군 묘가 분명했다. 잘 다듬어진 잔디 언덕 아래부터 다시 검푸른 숲이 이어지고, 그 숲 너머 저 멀리 한강이 바라다보였다.

"……."

그렇게, 이리저리 방향을 가늠하고 있을 때.

"같은 반이지?"

싸늘한 목소리가 허공을 갈랐다.

"엄마야!"

수정이의 비명이 동시에 어둠을 갈랐다.

"……!"

도망만 다닐 수는 없는 일이었다. 기철이는 수정이 앞을 막아서며 불끈 주먹을 쥐었다.

사댕이빡… 어둠 속에서 불쑥 나타난 사댕이빡의 모습은 말 그대로 악귀의 형상이었다. 적어도 수정이와 기철이의 눈에는 그렇게 보였다. 하지만 물러설 자리가 없으니 이를 악물지 않을 수 없었다.

"덤벼! 붙자구!"

기철이의 목소리는 가늘게 떨리고 있었다.

"……."

사댕이빡은 아무 대꾸 없이 한동안 두 사람을 쏘아보았다. 그런 사댕이빡의 태도는 두 사람을 더욱 공포에 질리게 했다.

"덤비란 말이야! 죽여 버리겠어!"

기철이가 악을 썼다.

"……."

언뜻, 어둠 속에서 웃는 듯 마는 듯 사댕이빡의 입술이 씰룩거렸다.

"덤벼!"

"왜? 이길 수 있을 것 같아?"

"……?"

"원한다면 상대해 줄 수 있어. 자신 있으니까."

"제길, 그건 나도 그래!"

"잠깐! 그럼… 싸우지 않겠다는 거야?"

사댕이빡의 말뜻을 이해한 수정이가 재빨리 거들고 나섰다.

"내가 언제 싸우자고 했나?"

"그럼… 뭐야? 우릴 쫓아왔잖아?"

"히히!"

잘못 들었나 싶었는데 사댕이빡은 웃고 있는 것이 분명했다.

"왜 웃는 거야?"

"우습지 그럼."

"무슨 소릴 하는 거니?"

수정이가 나섰다. 안정을 되찾은 목소리였다.

"처음… 너희 둘을 발견하고 길을 잃었구나 싶었어. 길을 알려주려고 했을 뿐이야."

"……!"

"근데 무작정 도망부터 치더라고. 그냥 놔둘까 했어. 그러다가…"

"……?"

"얘기해. 그러다가 어쨌단 거야?"

수정이는 평소의 당돌함을 되찾고 있었다.

"빨리!"

수정이의 다그침에 사댕이빡이 머리를 긁적이며 우물쭈물했다.

"얘길 해 사댕이… 아니, 박찬수."

"이기철, 넌 부하들이 많잖아. 네 말이라면 믿고."

내 이름을? 기철이는 내심 놀랐다.

"너하고 얘길 하고 싶었어. 그래서 따라온 거야."

"무슨 얘긴데 그래? 그럼 해. 집에 가야 한단 말이야. 길을 가르쳐줄 거면 빨리 가르쳐 주고."

다시 수정이가 끼어들었다. 상황이 수습되는가 싶어 보이자 여자답게 현실적인 계산도 잊지 않았다.

"그런 걱정은 마. 길은 가르쳐줄 거야. 여긴 우리 집 안방이나 마찬가지니까…"

"할 얘기가 뭐야?"

"그게, 그러니까… 난…"

"답답해! 뭐가 그렇게 힘들어?"

마음이 급해진 수정이가 이제는 짜증까지 냈다.

"알았어. 말할게. 그러니까, 나는 너희들이 알고 있는 것처럼 빨갱이 새끼가 아니라는 거야. 뱀을 먹지도 않고… 외삼촌은 빨갱이지만 우리 아빠는 국군이었어. 월남에서 돌아가셨고 여기 묻혀 계셔… 난 엄마하고 둘이 살아. 농사를 짓는데 엄마가 편찮으셔. 그래서 학교에 못 갔던 거야. 2년 동안… 지난번에도 농사 지을 사람이 없어서 학교 안 간다고 했어. 그런데 엄마가 강제로 보냈던 거야. 내 말은 모두 사실이야. 다 했어. 이제 길 가르쳐줄 테니 따라와."

산속 깊이 얼마나 들어갔던지 집으로 돌아가는 길은 멀었다. 요리조리 숲속을 빠져나오는 동안 세 사람은 한마디도 하지 않았다. 가끔 선잠이 들었던 산새들이 인기척에 놀라 푸드덕하고 날아올랐고, 그때마다 깜짝 놀란 수정이와 기철이는 맞잡은 손을 더욱 움켜잡았다. 앞장선 사댕이빽은 가볍게 휘파람을 불며 정말 제집인 양 유유자적했다.

“여기서부터는 너희 둘이 가. 곧장 내려가면 큰길이 나와. 바로 오른쪽이 국립묘지 정문이야. 그다음에 왼쪽 큰길을 따라서 계속 가면 돼. 난 간다.”

“…….”

사댕이빽과 헤어져 큰길에 나서면서부터 긴장이 풀리는지 수정이는 본래의 자기 모습으로 돌아가 쉼 없이 재잘댔다. 숲 속을 헤매면서 잔뜩 공포에 질려 있었던 기억은 벌써 잊어버린 듯했다.

큰길을 따라 걷는 기철이와 수정이는 마치 나들이를 나온 오누이처럼 다정했다. 생사를 함께 했던 한나절 동안의 모험이 두 사람을 급속도로 친숙하게 만들어 준 것이다. 모르긴 해도 학교에서나 두 사람 집에서나 난리가 났을 터였다. 하지만 그건 집에 도착하고 날이 밝아야지 해결이 될 문제였다.

“근데 말이야… 찬수 개를 보면서 문득 이런 생각이 들었어. 미운 오리 새끼. 왜 있잖아. 오리 틈에서 자란 백조… 어? 모르니? 모르는구나!”

수정이는 타고 난 얘기꾼이었다. 미운 오리 새끼 얘기를 실감나게 들려준 수정이가 살짝 얼굴을 붉히며 말을 이었다.

“난 말이야. 예전에 널 보면서 그런 생각을 했거든. 어쩌면 재가 미운 오리 새끼일지도 모른다고 말이야. 그런데 박찬수를 보니까 또 그런 생각이 드는 거 있지?"

무엇이 그리 좋은지 수정이는 한참이나 깔깔거렸다. 그러더니 이번에는 별난 제안을 했다.

"내일 우리 집에 올래? 날 구해줬잖아. 우리 엄마한테 맛있는 거 많이 만들어 놓으라고 할게. 물론 토스트도 구울 거야. 내 동화책도 빌려줄게. 미운 오리 새끼도 있고, 엄지공주… 아니 그건 좀 그럴 거고, 너한테는 톰 소여의 모험이 맞을 거야. 거지와 왕자도 좋고…"

"글쎄…"

"왜? 여자랑 노는 게 창피해서?"

이튿날 학교가 파하자마자 기철이는 수정이 손에 이끌려 수정이네 집으로 갔다. 그리고는 수정이 말대로 수정이 엄마가 차려주는 온갖 음식들을 맛보았고, 마침내 자신의 인생을 결정할 귀중한 것들과 만났다. 바로 책이었다.

그렇게, 수정이네 집 자그마한 서재에서 기철이는 전환점을 맞이했다. 그 전환점이 기철이의 인생을 어떻게 변화시키고, 어떻게 만들어 나갔는지 자세한 얘기는 나중에 해야 할 것 같다. 다만, 수많은 책과 만나고 그 책들을 통해 새로운 세계를 접하기 시작하면서부터 더 자주 전환점을 맞이했고, 수많은 행운과 불행을 겪었다는 것을 미리 밝혀둔다. 더불어, 예전보다 더 씩씩해졌다는 것도.

"미안해. 고마워."

기철이는 사댕이빠과 헤어지면서 그 말을 하지 못한 것을 못내 후회했다. 어쩌면 부끄러웠고, 어찌 생각하면 용기가 없어서였다. 하지만 그 후회를 통해 기철이는 한 가지 사실을 깊이 깨달았다.

"미안해. 고마워."

그 말이 얼마나 힘이 센지.

16

기철이의 이야기는 계속된다. 지금까지의 이야기가 계속 이어지고, 또 다른 기철이의 이야기가 어디선가 다시 시작된다. 책이 아니라 현실 속에서. 그 이야기는 더 재미있고, 이야기마다 색다른 감동을 줄 것이다. 아무도 쉽게 이야기보따리를 풀려고 하지 않아서 모르고 지나칠 뿐. 하지만 이야기보따리를 풀지 않는다고 해서 그 모든 것들이 어디론가 사라져 버리는 것은 아니다. 지금은 그렇게 시간이 흘러갈지 모르지만, 어느 날 가족끼리 둘러앉은 자리에서 누군가는 얘기를 꺼내기 마련이다. 말하자면… 이런 식으로.

기철이가 수정이네 집에 드나들기 시작한 지 얼마 지나지 않아서였다. 1년 동안이나 소식이 깜깜했던 아버지가 불쑥 집에 왔다. 일요일이었고, 형이 사 준 아라비안나이트에 푹 빠져 벌써 네 번째나 되풀이해서 읽고 있을 때였다.

"기철아! 아빠다!"

"네. 아빠."

"이 녀석 기철아!"

아버지는 기철이를 덥석 끌어안고 볼을 비비면서 하염없이 눈물을 흘렸다. 기철이는 아버지의 별난 행동이 좀 이상하긴 했지만, 곧 아무렇지도 않은 목소리로 말했다.

"엄마 없어. 계화네 갔거든."

그리고는 책으로 시선을 돌렸고, 하늘을 나는 양탄자와 요술 램프, 꾀 많은 소년 알리바바, 도적들이 감춰둔 동굴 속의 보물 이야기에 빠져들었다.

'엄마 없어. 계화네 갔거든…'

그 말은 먼 훗날까지 가족들 입에 자주 오르내렸다. 어른이 된 기철이는 그때마다 아버지에 대한 죄송한 마음에 얼굴을 붉혀야 했다. 하지만 젊은 날의 고단했던 인생 행로를 그대로 새겨 넣은 듯 꾸불꾸불 온통 주름이 지고 저승꽃이 만발한 얼굴에 백발까지 성성한 아버지는 허허 웃으면서도 여전히 서운함을 감추지 않으셨다.

"얼마나 섭섭하던지! 막내인 데다 1년 만에 보니 얼마나 반가웠겠어. 근데 마치 남 대하듯 하더라고…"

"그럴 수밖에… 어려서부터 두어 달에 한 번 볼까 말까 했던 아빤데 이번엔 1년 만에 나타났으니 가끔 엄마 만나러 오는 손님인가보다 생각했겠죠, 뭐.”

얘기가 나오길 기다렸다는 듯 젊은 시절 과부 아닌 과부 생활을 해야 했던 당신의 불만과 애절한 심정까지 담아내고 있는 어머니의 변론에 가족들은 박장대소하곤 했다. 하지만 그 웃음 속에는 축축하게 물기가 배어 있었다.

17

기철이는 달라지기 시작했다. 자주 세수를 했고 매일 아침 양치질도 잊지 않았다. 머리를 빗고 거울을 들여다보는 일도 잦아졌다. 그러면서, 예전에는 신경조차 쓰지 않았던 일들이 큰 고민거리로 떠오르기도 했다. 충치나 버짐, 살결 같은 것이었다. 충치는 뽑아버리면 될 일이고 버짐은 다른 아이들과 비교할 때 그리 심한 편은 아니었다. 하지만 살결 문제는 좀 달랐다.

“헤헤. 뱀살!”

“이게 어째 뱀살이냐, 닭살이지…”

“야, 그게 닭살이면 나는 꿩살이겠다! 히히히.”

사실 석만이 말이 맞았다. 석만이나 기철이나 뱀살이었다. 61번지 아이 중에 닭살을 가진 사람은 쌕쌕이 승진이 정도였다. 닭살… 닭을 잡아 더운물에 푹 담근 다음 털을 뽑아 놓았을 때 그 허연 몸통을 상상하면 된다. 뱀살은 닭 다리처럼 각질이 지고 뱀 허물처럼 가로세로 얽은 피부를 말한다. 영양과 일조량 그리고 세면과 목욕 횟수의 문제이긴 했겠지만 당장에 아이들한테는 쉽게 벗어 던질 수 없는 운명이나 올가미 같은 것이기도 했다.

“엄마, 원래 이랬어? 애기 때도?”

“무슨 소리! 동네 사람들이 너 한 번 안아보려고 줄을 섰었다. 허여멀건 놈이 토실토실해 가지고… 고모가 얼마나 귀여워했는지 등에서 내려놓질 않았어. 네 다리 휜 게 다 그 탓이야. 원, 곧 시집갈 처녀가 어린것을 둘러업고 들로 산으로 얼마나 쏘다니던지…”

“시골 친할머니 집으로 얻어먹으러 갔을 때지? 얻어먹다가 서울 올라올 때 할아버지가 쌀 한 말 퍼줬는데 할머니가 쌀값 내라고 했지?”

귀에 못 박히게 들어온 얘기였다.

“녀석하곤…”

“그런데… 형하고 누나는 닭살인데 왜 나만 이렇게 된 거야?”

“쏘다니기만 하고 씻질 않아서 그렇지.”

“다시 닭살이 될 수 있다는 거야?”

“왜 안 되겠니.”

“혹시… 내가 엄마 배 속에 있을 때 뱀 같은 거 잡아먹은 건 아니지?”

“예끼 이 녀석!”

“엄마가 그랬잖아. 하도 배가 고파서 고양이가 부러웠다고… 왜 그거, 입에 피를 질질 흘리면서 쥐 잡아먹는 고양이 보았던 얘기 말이야…”

"말이 그랬다는 거지."

"에이, 그럼 그건 아닌데…"

"뭐가?"

"동네 형들이 그러는데 뱀살이 되는 건 다 이유가 있대."

"이유라니?"

"배 속에 있었을 때 엄마가 뱀을 먹었거나 아니면 뱀띠거나… 근데 나는 뱀띠도 아니고 엄마가 뱀을 먹은 것도 아니고… 근데 왜 이렇지? 형도 닭살이고 누나도 닭살인데…"

"실없긴… 가서 씻기나 해!"

아버지가 다녀간 뒤로 엄마는 안색이 조금 좋아지셨다. 외할머니댁에 가 있던 기숙이 누나가 집으로 돌아온 것도 그 무렵이었다. 한데, 돌아온 기숙이 누나는 어찌 된 일인지 예전 같지 않았다. 딱히 무어라 꼬집을 순 없지만, 변한 것이 틀림없었다. 우선 기철이를 대하는 태도가 그랬다.

"기철아, 누나 심부름 좀 해 줄래? 자, 여기… 고구마과자 사 먹고…"

"네. 누나."

웬 떡이냐 싶었다.

"명숙이 누나네 알지? 가서 전해주기만 하면 돼. 꼭 쥐고, 절대 뜯어 보면 안 돼."

"네. 누나."

뜯어 보나 마나, 받는 사람도 보내는 사람도 없는 편지 봉투

한 장이었다.

그런가 하면 가끔은 빈손으로 명숙이 누나한테로 보내졌고, 역시 보내는 사람도 받는 사람도 없는 편지 봉투 한 장을 받아오기도 했다. 그런 일을 엄마는 까마득히 모르고 계셨다. 좀 더 일찍 그 사실을 알았다면 얼마 후에 닥친 그 엄청난 소용돌이를 어쩌면 피해 갈 수 있었을지도 모르는데 말이다.

한편, 알고 보니 수정이는 매우 고독한 아이였다. 방이 몇 개인지도 모를 만큼 넓은 사택에서 엄마와 단둘이 살고 있었다. 집 안은 언제나 조용했고, 공군 장교인 수정이 아빠는 사진틀 속에서 빙그레 웃고 있을 뿐 한 번도 볼 수가 없었다.

"너희 아빠 총 있니?"

"있겠지. 군인인데."

"봤어?"

"글쎄, 본 것 같기도 하고…"

"권총을?"

"……."

기철이는 천지사방 엄마를 찾아 길을 헤매고 있는 집 없는 아이에게 싫증이 나던 차였으므로 말꼬리를 물고 늘어졌다. 하지만, 수정이는 관심 없다는 듯 책에서 눈을 떼지 않았다.

"가엾은 베스… 그렇게 빨리 하늘나라로 가버리다니!"

낮게 탄식하면서.

"……?"

아니, 탄식뿐만 아니라 눈물까지 흘리고 있었다.

"왜 그래?"

"아니… 그냥."

기철이는 눈물을 훔치며 마루로 나가는 수정이의 뒷모습을 보면서 고개를 갸웃거렸다. 수정이가 엎어놓고 간 책의 표지에는 '작은 아씨들'이라는 제목이 적혀 있었다.

18

얼마 후 기철이는 수정이가 흘린 눈물의 의미를 깨달았다. '사과나무 아래서'를 읽고 나서였다. '사과나무 아래서'는 수정이가 구독하고 있는 소년 잡지의 부록으로 나온 얄팍한 만화책이었다.

사랑하는 남녀가 피치 못할 사정으로 이별을 하게 되고, 3년 후 언덕 위 사과나무 아래서 다시 만나기로 굳게 맹세한다. 그리고 3년 후, 두 사람은 서로 다른 곳에서 사과나무가 있는 언덕을 향해 출발한다. 하지만 도중에 마차가 뒤집히면서 큰 상처를 입은 남자는 약속을 지키지 못한다. 오랫동안 병상에 누워있어야 했던 남자는 자신의 목숨을 구해주고 정성스럽게 돌봐준 다른 여자와 결혼한다. 세월이 흘러 노인이 된 남자가 옛 추억을 떠올리며 언덕 위의 그 사과나무를 찾아간다. 그리고 마을 사람들로부터 사랑하는 남자를 기다리다 죽은 한 여자의 슬픈 사랑 얘기를 전해 듣게 된다는 내용이었다.

기철이 역시 그런 감정은 난생처음이었다. 눈물까지 흘리지는 않았지만 가슴이 미어지고 심장이 터질 것 같았다. 마음이 여린 수정이는 아예 통곡했다.

"울지 마. 지어낸 이야기일 뿐이야."

"넌 감정도 없니? 네가 이 남자고 내가 이 여자라고 쳐. 둘이 좋아하는데… 만나지 못하고 이렇게 기다리기만 하다가 죽어버리면…"

그러면서 또 얼마나 서럽게 울어대는지 기철이까지 찔끔할 정도였다.

"알아. 하지만 이건 지어낸 얘기야. 정말로는 이렇게 안 돼. 마차가 뒤집혔을 때, 아니 그땐 좀 어려울 거고… 다친 데가 다 나았을 때 사과나무 아래로 빨리 달려가면 아무 일도 없을 거 아냐?"

"바보, 그게 어디 자기 맘대로 되는 일이니?"

"……."

수정이 말이 맞았다. 자기 맘대로 되는 일은 그리 많지 않았다. 훗날 더 절실하게 깨달았지만 당장에 기숙이 누나 일만 해도 그랬다.

편지 심부름이 오가던 어느 날부턴가 낯선 사내가 집에 드나들기 시작했다.

"교제를 허락해 주십시오."

"이런 법이 어디 있어요? 일방적으로… 엄마, 난…"

"닥치거라!"

"어머님!"

"내가 어째서 자네 어머닌가? 동네 창피하니 돌아가게! 다신 얼씬거리지 말고!"

"……."

낯선 사내는 오래 버티지 못했다. 시작에 불과한 일이기는 했지만 말이다.

"망할 년! 못된 송아지 엉덩이에 뿔이 난다고 기껏 연애질이야! 밥이나 얻어먹고 있으랬지 편지질하랬어? 집도 절도 부모도 없는 저런 놈하고!"

"연애는 무슨 연애, 편지 몇 번 주고받은 건데…"

"그래도 이것이?"

누나가 볼멘소리를 냈으나 어머니의 노기는 누그러들 기색이 없었다. 나다니지 못하도록 머리카락을 다 잘라버리겠다며 가위를 들고 덤비는 어머니의 서슬에 질겁한 누나는 명숙이 누나네 집으로 황급히 몸을 피해야 했다.

엄마와 말다툼이 잦아진 기숙이 누나가 가위질을 피해 명숙이 누나네를 전전하든 말든 낯선 사내는 스스럼이 없었고, 사흘이 멀다며 왁자지껄한 방문이 이어졌다. 어머니도 어머니지만 기숙이 누나도 그 낯선 사내의 방문을 그리 달가워하는 눈치는 아니었다. 책을 통해서 남녀 간의 문제에 대해 알 만큼 알게 된 기철이는 의아했다. 엄마는 엄마니까 그렇다 치고 당사자인 누나가 싫다는데 왜 저럴까?

"호호. 그걸 짝사랑이라는 거야!"

수정이가 배꼽을 쥐었다.

"오, 불쌍한 내 사랑!"

그리고는 무슨 연극 대사를 외듯 그렇게 외쳤다.

"무슨 소리니?"

토스트를 구워 내오시던 수정이 어머니가 그 소릴 듣고 참견하셨다.

"뭐가 그리 불쌍해?"

"……!"

기철이는 꿀 먹은 벙어리처럼 얼굴을 붉혔다.

"엄마, 글쎄… 기철이 누나가 있거든. 엄청나게 예뻐. 한 번 봤거든. 근데… 그 언니를 누가 짝사랑하나 봐. 호호. 짝사랑, 저를 어째!"

수정이의 호들갑에 수정이 어머니는 빙그레 웃을 뿐 더 참견할 생각이 없는 듯했다. 그 대신, 두 청춘 남녀를 쓸어보면서 이렇게 말씀하셨다.

"첫사랑은 이뤄지지 않는 법이란다. 그래서 더 아름답고 가슴이 아프고…"

어머니나 기숙이 누나 모두 질색했지만, 기철이는 낯선 사내의 방문이 그리 싫지만은 않았다. 사내의 방문과 함께 과일이며 과자며 오징어, 심지어는 순대나 돼지고기에 이르기까지 시장통의 온갖 먹을거리들이 집으로 옮겨지고 있었기 때문이다.

한 가지 이상한 일은 낯선 사내의 방문이 이어지는 동안에도 은밀한 편지 심부름은 계속되었다는 것이다. 물론, 기철이가 신경을 쓸 일은 아니었다. 넘치는 먹을거리와 심심찮게 쥐어지는 용돈……. 기철이에게 있어서 그러한 날들은, 이를테면 황금기였다고 할 수 있었다. 어느 한순간 왕자가 거지 되고 거지가 왕자 되는 이야기가 남의 일만은 아니었다. 그렇다면, 어디선가 돈 많은 친척이 나타나서 막대한 재산을 상속해 줄지도 모르는 일이었다.

하지만 달콤한 시절은 그리 오래 가지 않는다는 것을 기철이는 모르고 있었다. 인생이란, 행운이든 불행이든 동화책에서처럼 반드시 결말이 있는 것도 아니고 말이다.

"어, 웬일이야?"

"책 바꾸러…"

"어, 기다려…"

무엇보다 수정이의 태도가 평소 같지 않았다. 영문도 모르는 채 대문 앞에 홀로 세워진 기철이는 한참이나 기다려야 했다.

"자, 여기…"

"……?"

빌려 갔던 책을 바꾸러 갈 때면 으레 집안으로 들이고 토스트가 되었든 과일이 되었든 간식거리를 내오던 수정이였다. 그랬는데 언제부터인지 뭔가 화가 난 듯하고 기철이의 방문을 거북하게 여기는 듯했다. 공연히 얼굴을 붉히는가 하면 눈도 마주치려고 하지 않고 말이다.

19

어머니께서 마침내 낯선 사내를 받아들이기로 한 데는 사내의 직업이 톡톡하게 한몫을 했다. 공무원이었던 것이다.

“부모도 없고… 가진 것도 없고… 나이 차이는 열 살이나 나고… 하지만 어쩌겠냐. 동네 창피하고… 어쨌든 대학 나오고 직장 튼튼하니 장래야 있지 않겠어? 게다가 사내가 저렇게 일편단심 하는 것도 쉬운 일은 아니니…”

철석같던 엄마가 그렇게 나왔으니 행복한 결말이 이어져야 했는데, 그런 것이 아니었다.

“기철아, 누나 영화 구경 가는데…”

“데려갈 거야?”

“얼른 갈아입고 나와. 얼굴이 그게 뭐니? 이리 와. 좀 씻자.”

“알았어. 고마워 누나.”

극장은 시장통 공중목욕탕 옆자리였다. 기숙이 누나 앞장을 서서 촐랑촐랑 극장 앞에 도착하니 낯선 사내가 기다리고 있었다.

“기철이구나! 반갑다. 악수!”

낯선 사내는 싱글벙글 입을 다물지 못했다. 공동묘지가 갈라지고 머리를 풀어 헤친 여자 귀신이 튀어나와 극장 안을 아수라 장으로 만들었지만 가운데 앉은 기철이 등을 감고 있는 팔로 기숙이 누나의 손을 거머쥔 채 행복한 미소를 지었다.

빵집에도 가고 백사장에도 갔다. 목이 찰 때까지 찐빵을 먹어치우고 입 안이 얼얼할 정도로 빙수 그릇을 비워댔지만 낯선 사내는 싱글벙글 입을 다물지 못했다.

"작은엄마 집에 얹혀살면서 눈칫밥 얻어먹고 있을 때지요. 학력고사를 치렀는데 도에서 1등을 했거든요. 상장을 받았는데 보여줄 사람이 없는 거예요. 집에 가는 길에 철탑 아래 앉아서 한참 울다가 배를 접어서는 시냇물에 띄워 보내고 말았지요. 사촌동생… 그러니까 작은엄마 큰아들이 공부를 지지리도 못했거든요. 눈치가 보였고, 사촌 동생이 또 두들겨 맞을 것 같아서 말이에요…"

생전 처음 보는 얌전한 자세로 낯선 사내의 얘기를 귀담아듣고 있는 기숙이 누나 눈에서 눈물이 반짝거렸다.

얘기를 나눠 듣던 기철이가 물었다.

"왜 때려요?"

"으응, 나하고 비교하면서 공부 좀 하라고… 화가 나서 그러는 거지."

"에이, 그래도 자기 아들인데 그럼 안 되지…"

"하하. 그래서 더 그런 거야. 친하고 가까운 사람일수록 잘못을 했을 때 더 화가 나는 법이거든."

"아니, 진짜 사랑이 뭔지 몰라서 그래. '사과나무 아래서'라고 있거든. 얼마 전에 읽었는데… 사랑하는 남자가 다른 여자랑 결혼하거든… 그것도 모르고 기다리거든… 그러다가 죽게 되는데 이렇게 말해. 설령 그 사람이 배신했다고 해도 나는 행복해. 그 사람을 진정으로 사랑했으니까…"

수정이하고는 서먹한 관계가 계속되고 있었다. 교실에서도 그렇고 학교 파하고 돌아오는 길에서도 그랬다.

"김수정, 소공녀 다 읽었냐?"

"응."

"뭘 읽고 있는데?"

"응… 그냥."

반 아이들 눈치를 살피며 우물쭈물하는 수정이가 왠지 낯설었다.

"김수정, 가방 들어 줄까?"

"내 가방을 왜 네가 드니? 다른 애들한테 창피하지도 않니?"

"……?"

아무래도 수정이한테 무슨 일이 있는 것이 분명했다.

"오지 마, 이제… 책이 필요하면 미리 말해. 내가 학교로 가져갈 테니까…"

산 61번지와 공군주택 갈림길에서 수정이가 그렇게 말했다. 곧바로 울음이라도 터뜨릴 것 같은 표정이었다. 이유를 알 수가 없는 기철이는 곰곰이 생각한 끝에 이렇게 물었다.

"왜? 남자랑 노는 게 창피해서?"

그러나 수정이는 아무 대답도 하지 않은 채 느릿느릿 공군주택 단지로 향하는 계단을 걸어 올라갔고, 기철이는 그 뒷모습을 한참 동안 바라보았다.

"기철아, 명숙이 누나네 좀 다녀오련?"

"네, 누나."

여느 때와 다름없는, 보내는 사람도 받는 사람도 없는 그 편지봉투를 전해주고 돌아와 며칠이 지나도록 기철이는 자신이 한 일이 무엇인지를 몰랐다. 말하자면 그 편지는, 폭풍의 전주곡이자 전쟁의 신호탄이었다. 나중에 안 사실이지만 사랑하는 사람에게 작별을 고하는 편지였던 것이다.

며칠 후, 학교 파하고 돌아와 보니 '어떤 남자'가 엄마 앞에 무릎을 꿇고 앉아 있었다.

"……?"

'낯선 사내'가 처음 집에 찾아왔을 때와 비슷한 풍경이지만 다른 게 있었다. 엄마는 천장을 바라보며 한숨을 내쉬었고, 기숙이 누나는 하염없이 눈물을 흘렸다. 다른 남자, 한 철 내내 집으로 먹을거리를 사다 나르고 찐빵을 사 주고 빙수를 사 주며 극장 구경을 시켜준 낯선 사내가 아닌 그 다른 남자는 엄마와 기숙이 누나 앞에 앉아 무언가를 열심히 설명하고 있었다.

"기숙 씨를 사랑합니다. 기숙 씨도 저를 사랑합니다. 저쪽에서 물러서지 않겠다면 남자 대 남자로… 결투를 해서라도 반드시 기숙 씨를 제 사람으로 만들겠습니다. 어머니, 저희 사이를 인정

해 주십시오!"

기철이는 혼란스러웠다. 철이 없는 기철이였지만 낯선 사내가 집에 드나들기 시작하면서부터 기숙이 누나의 편지가 누구한테 전해지고 있는지 짐작하고 있었다. 두 사람의 만남이 잦아지면서 의문을 품기는 했지만 말이다.

"만나서 얘기하면 될 걸 왜 편지로 하는 거야?"

그런데 그게 아니었다. 진상은 이랬다. 외할머니댁에 가 있던 기숙이 누나는 잡지 펜팔 난에서 낯선 사내를 알게 되었고, 몇 달 동안 편지를 주고받았다. 지금 무릎을 꿇고 있는 다른 남자를 알게 된 것은 외할머니댁에서 집으로 돌아오던 날 전차 안에서였다. 건너편 자리에 앉아 있던 다른 남자가 자기 주소를 적은 쪽지를 건넸고, 후에 누나가 편지를 했다. 명숙이 누나가 우체국 역할을 하고 말이다. 그러니까 기숙이 누나는 비슷한 시기에 두 사람을 만나고 있었고, 나이 많고 적극적이고 처지 딱한 낯선 사내와 부잣집 외아들에다 의대생인 다른 남자 사이에서 방황하고 있었던 것이다.

"아이고, 세상에! 화냥년도 아니고… 도대체 네가 정신이 있는 거니 없는 거니? 아비 떨어져 키운 자식이라고 남들 손가락질할까 애지중지 그렇게 조심을 했는데… 어이구!"

"……!"

"이리 와, 이년! 못된 년!"

다른 남자가 돌아가고 나서 기숙이 누나는 그예 머리카락을 잘리고 말았다. 보기 딱할 정도로 방바닥에 눈물을 뚝뚝 흘리면서 기숙이 누나는 모든 것을 포기한 듯 아무 저항도 하지 않았다.

20

그해 가을은, 말하자면 사랑의 계절이었다. 청춘남녀의 사랑은 격렬했고 그들의 인생에 절대 지워지지 않을 큰 상처를 남겼다. 다른 남자가 다녀가고 머리카락을 잘린 기숙이 누나가 눈물로 세월을 보내던 어느 날이었다. 다른 남자의 제의를 낯선 사내쪽에서 받아들였고, 마침내 다른 남자와 낯선 사내의 결투가 시작되었다. 사태는 이미 진전될 대로 진전이 되어 엄마나 기숙이 누나가 나서서 수습할 상황이 아니었다. 기철이를 포함한 일가족은 두 사람에게 방을 내준 채 부들부들 떨면서 그 참혹한 결투의 현장을 지켜보아야만 했다.

아까부터 방에서는 격한 논쟁이 벌어지고 있었다. 여러 가지 주제가 있었는데, 요컨대 누가 더 기숙이 누나를 사랑하느냐는 것이었다.

"기숙 씨를 위해서라면 생명도 바칠 수 있어!"

"생명?"

생명이라는 말에 낯선 사내가 부엌으로 뛰어나갔고, 우당탕거리는 소리와 함께 식칼을 들고 방으로 들어섰다.

"죽을 수 있다고? 그래. 그렇다면 죽자! 지금 당장, 이 자리에서, 같이 죽자!"

낯선 사내는 쓱 하며 먼저 자기 팔목을 베었고, 다른 남자 앞에 피를 뿌리면서 푹 하고 방바닥 깊숙이 식칼을 꽂았다. 자지러질 듯한 비명이 허공을 갈랐다. 기숙이 누나였다.

"그만둬! 그만두란 말이야! 죽어버리면 될 거 아냐. 내가 죽으면 될 거 아냐!"

"정신 차려! 정신 차려 이것아!"

엄마가 방으로 뛰어드는 기숙이 누나의 팔목을 필사적으로 붙잡았고, 큰일 났다 싶은 기철이는 울며불며 방문을 막아섰다.

결투는 낯선 사내의 승리로 끝났다. 패자는 말이 없고, 승자는 아량을 베풀었다. 결과만 보면 다른 남자가 낯선 사내보다 기숙이 누나를 덜 사랑했던 것이 분명했다. 방바닥에 식칼을 꽂은 낯선 사내가 피를 뚝뚝 흘리고 있을 때 다른 남자도 마침내 식칼을 뽑아 들었지만 자기 팔목을 베어내진 못했다.

"마지막으로 시간을 주겠어. 하지만 마지막이야!"

낯선 사내는 '마지막'이라는 말에 유독 힘을 주었다. 그리고는 다른 남자를 방안에 남겨두고 밖으로 나와 머리에 보자기를 뒤집어쓴 기숙이 누나와 엄마, 그리고 기철이를 차례로 돌아본 다음 피를 뚝뚝 흘리면서 대문 밖으로 총총히 사라졌다.

아차 하는 순간 기숙이 누나가 엄마 손을 뿌리치고 방안으로 뛰어들었다.

"기숙아!"

엄마가 다급하게 비명을 질렀고 겁에 질린 기철이는 대성통곡했다. 방안으로 뛰어든 기숙이 누나는 방바닥에 뒹굴고 있는 피 묻은 식칼을 집어 들고 잠시 노려보더니 창문 밖으로 집어 던졌다. 그리고는 갑자기 다른 남자의 뺨을 사정없이 후려치기 시작했다.

철썩!

철썩!

다른 남자는 기숙이 누나의 손길을 피하지 않았다. 그저 눈물을 흘렸고, 기숙이 누나는 반쯤 정신이 나간 목소리로 소리를 질렀다.

"비겁한 자식! 비겁한…! 난 그래도… 남잔 줄 알았어. 사내대장분 줄 알았단 말이야!"

21

기숙이 누나를 사이에 둔 두 남자의 결투는 그렇게 막을 내렸다. 그러나 문제가 거기서 다 해결된 것은 아니었다. 두 남자 사이의 문제는 해결이 되었을지도 모른다. 하지만 기숙이 누나의 문제는 여전히 남아 있는 듯했다. 기철이가 기숙이 누나의 문제를 완전히 이해하기란 불가능했다. 다만, 그 결투 사건 이후 세 차례나 벌어진 기숙이 누나의 자살소동을 겪으면서 막연히 짐작했을 뿐이다.

결과를 먼저 얘기하자면… 그 사건 이후 기숙이 누나는 세 번 약을 먹었고, 세 번 다시 살아났다. 세 번이나 죽었다 살아난 기숙이 누나는 더는 죽어볼 생각이 없는 듯했다. 1년쯤 지나자 낯선 사내와 결혼했고, 집도 절도 부모도 없었던 낯선 사내는 기철이의 매형이 되어 그 모든 것을 가지게 되었다.

아주 먼 훗날, 당시의 두 남자와 비슷한 나이가 되었을 때 기철이는 이때의 일들을 좀 더 곰곰이 생각해 볼 기회가 있었다. 가장 궁금한 것은 기숙이 누나가 정말로 더 사랑한 남자는 누구였을까 하는 것이었다. 다음은, 그때 정말 매형이 죽으려고 했을까, 그리고 그 의대생은 그 후 어찌 되었을까 하는 것이었다.

한 가지도 답을 얻지 못했다. 먼저, 기숙이 누나 앞에서는 차마 입이 떨어지지 않았다. 어쩌면 상처를 건드리는 일이 될지도 모르니까 말이다. 매형한테 묻고 싶었으나 너무 일찍 돌아가시는 바람에 물어볼 기회가 없었다. 의대생은 다시 만날 수 없었으니 말할 필요도 없다. 나름대로 결론은 있었다. 말하자면 이런 것이었다.

"……정말로는 이렇게 안 돼. 마차가 뒤집혔을 때, 아니 그땐 좀 어려울 거고… 다친 데가 다 나았을 때 사과나무 아래로 빨리 달려가면 아무 일도 없을 거 아냐?"

"바보, 그게 어디 자기 맘대로 되는 일이니?"

한때는 수정이 말이 맞는다고 생각했다. 그런데 다시 생각해 보니 아닌 것 같았다. 아니, 수정이가 틀렸다고 생각했다. 운명을 거스르는 어떤 힘에 대한 믿음, 그리고 삶이 가르쳐준 그 믿음에 관한 확신이 가슴속에서 열정적으로 자라나고 있던 시기였기 때문에 그런 결론에 도달할 수 있었는지 모른다. 훗날 다시 또 생각해 보면 확신이 아니라 교만이었지만 말이다. 그러면서… 기숙이 누나가 그 의대생보다 매형을 진정으로 더 사랑했기를 빌었다. 기숙이 누나를 향한 매형의 사랑이 목숨을 끊을 만큼 깊기를 바랐고, 그 의대생이 매형만큼 용기가 없거나 단지 겁이 나서가 아니라 기숙이 누나를 정말로 사랑하지 않아서 그랬기를 바랐다. 그래야만 세 사람 모두 행복할 테니까.

22

"다친 데가 다 나았을 때 사과나무 아래로 빨리 달려가면 아무 일도 없을 거 아냐?"

"바보, 그게 어디 자기 맘대로 되는 일이니?"

사실을 말하자면, 훗날 두 남자보다 나이를 훨씬 더 먹을 때까지 기철이는 그 문제에 관한 결론에 도달하지 못했다. 수정이한테 빌려 읽은 수많은 동화책 속의 이야기들과는 달리 인생에는 마침표가 없었고, 군데군데 쉼표를 남기면서 여전히 앞으로 나아가고 있었기 때문이다. 세월의 격랑을 헤쳐 나가면서 아주 가끔, 너무 늦게 사과나무 아래 도착한 남자에 관한 생각을 정리해 보곤 했다. 하지만 당시의 엄마나 아빠보다 더 나이를 먹어버린 지금도 결론을 내리지 못하고 있다.

다른 이야기, 이를테면 충직한 파트라슈와 가난한 화가 소년의 얘기는 어떨까? 네로의 죽음에 대해 기철이는 불만을 토로했다.

"누군가는 네로를 구했어야 해. 파트라슈가 누군가를 데려오던가…"

"……."

"네로는 훌륭한 화가가 되고… 나중에 성당 천장에 그림 그리는 일을 맡게 될 때 성모상 옆에다가 자기 생명의 은인인 파트라슈를 그려 넣는 거야. 그 그림을 보면서 사람들은 우유배달 개와 어린 화가의 우정을 영원히 기억하는 거지."

"네 말대로 그건 얘기일 뿐이야. 사람들을 슬프게 하려고 지어낸 이야기라서 슬프게 끝난 거야."

"슬프게 하려고? 왜?"

"그걸 내가 아니?"

"왜 슬프게 하지?"

"슬프니까…"

"뭐가 슬픈데?"

"내가 아니? 바보…"

갈림길에서, 공군주택으로 향하는 계단을 또박또박 걸어 올라가는 수정이의 뒷모습을 멍하니 바라보며 기철이는 고개를 갸웃거렸다. 무르익은 가을이었고, 바람은 쓸쓸하게 마른 풀잎을 치고 있었다. 61번지로 향하는 언덕길에 낙엽이 쓸려 내렸다.

토론은 계속 이어졌다. 다음 날 등굣길이었다.

"사람들은 왜 슬픈 이야기를 지어낼까?"

"슬프니까."

"그럼, 안 슬픈 얘기를 지어야지."

"바보, 슬픈데 안 슬픈 얘기를 지어내면 사람들이 안 믿잖아."

"에이, 어차피 다 꾸며낸 얘긴데 뭐."

"그래도 비슷해야지."

"비슷하면 뭐 해? 그렇다고 누가 진짜라고 믿는데?"

"이런…!"

수정이는 딱하다는 표정을 지었다. 그러면서 이렇게 덧붙였다.

"바보야, 너는 보이는 것만 믿니? 보이지 않지만 보이는 것보다 더 중요한 게 얼마나 많은데… 책이란 게 다 그런 거야. 생각해 봐. 사람들이 왜 얘기를 지어내겠니? 지금은 안 보이지만 앞으로 그런 일이 일어날 수도 있고… 어쨌든 그런 이야기를 읽으면서 사람들이 믿게끔 만들려는 거야. 그렇든, 아니든…"

"그런데 왜 하필 슬픈 얘기냐고?"

"또 그 소리!"

"왜? 행복한 게 좋잖아?"

"근데 슬프잖아!"

"너… 슬프니?"

토론은 더 이어지지 않았다. 기철이나 수정이에게는 아직은 어려운 문제였고, 게다가 벌써 교실 앞이었다.

그날, 교실 뒷문을 열고 들어서면서 수정이는 마지막으로 이렇게 물었다.

"그럼 넌 행복하니?"

얘기는 거기서 끊겼고 각자 자기 자리로 가서 선생님의 출석 호명을 기다리고 있었는데, 자신을 향한 기철이의 대답은 이랬다.

"괜찮아!"

그랬다. 괜찮았다.

"그럼… 슬프니? 불행하니?"

아마 수정이가 그렇게 물었어도 대답은 같았을 것이다.

"괜찮아!"

그렇게… 괜찮은 날들이 지나가고 있었다. 수정이가 예전처럼 집으로 초대하지 않는 것을 빼면 모든 게 괜찮았다. 하지만 그것도 그리 슬프거나 아쉽거나 불행하거나 답답하거나 무섭거나 쓸쓸하거나 아프지 않았다.

"괜찮아. 책이야 빌려다 보면 되고, 토스트야 먹은 거로 치면 되지 뭐."

기철이는 동화책을 들고 산으로 올라가 큰 바위 위에서 이리 뒹굴고 저리 뒹굴다가 저 아래 공군주택 지붕들을 내려다보면서 그렇게 말했다. 그러고는 눈길을 더 아래로, 그다음엔 더 멀리 향했다.

“학교? 괜찮아. 공부야 4학년 때 열심히 하면 되지 뭐. 결석만 하지 않으면 옥수수빵은 계속 나올 거고…”

시장통과 한강이 한눈에 들어왔다.

“찐빵? 괜찮아. 좀 참으면 되지 뭐. 한강? 에이, 괜찮아. 다신 헤엄치지 않으면 되지 뭐.”

남산을 볼 때 형 생각이 났다.

“괜찮아. 곧 만나겠지.”

그리고 다시 저 아래 산 61번지.

“괜찮아. 돈 벌어서 이사 가면 되지 뭐.”

무법자 털보네 근처를 더듬을 땐 자신도 모르게 가슴이 두근거렸다.

“괜찮을 거야. 알아봤으면 또 어때. 어차피 권총을 훔친 건 아니니까.”

오야와 개코, 그리고 망태는 오늘도 공터 주변을 어슬렁거리고 있을 것이다.

“괜찮아. 뱀이야 언제든 잡아주면 되지 뭐. 어차피 날짜를 정한 건 아니니까.”

바위에서 일어났다. 저 아래 오른편 계화네 쪽을 바라보면서 기철이는 또 말했다.

“괜찮아. 다 지난 일이야. 인제 와서 뭐라고 하겠어? 계화네 할아버지든 엄마든 정 뭐라면 돈 벌어서 나중에 물어준다고 하지 뭐.”

국립묘지와 달마사 쪽을 향했을 땐 가슴 한구석에 아쉬움이 가득했다.

"어쩌겠어. 다리는 다 나았고 세 대 맞을 걸 두 대 맞았으니 이익이지 뭐. 괜찮아. 아카시아도 그렇고 밤도 그렇고 내년에 또 열릴 건데 뭐."

입안 가득 침이 고였다. 그리고 눈에서 찝찔한 것이 흘러나와 뺨을 적시고 있었지만 그것이 무엇일까 고민하지 않았다.

"괜찮아. 곧 마를 텐데 뭐."

23

일종의 계절병 같은 것이었는지도 모른다. 천지사방이 다 가을이었으니까. 다 괜찮은 것 같은데… 기철이는 마음이 울적했다. 늘 신나던 아라비안나이트의 이런저런 이야기들도 마음을 잡아주지 못했다. 기숙이 누나는 온종일 멍하니 허공을 바라보았고 엄마는 그 옆에 붙어 앉아 감시의 눈길을 늦추지 않고 끊임없이 무엇인가를 꿰매셨다. 기말시험을 앞둔 형은 통 집에 오지 못했다. 아버지는 다시 우체부를 보내기 시작했는데 등기 우편물을 받아 드는 엄마 손길은 그리 가뿐해 보이지 않았다. 기철이는 아는 얼굴들을 피해 이곳저곳 배회하면서 한숨을 흘렸다. 이유를 알 수 없는 어떤 답답함이 가슴을 짓누르고 있었다.

"후유!"

"어린 녀석이 한숨은?"

"엄마, 이사 가면 안 될까?"

"녀석… 갑자기 이사는?"

"안 되겠지? 형 고등학교 보내려면 돈 많이 필요하니까… 돈은 없고… 들어갈 덴 많고…"

"이 녀석이?"

"근데 엄마. 공무원 말고 다른 건 없을까?"

"……?"

"돈 버는 거 말이야. 장사할 수도 있잖아. 그게 잘 안 되면 공무원을 하든지…"

"왜? 공무원 되는 게 싫니?"

"꼭 그런 건 아니고… 빨리 부자가 됐으면 해서… 공무원은 나이를 먹어야 하는 거잖아. 장사는 아무 때나 하면 되는 거고."

"녀석… 누가 너보고 돈 벌어 오래?"

"아무나 벌면 되지 뭐."

"돈 벌어서 뭐 하게? 이사 가려고?"

"이사도 가고."

"이사 가고?"

"모르겠어. 그냥 그래. 부자가 됐으면 좋겠어."

"부자도 여러 가지고 부자가 되는 방법에도 여러 가지가 있지."

"무슨 소리야?"

"먼저 어떤 부자가 되고 싶은지 생각해 보는 거야. 돈이 많은 부자, 지혜가 많은 부자, 착한 일을 많이 해서 마음이 부자인 부자…"

"에이, 그런 거 말고… 내가 말하는 건 돈이야 돈!"

"돈이 많은 부자? 그럼 돈을 벌어야지. 근데 뭘 해서 돈을 벌래? 께끼 장사?"

"헤헤. 그건 아니고…"

"녀석… 공부나 해. 책 속에 길이 있다고 하잖니? 잘 살펴봐라. 책 속에 돈도 있다."

"에이, 또 그 소리… 알았어. 하지만 아무리 그래도 그건 돈이 아니야. 진짜 돈이 있으면 당장 행복할 수 있지만 책 속에 있는 돈이 진짜 돈이 되려면 시간이 걸려. 공부해야 하고 시험을 쳐야 하고, 그래서 공무원이 되었다고 쳐. 그다음엔 동사무소에 가야지? 그러고 나서 또 한 달이 지나야 나라에서 돈을 주는 거야. 그래, 거기까지는 좋아. 그래서 부자가 됐다고 쳐. 그럼 뭐해?"

"녀석, 뭐하다니? 그럼 됐잖아. 부자가 됐으니 소원 푼 거지 뭐."

"에이, 엄마는… 생각해 봐. 그때 내가 몇 살이겠어? 아빠만큼 나이를 먹겠지?"

"그런데?"

"그럼 다 끝난 거지 뭐. 어른이 돼서 고구마과자를 사 먹겠어, 달고나를 하겠어? 학교 다 졸업했을 테니 석만이나 수정이나 승진이나 누구나 자랑할 친구도 없을 거고…"

"그땐 또 다른 친구들이 생기겠지? 고구마과자나 달고나보다 더 맛있는 걸 사 먹으면 되고…"

"아이참, 엄마! 그걸 말이라고 해? 어쨌든 그건 달고나도 아니고 고구마과자도 아니잖아. 석만이도 아니고 수정이도 아니고 승진이도 아니고!"

24

그렇게, 어느 날 문득 인생살이의 여러 가지 복잡한 문제들이 기철이의 가슴을 압박하기 시작했다. 그러면서 점점 말수가 적어졌고, 말수가 적어지는 만큼 친구들이 줄고, 줄어든 친구들만큼 행동반경도 줄어들었다.

그날은 석만이와 함께 저녁반이었다.

"책가방 들어 주기 할래?"

"아니."

"에이, 비겁하긴!"

"싫어."

"……?"

석만이는 영문을 알 수 없다는 듯 고개를 갸웃거렸다.

"그럼 이따가… 학교 끝나고 비석치기 할래?"

"싫어."

"에이, 질까 봐?"

"흙 묻히고 싶지 않아."

"……?"

"먼저 갈게. 승진이랑 하던지… 가방을 내던지든 비석을 깨뜨리든…"

고개를 푹 꺾고 바쁜 듯 학교로 향하는 기철이를 바라보면서 별일이다 싶었지만 석만이는 뒤를 돌아보고 크게 소리쳤다.

"이승진, 빨리 뛰어! 가방 들어 주기!"

종례를 마치고 책가방을 싸는데 수정이가 불쑥 종이쪽지를 전했다.

"어… 이거…?"

누가 잡기라도 하는 듯 수정이는 황급하게 교실 밖으로 사라졌다.

"야, 좀 살살 해!"

기철이는 쪽지를 펼쳐 들고 우당탕거리며 청소하는 당번들에게 소리를 질렀다. 그런 다음 창가 자리를 차지하고 앉아 쪽지를 읽었다.

기철이에게.

그동안 쌀쌀맞게 대했던 거 미안해.

진심이 아니었어.

어느 날, 네가 우리 집에 왔던 날 네 꿈을 꿨어.

그때부터 너 보기가 이상했어.

그래서 그랬던 거야.

꿈 얘기 자세히 하고 싶은데 지금은 할 수 없어.

나중에는 할 수 있겠지.

이번 토요일이 내 생일이야.

널 초대하고 싶어.

와 주겠지?

일곱 시까지… 기다릴게.

—영원한 너의 친구 김수정

25

댓돌 위에 낯선 신발이 한 켤레 놓여 있었다.

"학교 다녀왔습니다."

방문이 열리고 아버지가 뛰어나오셨다.

"이 녀석, 기철아!"

"……."

"이 녀석! 그 새 또 많이 컸구나!"

"네. 아빠."

"원, 녀석… 안녕하세요, 인사 올려야지?"

엄마가 문가로 나서며 멀거니 서 있는 기철이를 깨우쳤다.

"안녕하세요. 아빠."

"자, 들어가자. 녀석… 여보, 우리 기철이 어른티가 나는구려. 의젓하고… 녀석!"

마당 한쪽에 풍로를 내놓고 석쇠 위에 돼지고기를 구우며 온 동네에 냄새를 진동시키고 있을 때 기식이 형이 대문을 열고 들어섰다.

"기식이구나. 어서 오너라. 빨리 들어가 봐라."

"네, 엄마. 기철이 잘 있었고?"

"반가워 형."

"짜아식!"

"기철이 너도. 엄마 곧 들어갈 테니…"

"알았어…"

기식이 형은 아버지한테 큰절을 올린 다음 자리에 앉았다.

"그래, 공부는 잘돼? 가르치는 애는 잘 따르고?"

"네. 저야 늘 그렇죠, 뭐."

"네가 고생이 많다. 공부하랴 가르치랴…"

"걱정하지 마세요. 전 잘 지내요. 저보다 기철이하고…"

그러면서 기숙이 누나 쪽으로 눈이 갔지만 이내 입을 다물었다. 아버지는 이미 알고 계신 듯 고개를 저었다.

"어쨌든… 모처럼 가족이 다 모이니 좋구나."

"형 먹어. 난 괜찮아."

불고기를 집어 자꾸 밥 위에 올려주는 기식이 형에게 기철이가 그렇게 말했고, 그 모습을 아버지가 흐뭇한 시선으로 지켜보았다.

"그래, 기식아. 많이 먹어야지. 남이 주는 밥이 어디 집밥 같겠니? 자, 어서…"

"그래라. 엄마 말이 맞다. 자… 허허. 녀석들…"

기숙이 누나는 꿔다 놓은 보릿자루처럼 말이 없었다. 몇 순갈 깨작거리다 일어섰다.

일가족이 다 눕기엔 방이 너무 비좁았다. 기숙이 누나는 명숙이 누나네로 자러 가고, 남은 가족은 자리를 펴고 누웠다. 피곤한 듯 기식이 형은 곧 잠이 들었지만 기철이는 낯선 집에 온 사람처럼 엎치락뒤치락하면서 잠을 이루지 못했다. 엄마와 아버지는 한국말과 일본말을 섞어가면서 밤이 이슥하도록 두 분만의 대화를 나누셨다.

26

이야기를 마무리할 때가 된 것 같다. 물론, 마무리한다고 해서 기철이의 이야기가 다 끝나는 것은 아니다. 기회가 닿으면 다시 이야기보따리를 풀겠지만 기철이는 그 후 자신이 읽었던 동화책들처럼 매우 흥미진진한 인생을 살게 된다. 더 많은 사람을 만나고 더 많이 경험하면서 어른이 되고, 갖가지 시련을 겪기도 하지만 결국에는 자신이 원하는 삶을 살게 된다. 엄마가 소원했던 공무원은 결국 되지 못했다. 그런 점에선 공부 잘하고 책임감 있고 효자에다 우애까지 돈독했던 기식이 형도 마찬가지였다.

앞서 얘기했듯이 기숙이 누나는 식칼을 들고 자신의 사랑을 증명한 낯선 남자와 결혼했고, 1남 1녀 두 아이의 엄마가 되었다. 매형은 엄마 말씀대로 실직하는 일 없이 줄곧 공무원으로 근무했는데, 사십을 갓 넘긴 나이에 그만 요절하고 말았다.

기식이 형은 아주 잠깐 공무원 생활을 하다가 다른 회사로 자리를 옮겼고, 그 직장에서만 25년이나 근속한 후에 퇴직했다. 자의에 의한 퇴직은 아니었다. 훗날, 나라 살림 전체가 큰 혼란에 빠졌을 때 회사가 문을 닫게 되었고, 그래서 어쩔 수 없이 직장을 잃게 된 것이다.

기철이는 장사에 대한 미련을 버리고 철이 들면서부터는 건축가가 되기를 꿈꾸었다. 그러다가 잠시 법관이 될까 생각했고, 한동안은 군인이 될까 고민하기도 했다. 하지만 어느 순간 전혀 다른 방향으로 인생의 진로를 바꾸었다. 자신에게 숨겨져 있던 재능을 발견하고 그 재능에 인생을 걸기로 마음먹은 것이다. 이미 눈치를 챘겠지만, 기철이는 훗날 작가가 되었다.

"어쩌면 우리 기철이 소원대로 되겠는데?"

아빠가 다녀가고 나서 엄마는 모처럼 싱글벙글했다.

"네 아빠 직장 상산데, 서울에 집이 있다고 하는구나. 방이 세 개에다 펌프도 있고, 마당도 넓고… 가족들이 모두 광산 사택으로 이사해서 지금은 비어 있대. 좀 외진 게 흠이지만 우리한테야 안성맞춤이지 뭐겠니. 세는 그만두고 한 2년 집이나 지켜 달라니 말이다."

"잘됐네."

처음엔 그러려니 했는데 그게 아니었다.

"학교는?"

"전학해야지."

"친구들은 어떡하지?"

"거기도 애들이 있단다."

"……."

분명 다른 것이 더 있는 것 같은데 일일이 열거할 수가 없었다. 거기도 시장은 있을 거고… 한강? 국립묘지? 그거야 언제나 그 자리에 있는 거고… 동네 사람들? 아무려면 사람 사는 곳인데… 따져 보면 그런데 그게 또 아니었다. 뭐지? 도대체 뭐지? 여긴 있는데 거기 가면 없어지는 게 뭐지?

그해 겨울 초입—

엄마와 아빠, 기숙이 누나와 기식이 형… 기철이네 다섯 식구는 손수레 두 대에 짐을 나눠 싣고 새로운 보금자리를 향해 출발했다. 두 명의 리어카꾼이 앞에서 끌고 엄마와 아빠, 기숙이 누나와 기식이 형이 뒤에서 밀었다. 초겨울 바람이 시원하게 땀을 식혀주었다. 길고 가파른 고개 위에 도착하여 식구들과 인부들이 숨을 고르고 있을 때 기철이는 저 아래 자신이 떠나온 곳을 바라보면서 이렇게 중얼거렸다.

"안녕. 나는 간다. 사댕이로…"

27

수정이 얘기를 빼놓을 수 없을 것 같다. 쪽지를 받은 그 주 토요일 기철이는 수정이네로 달려갔다. 저녁 일곱 시, 시간을 딱 맞춰서.

"들어와. 와줘서 고마워."

그날, 수정이는 정말 눈이 부셨다. 예쁘게 차려입고 대문을 열어주는 모습은 마치 궁전 파티에 참석한 서양인형 같았다.

"어서… 뭘 그리 보니? 창피하게…"

"어, 그래. 알았어."

수정이가 앞장서서 기철이를 거실로 안내했다.

"어? 이게 다 뭐야?"

기철이가 탄성을 질렀다. 거실에는 길게 상이 펼쳐져 있고 그 위에 갖가지 음식들이 보기 좋게 차려져 있었다. 상 한가운데는 그림으로만 보았던 생일 케이크도 놓여 있었다. 촛불을 환히 밝힌 채로.

"놀랬니?"

"응. 아니. 근데 이게…?"

"앉아. 내가 설명할게."

"……."

"손님은 더 없어: 그러니까… 우리 둘뿐이야."

수정이는 기철이 눈을 똑바로 바라보면서 주문을 외듯 재빠르게 말을 이었다.

"토요일이잖아. 엄마는 아빠 면회 갔어. 엄마한테는 친구들 열 명 초대한다고 했어. 하지만 내가 초대한 사람은 너 하나뿐이야. 더 들어. 나중에 대답할게. 꿈을 꾸었다고 그랬지? 너랑 결혼하는 꿈이었어. 처음엔 창피했어. 그런데 잘 생각해 보니까 창피한 일이 아니었어. 좋아하는 사람하고 결혼하는 건 당연한 일이잖아? 그래서 이런 자리를 마련한 거야. 고백하려고… 사랑하는데 말을 안 하고 그냥 헤어져 버리면 너무 슬프잖아? 지금 당장 무얼 어쩌자는 건 아니야. 그 대신 약속해 줘. 사과나무 아래서처럼… 지금부터 꼭 10년 후에 국립묘지 정문에서 날 기다리겠다고… 날 구해준 곳이잖아? 그 사이에 마음이 변하면 나오지 않아도 좋아. 어쨌든 나는 갈 테니까. 오늘… 네가 약속해 준다면."

약속했느냐? 물론 약속했다. 평생 잊지 못할 굳은 언약이었다. 그렇다면 10년 후, 정말 국립묘지 정문으로 달려가 수정이를 기다렸을까? 수정이는 또 그곳에 왔을까?

글쎄…… 이 말이 그 질문의 대답이 될 수 있을지 모르겠다.

마차가 뒤집혔을 때, 아니 그땐 좀 어렵겠지만 다친 데가 다 나았을 때, 사과나무 아래로 빨리 달려갔으면 아무 일도 없었을 거라고… 그게 마음대로 되는 일은 아니지만, 열망이 강했다면 그 모든 것을 뛰어넘어 마침내 도착할 수 있었을 거라고…….

※

가족소설

—

초판인쇄 2024. 04. 20.
초판발행 2024. 05. 01.

지 은 이 이능표
펴 낸 곳 휴먼필드
출판등록 제406-2014-000089
주　　소 경기도 파주시 탄현면 장릉로 124-15
전화번호 031-943-3920 **팩스번호** 0505-115-3920
전자우편 minbook2000@hanmail.net

—

—

ISBN 979-11-92852-03-4 03810

—